KB152605

단독 수행

[내 안에 있는 기적을 발견하라]

조해인 지음

[서문]

단독 공부의 길

사실 저는 식견도 짧고 어디로 달려나갈지 모르는 제 마음은 늘 시퍼렇게 날이 선 양날의 칼처럼 위태롭기 짝이 없습니다. 사정이 그러한 고로 무지몽매한 저는 저의 마음이 지시하는 대로 쉽게 분노하고 쉽게 상처를 받으며 고통스럽게 삶을 이어올 수밖에 다른 도리가 전혀 없었습니다.

매달려 있는 삶의 칡넝쿨은 끊어지기 직전인데, 발아래에서는 죽음의 독사들이 혀를 날름대고 있고, 배고픈 호랑이들이 날카로운 이빨을 드러내며 으르렁거리고 있는 상황이었지요.

타인을 쳐부수지 못한다면 자신이 거꾸러지고 말 것이라는 위기감에 휩싸여서 제 자신이 누구인지도 자각하지 못한 채로 캄캄한 어둠 속을 엎어지고 자빠지며 허우적거렸죠.

결정적으로 삶이 기울어져가던 어느 날 저는 이 세상에게 항복을 선언하고 완전히 퇴장을 하기로 결심하기에 이르렀습니다. 끼니 대신 술만 마시며 집도 절도 없이 떠돌아다니던 저는 걸음을 제대로 걸을 수조차 없었지요. 쇠약하고 병든 몸에는 가죽과 뼈만 앙상하게 남았고, 화장실을 갈 때면 엉거주춤하게 앉아서 벽을 짚어야만 겨우 조금씩 움직일 수가 있었습니다. 마음도 역시 황폐해질 대로 황폐해져서 목숨만 근근이 붙어 있을 뿐이지 살아 있다고 할 수도 없을 지경이었습니다.

그런데 생의 마지막 여행으로 생각하고 떠났던 강릉 바닷가에서 우연히 성원이라는 노스님을 만났습니다. 성원 스님은 저에게 불가(佛家)와 인연이 깊다고 하셨습니다. 그 말씀이 불현듯이 제 가슴속에 불화살처럼 날아와서 꽂혔습니다. 제 가슴엔 활활 불이 붙고 말았지요.

참으로 이상한 일이었습니다. 저는 기독교 목회자의 아들로 태어나 그 그늘에서 자라오면서 자신도 모르는 사이에 불교와는 전혀 무관하다는 고집스러운 생각에 매어 있었기 때문입니다.

어린 시절 소풍을 갔던 절에서 처음 보았던 이상하고 섬뜩한 사천왕상(四天王像)이며, 단청 색깔이 풍기는 으스스한 느낌이며, 바라만 보아도 구역질이 날 것만 같은 금빛 우상들 그리고 코를 찌르는 야릇한 향냄새에 비위가 상해서 점심을 먹지 못한 기억도 있습니다.

그런데 성원 스님의 단 한 마디에 지금까지 늙은 말고기처럼 끈질기게 붙어 있던 그 관념의 심줄들이 아무 힘도 쓰지 못하고 툭툭, 끊어져버린 것입니다.

참으로 묘한 일이었습니다. 저는 마치 무엇에 홀린 듯이 다짐까지 했으니까요.

'그래 좋아! 삶과 죽음은 결국 같은 것[生死如一]이라 하였으니, 기왕의 이 몸은 죽었다고 치고, 나머지 삶을 그 비밀이나 한번 풀어보는 데 바치는 것도 괜찮지 않겠는가?'

저는 그렇게 마음을 바꾸어 먹었습니다만, 막상 돌이켜보니 불교나 명상에 대해서 알고 있는 것이라곤 아무것도 없었습니다.

저는 그 길로 조계사 앞에 있는 불교서점으로 가서 선서(禪書)들을 사들였습니다. 그리고 그날부터 책에 씌인 대로 좌선을 흉내 내면서 선서들을 닥치는 대로 읽어 내려갔습니다.

중국 선종(禪宗)의 제6대조인 혜능 대사께서 『금강경(金剛經)』 한 구절을 듣고 해탈하였다는 것을 알고는 그 해설서들도 섭렵하기 시작했습니다.

평생을 끌고 다니던 시집과 소설책은 재활용 업자를 불러

트럭에 실어 줘버렸죠. 잡동사니로 가득 차 있던 저의 조그마한 지하 골방은 명상 서적과 선서 몇 권만이 남았습니다.

저는 어느 정도 홀가분해졌지요. 이미 삶에 대한 미련을 내버린 뒤였기에 아무것도 겁날 것이 없었습니다.

새벽 3시에 일어나서 108배를 하고, 참회하는 마음으로 차가운 물을 뒤집어쓴 다음 차를 한 잔 마십니다. 그리고 벽에 붙여놓은 무(無) 자를 주시하며 좌선을 합니다. 그다음에는 『금강경』을 독송하고, 선서를 읽습니다. 그 일을 하루 종일 반복했습니다. 그렇게 속절없이 세월이 흘러갔습니다.

어느 가을날이었습니다.

햇볕이 따사롭고 파란 하늘은 끝 모르게 높아져 있었는데, 저는 북한산 자락에 있는 어느 절 마당에서 화단을 구경하고 있었습니다. 독성각(獨聖閣)과 나한전(羅漢殿)에 들러 향을 한 대씩 피우고, 108배를 한 뒤 잠시 좌선을 하다가 나오는 길이었지요. 비구니들만 사는 산사(山寺)에는 아주 정갈하고 은은한 모정(母情) 같은 에너지가 감돌고 있었습니다.

저는 화단 앞에 쪼그리고 앉아 모든 세포를 활짝 열고 따사로운 햇볕을 받아들이고 있다가, 문득 저도 모르는 사이에 꽃들 속으로 몰입(沒入)되어 들어갔습니다.

보랏빛 과꽃, 연분홍 봉숭아, 핏빛 맨드라미…… 그 꽃들은 지난날에 보았던 그런 꽃이 아니었습니다. 화단 안의 모든 꽃은 지금 이 순간 속에서 생명의 전기(電氣)를 찌릿찌릿 발산하면서, 일제히 진저리를 치며 클라이맥스에 도달하고 있었습니다.

그 절정의 순간!

꽃밭 속은 소리와 시간이 뚝, 끊어져버린 것처럼 한없이 고요했습니다. 그 고요함 속에서 꽃들은 생전 처음 보는 신비한 색광(色光)을 내뿜고 있었지요. 얼마나 그 꽃밭의 고요 속에 빠져 있었는지 모릅니다.

'참으로 신통한 일이다!'

저는 거듭 감탄을 하며 무심히 몸을 일으키다가, 뜻밖에도 저 설산(雪山)에서 눈사태가 일어나는 것처럼, 가슴을 소리 없이 무너뜨리는 충격적인 기쁨과 마주쳤습니다.

지장전 안으로 깊숙이 저녁 햇빛이 들어와 있었습니다. 어느새 해거름 녘이 되었던 것이죠. 전각 안에 있는 단청으로 장식한 화려한 닫집과 금빛 지장보살상이 정면으로 햇빛을 받아서 저에게로 그 빛을 환하게 반사하고 있었습니다.

아, 저는 순간적으로 눈이 멀어버린 느낌이었습니다. 아무것도 보이지 않고 환하게 빛나는 지장보살만이 제 가슴속을 가득 채우고 있었지요.

바로 그때!

저는 어떤 에너지에 감전이 되어 온몸에 불이 확, 하고 붙는 듯한 황홀감에 휩싸였습니다. 마치 화경(火鏡)을 통과한 빛이 초점(焦點)으로 모여들어서 홀연히 불을 일으키는 것과 같았지요.

그와 동시에 저는 그 에너지가 전해주는 메시지가 번쩍 하고 가슴을 강타하는 것을 느꼈습니다.

'다른 곳에서 찾지 말라! 바로 지금 이 자리가 극락이다!'

아, 저는 갑자기 가슴이 터져버렸죠.

저는 창피함도 모르고 그 자리에서 펑펑 울기 시작했습니다. 온천물이 솟구쳐 오르듯이 뜨겁고 기쁜 눈물이 줄줄 흘러내렸죠. 구경꾼들이 제 주변을 기웃거렸지만 저는 눈물을 멈출 수가 없었습니다. 그렇게 한참을 울고 나자 답답하고 불투명하던 가슴이 마치 눈물로 세례를 받은 것처럼 고요해지고 개운해졌죠.

그때 가슴을 내려친 그 영감(靈感)은 저에게 엄청난 힘이 되었습니다. 저에게는 젊은 사자처럼 벌떡 일어나서, 코뿔소처럼 용맹하게 달려갈 수 있는 보이지 않는 힘이 생겨났습니다.

'그렇다!

바로 지금 이 순간의 이 마음이 모든 문제를 일으킨다.

현재의 이 마음이 고통과 분노와 절망을 일으킨다.

이 마음이 극락을 가로막고 있다.

그렇다면 어찌해야 이 괴로운 마음을 귀신도 모르게 깨끗이 제거해 버릴 수 있단 말인가?

하염없이 좌선만 하고 있으면 불타오르고 있는 이 죄의식과 갈망이 저절로 사라질까?

이 들끓는 마음을 어떻게 하면 해결할 수 있느냐고 덕 높은 대선지식(大善知識=作家: 부처의 법으로 타인을 고통으로부터 건져주는 이)을 찾아가서 물어나 볼까?'

하지만 결국 마음공부라는 것은 스스로 뛰어들어 직접 실행을 하는 수밖에는 다른 도리가 없다는 생각이 들었습니다.

'선이나 명상은 마음의 집착을 버리는 것이다. 그러니 지금까지 한국에서 있었던 모든 인연을 지우고 출가를 하듯이 훌쩍 먼 타국으로 떠나가자!'

그렇게 결심을 굳히기는 했지만 과연 어느 나라로 떠나갈 것인지는 막막한 상태였지요. 그런데 마침 중국 저장성 닝보[寧波]에서 사업을 하고 있던 지인에게서 기다렸다는 듯이 은혜의 손길이 뻗쳐왔습니다.

'뜻있는 곳에는 반드시 길이 있다'는 옛 가르침을 구구절절이 실감할 수 있는 순간이었지요. 제 자신이 지금까지 명상공부를 하기 위해서 살아 있었다는 사실이 감격스러웠고 감사할 따름이었습니다.

관세음보살! 저는 그러한 시절인연(時節因緣: 모든 인연에는 만나고 헤어지는 알맞은 때가 있다는 뜻)의 복덕으로 기적처럼 서울을 떠날 수 있게 되었습니다.

닝보는 해상 실크로드의 시발점이자 신라의 해상왕 장보고의 근거지였으며, 신라인들이 거주하던 신라원(新羅院)이 있던 고도(古都)입니다. 무려 7천 년이나 되는 역사를 가지고 있으며, 당송(唐宋) 시대에는 명주(明州)라고 불리었죠.

신라인을 비롯해서 인도인, 동남아인, 아라비아 상인, 티베트인 들까지 모여들던 세계 무역의 요충지였습니다. 닝보가 번성할 무렵 상하이[上海]는 이름 없는 조그만 어촌에 불과했다고 합니다.

지금도 상하이의 대상(大商)들은 대부분 닝보 사람이라고 합니다. 흔히 상하이의 돈줄은 닝보 사람이 쥐고 있다고들 하지요. 중국의 상권은 상하이 상인이 좌지우지하고 있으니 결국 중국의 최고 상인은 닝보 상인이라는 겁니다. 그 정도로 닝보 상인의 자부심이 강하다는 얘기가 되겠죠. 닝보 상인은 중요한 거래를 할 때는 반드시 닝보말을 사용한다고 합니다. 그러면 상하이 상인은 닝보 상인이 무슨 말을 하는지 도무지 알아들을 수가 없다는 것이죠.

상하이 무지개다리[虹橋: 홍차오] 공항에서 국내선 밤 비행기를 타고 내려다보면, 상하이와 닝보는 상하이만(灣)을 감싸안으며 하나의 거대한 빛의 띠로 이어지고 있지요. 닝보는 현재 상하이와 함께 세계 10대 물동량을 자랑하는 거대 무역항입니다.

닝보에서 4시간 정도 쾌속선을 타고 동중국해로 나가면, 푸퉈산[普陀山]이라는 아름다운 섬에 도달하게 되지요. 이 섬 역시 장보고 루트에 자리 잡고 있습니다. 중국인들은 해수관음(海水觀音) 성지라고 부르는데, 여섯 개의 거대한 천년 고찰이 섬을 가득 채우고 있습니다.

제가 처음 푸퉈산에 간 것은 여름이었습니다. 대주점(大酒店: 호텔)에서 모기에 뜯기다가 새벽 3시쯤에 일어나서 좌선을 하고 있었죠. 이윽고 바깥이 밝아지자 대주점 밖으로 나가 산책을 시작했습니다. 단체로 여행을 온 중국 소녀들이 짙은 해무(海霧) 속을 웃으며 지나가고 있었습니다.

마음이 이끄는 대로 뒤를 따라 걸으며 주위를 둘러보니 잘 꾸며진 사원(寺院)이 펼쳐지고 있었습니다. 붉은 비단잉어들이 노니는 연못이 나타나고 그곳에는 보라색 수련들이 피어 있었습니다. 그리고 아치형 돌다리가 그 위에 걸려 있었지요.

그 돌다리 난간 위에 황색 승복을 입은 승려가 연꽃자세를 취하고 앉아 있었습니다. 사람이 올라앉기에는 터무니없이 비좁은 난간 위에 방정맞게(?) 날름 앉아 있는 그 승려의 모습이 경이롭기도 하고 우스꽝스럽기도 했습니다.

그 모습을 한번 상상해 보십시오. 아침 안개 속에서 아치형 돌다리 난간 위에 한 승려가 합장을 하고 아슬아슬하게 앉아 있는 모습을 말이죠. 자칫 잘못해서 자세가 조금 기울어지기라도 한다면 연못 아래로 사정없이 거꾸로 처박히고 말 겁니다. 제가 가까이 다가가자 그는 갑자기 눈을 번쩍 떴습니다.

그 순간 우리는 시선이 딱 마주치고 말았습니다.

저는 빙그레 웃었죠. 그 역시 나를 향해 파안대소했습니다. 우리는 마음이 초침처럼 찰칵거리며 움직이고 있는 순간을 서로에게 보여주고 말았죠.

우리는 서로의 그런 모습을 손가락으로 가리키며 이번에는 본격적으로 웃어 젖혔습니다. 그 순간 천상천하(天上天下)는 온통 웃음소리로 가득 차올랐습니다. 비행기가 막 이륙을 시작할 때처럼 약간의 현기증을 동반한 해방감과 지옥 밑바닥을 꿰뚫어버린 듯한 통렬함 같은 것이 우리를 뒤흔들고 있었죠. 온천욕을 하고 새 옷으로 갈아입은 다음 듣지도 보지도 못한 진기한 요리로 가득한 아침상을 받은 느낌이었습니다.

저는 그 승려를 지나쳐서 다시 걸음을 옮겼습니다. 그러고는 내심으로 깜짝 놀라고 말았죠. 어느 전각 앞이었는데, 그 물망에 들어 있는 커다란 조개 무더기와 싱싱한 생선을 가득

담은 커다란 함지가 놓여 있었던 겁니다. 한국의 불교 신자들은 생선 반찬을 먹은 날에는 부정(不淨)을 탄다고 사찰 근처에는 가지도 않죠. 육식을 하는 것은 살생하지 말라는 계율에 정면으로 배치되는 일이기 때문입니다.

저는 궁금증을 참지 못해서 따지듯이 물어보았죠.

"왜 생선과 조개가 여기에 놓여 있는 것이죠?"

그러자 절집의 중국인은 아무렇지도 않다는 듯 대답했습니다.

"이른 아침에 마을의 어부들이 가져온 공양물입니다."

그의 대답에 저는 적지 않은 충격을 받았죠.

그 일로 인해서 저는 티베트로부터 전래된 라마불교에서는 음식을 가리지 않는다는 것을 알았습니다. 하긴 히말라야 산중에서 야크 젖과 말린 야크 고기를 먹지 않았다면, 라마승들이 그 길고 혹독한 겨울을 무엇을 먹고 연명할 수 있었겠습니까?

그날 아침 저는 라마승들은 아무것도 차별하지 않으며, 자신들의 길만이 옳다고 내세우지도 않는다는 것을 알았습니다.

계율(戒律)이란 작은 가르침을 따르는 자들이 만들어낸 것일 뿐이며, 마음을 억압하고 통제하는 행위가 될 뿐이라는 것을 라마승들은 밝게 통찰하고 있었던 것입니다.

그들은 이미 계율을 초월하고 있었지요. 계율에 묶이면 마음에 묶인 것과 다를 바가 없다는 것을 잘 알고 있었던 것입니다.

아시다시피 계율이란 어떤 것은 허용이 되지만, 어떤 것은 금지하는 것을 가리킵니다.

하지만 '명상의 황금률'은 그 어떠한 마음에도 걸림이 없어야 한다는 것입니다. 그러니 '대자유(大自由)'의 길을 가고 있는 그들이 하찮은 OX 문제에 사로잡혀 있을 까닭이 없는 것이지요.

물론 마음에 찬성을 하는 것은 뇌세포 속에 자가용 지옥(自家用 地獄) 프로그램을 자동으로 다운받는 어리석은 일이지만, 마음에 반대를 하거나 마음과 투쟁을 벌이는 것 또한 자승자박(自繩自縛)일 뿐이지요. 마음과 혈투를 벌이는 것은 스스로 '고통의 칼 숲'에 갇혀 괴로워하는 일이 되기 때문입니다.

푸퉈산에 다녀온 저는 더욱 용맹해졌습니다. 저에게 주어진 하루 24시간은 온전히 명상에만 바쳐졌습니다. 잠을 자고 산책을 하고 절을 하고 『금강경』을 읽고 밥을 해 먹고 세탁을 하고 청소를 하고 설거지를 하는 모든 일이 저에게는 즐거운 명상이었습니다.

앙산(仰山: 807~883) 선사의 제자인 문희(文喜)의 용맹한 이야기가 있습니다.

그는 부엌에서 밥을 짓고 있다가, 문수보살(文殊菩薩)의 현신(現身)을 목격하게 되었다고 합니다. 보통 사람 같으면 보살이 눈앞에 나타났으니 그 앞에 넙죽 엎드려 도움을 요청하거나 소원을 말하거나 복을 기원했겠죠.

하지만 문희는 달랐습니다.

"문수는 문수고, 문희는 문희다!"

그는 밥주걱을 치켜들고 그렇게 포효하며, 문수보살을 쫓아버렸다고 합니다. 그처럼 선승(禪僧)들의 독행정신(獨行精神)은 태산을 옮길 만큼 굳건하고 강렬합니다.

'천상천하유아독존(天上天下唯我獨尊)'이라는 말은 나 혼자서만 홀로 존귀하다는 뜻이 아니라 바로 그 용맹한 독신(獨身) 수행 정신을 가리킵니다.

취암가진(翠巖可眞: ?~1064) 선사는 단독으로 정진하는 수행자들의 대장부다운 기개를 다음과 같이 표현했습니다.

> 대장부의 기개가 하늘을 찌르니
> 비록 여래의 발자취라 하여도 뒤따르지 않노라.

丈夫自有衝天志 莫向如來行處行
장 부 자 유 충 천 지 막 향 여 래 행 처 행

모든 생각과 관념의 먹구름을 걷어낸 취암가진 선사의 드높은 기상 앞에는 고요하고 광활한 길이 끝없이 펼쳐지고 있습니다.

임제(臨濟: ?~867) 선사는 길을 가다가 부처를 만나면 그 부처를 죽이고, 조사(祖師)를 만나면 그 조사를 죽이고 가라고 했습니다. 유명한 살불살조론(殺佛殺祖論)이 그것이죠.

왜 부처를 만나면 그 부처를 죽이고, 조사를 만나면 그 조사를 죽여야 하는 것일까요?

궁극을 향해 가는 길에는 '부처라는 생각'이나 그 관념 또한 장애물일 뿐이라는 뜻입니다.

단독 수행자들은 그 길과 조우하기 위하여 비통한 절망과 죽을 것 같은 고독 그리고 고뇌의 연기 자욱한 유혹을 통과해서 의연하게 자신의 안으로 또 안으로 깊이 들어갑니다. 모진 겨우살이를 겪은 매화만이 비로소 코를 찌르는 진한 향기를 얻을 수 있는 것이겠지요.

차례

3장 영혼의 자유선언

4장 묘하게 밝은 바탕에는 시작도 끝도 없다

5장 고독한 삶의 여행자들을 위하여

혼돈을 넘어서

빈 갈대가 되어
바람에
흔들리기

닝보는 저에게 축복의 도시였습니다.

새벽 공부를 마치고 간단히 아침을 해 먹은 저는 4킬로미터 정도 시내를 가로질러 월호(月湖)라는 호수를 향해 걸어갑니다. 한국에서 가져온 흰 고무신을 신고, 발바닥이 길에 닿는 순간순간을 감지하며 걷습니다..

선객(禪客)들은 마음을 가리켜 '주머니 속에 든 송곳'처럼 숨길 수 없는 것이라 합니다. 잠시만 부주의해도 여지없이 삐져나와서 생살을 찔러대는 것이죠.

그래서 저는 제 몸이 움직이는 모든 것을 철저하게 의식하고 걸으면서, 동시에 제 마음이 움직이는 것도 빼놓지 않고 지켜보았습니다.

저의 거처인 화광청[華光城]과 월호 사이의 중간 지점에는 깨끗하고 조용한 사원이 하나 있었습니다. 칠탑선사(七塔禪寺)라는 곳인데, 중국어로는 '치타스'라고 부르죠.

칠탑선사는 858년에 세워진 천년 고찰입니다. 창건 당시에는 '동율선원(東律禪院)'이라고 불렀다고 합니다.

저는 아침마다 치타스에 들러서 무심으로 절을 했죠. 불상(佛像)을 향해서 축복을 내려달라고 기원하는 것이 아니었습니다. 소원을 빌거나 제 몸의 건강과 치유를 위한 것도 아니었습니다.

저는 제 몸이 절을 하는 동작을 슬로모션으로 세밀하게 관찰하고 있었습니다. 그와 동시에 제 캄캄한 마음이 불평불만을 쏟아놓으며 슬퍼하다가 기뻐하고 욕설을 내뱉다가 빙글거리며 웃고 있는 모습을 놓치지 않고 지켜보며 묵묵히 절을 했습니다.

용맹한 수행자라면 수행이나 제대로 할 것이지 왜 하필이면 조각상에게 절을 하느냐고요? 그것은 우상을 숭배하는 저급한 행위가 아니냐고요?

다음과 같은 유명한 선가(禪家)의 일화가 있습니다.

어떤 솜씨 좋은 화가가 한 선사의 초상화를 그렸다고 합니다. 화가는 선사에게 초상화를 보여주었죠.

"스님! 제가 그린 이 그림이 어떻습니까?"

그러자 선사는 느닷없이 땅바닥에 머리를 조아리고 엎드리며 자신의 초상화에 절을 하는 것이었습니다.

그 자리에 있던 사람들은 선사가 살짝 오해를 한 것이라고 생각을 했지요. 화가 역시 그렇게 생각하고, 선사를 일깨워 주었습니다.

"스님! 이 그림은 당신의 초상화입니다."

그러자 선사가 말했습니다.

"이 그림 속의 인물은 깊은 삼매(三昧)에 들어 있다. 그러니 이 그림이 어떻게 나의 초상화일 수 있겠는가? 삼매 안에는 '나'도 없고 '너'도 없다. 부처도 없고 중생도 없다. 그러므로 다만 나는 삼매 앞에 엎드려 절을 한 것뿐이다."

불상은 부처님이 아닙니다. 그것은 아주 미묘하고 아름다운 예술품이자 명상의 도구죠. 그런데도 어리석은 중생들은 불상을 부처님의 화신(化身)으로 생각하고는 그 앞에 넙죽 엎드려서 만복을 요구하거나 각종 소원을 빌지요. 하지만 그것은 탐욕을 일으키는 일이자 우상을 숭배하는 일이며 죄업을 쌓는 원인이 될 뿐입니다.

불상이나 불화는 모두 미묘하고 불가사의한 삼매를 형상화한 것입니다. 그래서 불상이나 불화로부터는 새벽 별빛 같은 삼매의 에너지가 뿜어져나오고 있습니다. 그것을 탄트라 불교에서는 '얀트라(Yantra)'라고 합니다. 불상을 바라보며 명상을 하거나 절을 하는 것은 그 독특한 삼매 에너지의 사이클과 수행자 자신의 에너지를 일치시키기 위함입니다.

수행자들이 절을 하는 것은 우상을 향해 소원을 빌거나 육신의 건강을 도모하기 위한 것이 결코 아닙니다. 오직 '마음의 죽음'을 경험하기 위해서입니다. 삼매란 곧 '마음이 죽은 뒤에 찾아오는 새로운 새벽'을 의미하지요.

가톨릭 신부들이 서품을 받을 때 오체투지(五體投地)를 하는 까닭은 이렇습니다.

땅바닥에 몸을 던지는 것은 세속적인 삶의 죽음을 의미하며, 다시 땅에서 일어나는 것은 신의 아들로 거듭 태어나는 것을 의미합니다. 명상 수행자들이 절을 하는 것도 바로 그런 이유에서입니다.

치타스에서 백화점들이 모여 있는 동대문[東門口]을 지나면, 지필묵 가게와 골동품 가게 들이 나타나고 이어서 길바닥에 난전을 펼친 한 무리의 인파가 나타납니다. 시골에서 골동품을 들고 온 허름한 차림의 순박한 사람들이죠. 그 사람들의 순진한 표정과 골동품들을 구경하며 걸어가는 것은

커다란 즐거움이죠. 저절로 콧노래를 흥얼거리노라면 월호가 영화의 첫 장면처럼 모습을 보이기 시작합니다.

월호는 참으로 아름다운 호수입니다.

휘휘 늘어진 버드나무 가지 사이로 명나라 때 지어놓은 하얀 벽의 건물들이 고색창연한 기와를 이고 늘어서 있고, 화려한 장식을 한 목선들이 풍류객들을 싣고 느리게 오가고 있지요.

호숫가에는 수많은 사람들이 찾아옵니다.

구두닦이 소녀, 해금을 켜는 노인, 과일 행상 아주머니, 태극권을 하는 사람들, 구걸하는 아이, 빗자루만 한 커다란 붓을 들고 길바닥에 글씨를 쓰고 있는 사내, 염주를 사달라고 끈질기게 따라오는 티베트 여인…….

저는 사람들의 발길이 잘 닿지 않는 은밀한 장소를 알고 있습니다. 거기에는 마치 구름을 닮은 넓적한 바위가 놓여 있습니다. 저는 그 바위를 백운암(白雲巖)이라고 불렀습니다. 바로 제가 앉아서 명상을 하는 자리이죠.

저는 그 바위 위에 앉아서 월호를 바라보며, 제 마음속에서 달이 떠오르기를 기다렸습니다.

하지만 부처님의 모든 이치와 명상이란 구(求)함이 없는 것이며, 기다림이 없는 것을 가리키죠. 그 모든 것이 탐착하는 마음이기 때문입니다.

그렇다면 과연 어떻게 하여야 부처를 구하고 깨달음을 기다리는 마음으로부터 벗어날 수가 있겠습니까?

백장(百丈: 749~814) 선사께서는 이렇게 말씀하셨습니다.

"마음의 대지(大地)가 텅 비면, 구름장이 열리고 해가 나오듯 지혜의 햇살이 저절로 나타날 것이다."

그러던 어느 날이었습니다. 저는 그 바위 위에 앉아서 좌선(坐禪)을 하고 있다가 조그만 발견을 하나 하게 됩니다. 그때까지 저는 제가 마냥 자유로운 자인 줄로만 알고 있었습니다. 그런데 자세히 관찰해 보니 저는 결코 자유의 몸이 아니었습니다.

제 몸은 한국을 떠나와 있지만, 저는 여전히 한국이라는 말뚝에 당나귀처럼 매어 있었다는 것을 깨닫게 된 것입니다. 몸은 월호의 바위에 앉아 있지만, 제 마음은 여전히 옛 친구들과 어울려서 인사동 골목길을 서성이고 있었던 것입니다. 보잘것없는 발견이었지만, 저에게는 진흙 속에서 솟아난 연꽃을 발견한 것과 다를 바가 없었습니다.

"머리를 삭발하고 히말라야의 동굴 속에 앉아 있어도, 마음속의 대중들과 함께 우글거리고 있다면, 그것은 출가라고 할 수 없다. 마음으로부터 벗어나는 심출가(心出家)만이 진정한 출가인 것이다"라고 한 선가의 가르침의 의미를 어렴풋이 이해할 수 있었던 것입니다.

하지만 여전히 눈앞은 캄캄했고, 한국에 있는 인척들과 친구들을 생각하면 고통스럽고 죄스럽기 한량없었습니다. 사업을 해서 돈을 벌어야지 무슨 개 뼈다귀 같은 마음공부를 한다고 허송세월을 하고 있단 말인가?

아침부터 주룩주룩 비가 내리던 어느 날이었습니다. 월호는 사람들의 발길이 끊어져서 고요했죠.

저는 목조 다루(茶樓)의 2층에 있는 작은 방에 앉아서 월호를 내려다보며 철관음(鐵觀音) 차를 마시고 있었습니다.

무수한 빗방울이 수면에 떨어지며 파문을 일으키고 있었습니다. 나타났다가는 수면 속으로 사라지고, 나타났다가는 다시 또 사라지고…….

나는 무엇인가? 나는 무엇인가? 빗방울은 그렇게 무언(無言)의 질문을 던지며 쉴 새 없이 투신을 계속하고 있었지요.

'나는 도대체 무엇인가? 저 빗방울처럼 태어났다가 늙고 병이 들어서 죽어야만 하는 존재다. 그리고 그것은 파문을 일으키며 변하면서 사라져가고 있다. 저 빗방울처럼 나라는 것은 순간적인 현상이다. 바로 이것이 나의 마음이다. 이것이 바로 괴로움의 원인인 것이다.'

나는 철퇴로 머리를 한 방 얻어맞고 머리통이 사라져버린 기분이었습니다. 아주 즐겁고 통쾌하고 홀가분했습니다.

마치 내 몸을 둘러싸고 있던 거죽이 홀랑 벗겨지고, 붉은 고깃덩어리가 백일하에 드러난 그런 느낌이었습니다.

수밀도(水蜜桃)의 얇은 껍질이 벗겨져나가듯이 그렇게 마음이라는 꺼풀이 한 겹 벗겨진 것 같은 기분이라고나 할까요?

녹차 맛은 더할 수 없이 촉촉하고 향기로우면서도 달콤했습니다. 혓바닥에 돌기한 미뢰에 차의 입자들이 합쳐지며 중심을 꿰뚫는 향기는 정말 기가 막혔습니다.

'아! 녹차 맛이란 것이 본래 이렇게 달콤하고 향기로운 것이었구나!'

저는 완전히 감동하고 말았죠.

마치 '비밀의 감로수(甘露水: ambrosia)'를 마음껏 들이켠 기분이었습니다.

그 차 한 잔은 저에게 또 다른 변화를 불러일으키는 계기가 되었습니다.

그때부터 돌연 명상이 차맛처럼 달콤해지고 재미있어지기 시작한 것입니다. 마치 "날밤을 깨물어 먹는 것처럼 오도독 오도독 재미가 난다"는 혜암 선사의 말에 무릎을 쳤지요.

백운암에 앉아서 수면을 바라보면, 일렁이는 잔물결 사이로 피어오르던 마음의 유독 안개가 투명하고 환하게 걷히는 모습이 보였습니다.

하지만 돌아서면 다시 캄캄해졌습니다. 그동안 3천 번도 넘게 『금강경』을 읽었지만, 도저히 그 의미를 한 꼬챙이로 두루 꿸 수는 없었죠. 『금강경』은 도저히 납득할 수도 없고 이해할 수도 없는 경악할 만한 내용들로 가득 차 있었기 때문입니다.

여래(如來)는 깨달음을 얻은 바도 없고, 진리에 대해 설(說)한 바도 없다. 만일 부처가 설법을 한 바가 있다고 한다면, 그것은 부처를 비방하는 것과 같다. 부처는 곧 부처가 아니며, 그 이름이 부처일 뿐이다. 깨달음이란 깨달음이 아니며, 중생이라는 것도 중생이 아니며, 진리라는 것도 진리가 아니며, 선법(善法)이란 것도 선법이 아니다. 복덕이나 공덕이란 없는 것이다.

강호제현께서도 아시다시피 『금강경』은 이와 같은 폭탄선언으로 가득 차 있습니다.

'부처도 없고 깨달음이란 것도 없고 진리도 없고…… 아무것도 없는 것이라면, 도대체 이것이 무엇이란 말인가?'

저는 절망하고 있었죠.

『금강경』을 빠른 속도로 한 번 독송하는 데는 약 20분 정도가 걸립니다. 저는 하루에 열 번 이상씩 『금강경』을 읽었습니다. 물론 사경(寫經)도 했죠.

그런데 저는 다람쥐가 쳇바퀴를 굴리듯이 습관적으로 『금강경』의 글자만을 읽고 있었습니다. 『금강경』의 참뜻은 글자 밖에 있다는 것을 까맣게 모르고 있었던 것입니다.

경전이란 약방문이나 이정표와 같습니다. 달을 가리키는 손가락일 뿐이죠. 정작 달은 보지 않고 그것을 가리키는 손가락만 쳐다보고 있는 것은 아무런 소용이 없습니다. 죽어가는 자가 약은 먹지 않고 처방전만 밤을 새우며 달달 외우고 있다면 그것이 무슨 소용이 있겠습니까? 저는 눈만 뜨고 있었을 뿐 소경에 불과했습니다.

선가에서 말하는 습기(習氣)란 어리석은 짓을 되풀이하는 것을 가리킵니다. 이것은 각성을 통해서 움직이는 것이 아니라 과거의 행위와 그 기억을 통해서 움직이는 것을 의미하지요.

마음은 과거의 습관 때문에 실제의 현실에 감응하지 못하고, 케케묵은 옛 생각에 매달려서 마치 기계처럼 같은 자리를 맴돌며, 과거에 저질렀던 것과 똑같은 일을 반복하는 것입니다. 마음은 늘 과거의 눈, 과거의 기억에 의해 움직입니다.

저는 그것을 자각하지 못하고 있었기 때문에 계속해서 절망하며 고통스러워했던 것입니다.

『금강경』의 딜레마에 빠져서 허우적거리던 어느 날이었습니다. 우연히 탄트라에 관한 서적들이 눈에 들어오기 시작했습니다. 그것은 캄캄한 밤길에서 불빛을 만난 것과 같았습니다. 스승 없이 수행을 하던 제가 탄트라를 만나게 된 것은 삼세제불(三世諸佛)의 축복을 받은 것과 다를 바가 없었지요.

탄트라(Tntra)는 산스크리트어로 '도(道)'라는 뜻의 단어입니다. '방편(方便: way)', '의식(意識)의 무한한 확장'이라는 의미도 들어 있다고 합니다.

탄트라는 붓다 석가모니가 오시기 수천 년 전부터 인도인들 사이에 은밀하게 구전되어 내려오던 '명상비전(瞑想秘傳) 112가지'를 가리킵니다. (탄트라에 대한 서적은 이미 시중에 넘쳐나고 있으니 참조하시기 바랍니다.)

저는 바로 탄트라를 통하여 불교가 태어났고, 자이나교[Jainism]도 성립되었다는 것을 알았죠. 석가모니 부처님은 힌두교와 바라문 교도였지만, 그의 본바탕은 '탄트라 수행자[tantrica]이셨습니다.

도(道)에 목이 말라 있던 저는 마른 스펀지처럼 탄트라를 흡수하기 시작했습니다. 처음부터 스승도 없이 이해하기란 쉽지 않았지만 한 가지 방편에 대해 3일 가량 꾸준히 수행을 해나갔습니다. 그리고 그 경험은 제게 큰 힘이 되었습니다.

112가지의 모든 방편을 두루 맛을 보고 나자, 그중에서 저의 에너지와 사이클이 딱 맞아떨어지는 방편 세 가지가 저절로 나타났습니다.

그때부터 저는 그동안 행해오던 좌선과 행선(行禪=步禪)에, 탄트라 수행법인 '빈 갈대가 되어 바람에 흔들리기 명상[latihan]'과 '제3의 눈에 집중하기 명상' 그리고 '천 개의 연꽃잎으로 피어나기 명상'을 병행하기 시작했죠. (초심자들은 단 한 가지 방편만을 수행하는 것이 효과적입니다.)

제3의 눈은 인간이 가지고 있는 7개의 에너지 센터[chakra] 중에서 미간의 부위에 해당하는 '아즈나 차크라(ajna-chakra)'를 가리킵니다. 불상의 미간에 찍혀 있는 점이 바로 제3의 눈을 가리키는 것이지요. 흔히 불교에서 '혜안(慧眼)이 열렸다'거나 '법안(法眼)을 얻었다'라고 말하는 것이 바로 이 제3의 눈이 열린 것을 의미합니다.

선가에서 '외알 눈을 갖춘 종사(宗師)'라고 부르는 것도 이 명상의 눈이 열린 것을 가리킵니다. 이것을 금강안(金剛眼)이라고도 부릅니다.

인간은 두 개의 눈을 가지고 있지요. 탄트라에서는 두 개의 육안(肉眼)은 곧 우리의 마음이 분열되어 있음을 상징하는 것이라고 합니다.

눈이 두 개라는 것은 이원성(二元性)을 의미하지요. 그러므로 둘이 아닌 하나의 통합된 시각을 가지게 될 때 우리는 비로소 '존재계의 통일성'을 보기 시작합니다.

즉 제3의 시야로 볼 때, 마음에 의해 분열된 것들은 '하나[一合相]'로 통합됩니다.

우리의 마음은 실제로 하나의 사물을 분열된 시각으로 바라봅니다. 예를 든다면 하나의 실체를 사랑이라고 부르거나 증오라고 부르는 것이죠. 인간의 눈은 하나의 동전을 앞면은 사랑이고 뒷면은 증오로 봅니다.

제3의 눈으로 보면 '너를 사랑해!'라고 말하는 것은 '너를 미워해!'라고 말하는 것과 아무런 차이가 없습니다. 지금은 사랑한다고 말하고 있지만 잠시 후에 상황이 달라지면 사랑하는 마음은 곧 미워하는 마음으로 뒤바뀔 것이기 때문입니다.

마치 전파의 사이클처럼 마음은 극단과 극단을 오락가락하는 특성이 있습니다. 그러므로 사랑한다고 말하는 것은 미워한다고 말하는 것과 똑같습니다.

말이라는 것과 마음이라는 것은 그렇게 속절없는 것이지요. 그러므로 말이나 마음은 추호도 믿을 수가 없습니다.

제3의 눈에 집중하기 명상은 두 개로 나누어진 시각을 하나로 용해하여 바라보는 것을 가리킵니다.

제3의 눈으로 보면 사랑과 미움, 생과 사, 극락과 지옥, 선과 악, 음과 양, 자비와 분노, 지혜와 어리석음으로 나뉘어져 있던 마음들이 중간에서 만나 서로 속으로 녹아들어 제로[空]가 되어버립니다.

제3의 눈은 동서남북을 하나로 보는 눈, 분열되지 않은 시각, 전체적인 시각을 가리킵니다. 즉 석가여래께서 가르쳐주신 '중도(中道)에서 바라보는 것'과 똑같은 방편이지요.

바람에 빈 갈대가 되어 흔들리기 명상은 특히 제가 즐겨하는 명상이기도 합니다.

먼저 제 몸을 속이 텅 빈 마른 갈대로 만듭니다.

월호에 앉아 있으면 산들바람이 제 열려진 몸을 통과해서 지나갑니다.

여기에서 말하는 갈대는 파스칼의 '생각하는 갈대'처럼 생각에 휩쓸리며 생각의 움직임에 따라 이리저리 흔들리는 허약한 갈대를 가리키는 것이 아닙니다. 불어오는 생각들을 헤아리며 분석하고 판단[思量分別]하는 갈대도 아닙니다.

갈대는 어떤 바람은 받아들이고 또 어떤 바람은 거절하는 짓을 하지 않습니다. 갈대는 좋은 바람, 나쁜 바람을 가리지 않고, 그 어떤 바람이든 자신을 흔들며 지나가도록 허용하고 수용합니다.

갈대는 마음이라는 바람을 붙잡거나 거기에 매달리는 바가 전혀 없는 상태입니다.

이것을 선에서는 '머무름 없이 마음을 낸다'고 하여 무주심(無住心)이라 부릅니다. 즉 마음에 집착하는 바가 전혀 없으므로 거기에는 맑고 깨끗한 마음[淸淨心]이 드러나게 됩니다. 극단과 극단이 서로 통하게 되는 것이죠. 이것을 선에서는 양극단의 마음들이 사라진 중앙에서 실체가 나타난다고 하여 '중도실상(中道實相)'이라고 부릅니다.

마음은 바로 바람 같은 현상이었습니다. 그리고 저의 마음이 중생 노릇을 하고 있었던 것은 바로 제 자신이 거기에 집착하고 있었기 때문이었습니다. 저는 마음이라는 마법에 걸린 좀비에 불과했던 것입니다.

일단 제 자신이 빈 갈대에 조율(調律)되고 나자, 그 순간부터 과거의 일에 대한 뼈 시린 회한과 근심과 죄의식이 점차 옮어져 갔습니다. 괴로움의 무리들이 사라져가는 것에 비례하여 생생하게 살아 있는 기쁨이 제 앙상한 빈 몸을 채우기 시작했습니다.

빈 갈대처럼 차별 없이 모든 마음들을 수용하게 될 때, 그 마음들은 저절로 항복을 하고 만다는 것을 알게 된 것이 그 기쁨이죠. 그러한 이치를 조금 알고 나자 마치 무수한 백련(白蓮) 꽃잎들이 미묘한 향기를 내뿜으며 피어나는 것처럼 즐겁고 황홀했지요.

이제는 『금강경』이 왜 중국 선가의 최고 경전이 되었는지를 조금씩 이해할 수 있게 되었습니다. 참으로 눈물겹고 감격스러운 일이었습니다. 탄트라와 『금강경』은 서로 통하는 동일한 강물이라는 것을 서서히 알아가게 되었죠.

검은 고양이냐, 흰 고양이냐

그 시절 중국은 순수한 아날로그 사회였습니다.

상하이도 닝보도 시내는 늘 우중충했죠. 건물도 사회 분위기도 인민(人民)들도 온통 무채색이었습니다. 대중목욕탕이 드물어서 중국인들은 잘 씻을 수도 없고, 자주 세탁을 할 수도 없었죠. 자주 감지 못한 부스스한 머리 차림으로 퇴색된 국방색 옷이나 푸르죽죽한 낡은 인민복을 걸친 사람들이 대부분이었습니다.

매캐한 연탄가스 냄새를 맡으며 거리를 산책하노라면 마치 흑백필름 속을 걸어다니는 듯한 암울한 기분이 들었죠. 게다가 중국인들의 전통 주택인 사합원(四合院)에는 화장실이 아예 없었죠. 그런 집에 사는 사람들은 공중화장실을 이용해야 했습니다. 웃기는 것은 하수도처럼 쭉 이어진 변기에 가림막도 없이 동네사람들이 함께 나란히 엉덩이를 까고 늘어앉아서 단체로 변을 봐야만 했다는 겁니다. 그런 재래식 화장실이 상하이 한복판인 예원(藝園) 근처에도 있었죠.

요즘에야 고속도로와 고속철도가 사방팔방으로 연결되어 있지만, 그 당시에는 닝보에서 항저우를 거쳐 상하이까지 가는 고속버스를 타면 4시간 반이나 걸렸죠. 유저우[柳州]에서 장자제[張家界]로 가는 기차는 석탄을 때는 증기기관차였습니다. 그래서 승무원들의 코끝에는 까만 석탄가루가 묻어 있었죠.

또 닝보에서 안후이성의 황산(黃山)까지 관광버스를 타면 무려 열두 시간이 넘게 걸렸습니다. 흙길과 포장도로를 번갈아가며 가다가보면 토사가 무너져 길이 막혀 있을 때가 많았지요. 그러면 길이 뚫릴 때까지 기다리는 수밖에는 다른 도리가 없었습니다. 개울을 건너고 산을 넘어가다가 어느 자그마한 산촌에서 점심을 먹기도 했죠. 저는 빠르고 매끄럽게 이어지는 요즘 여행보다도 그때의 투박하고 사람냄새가 물씬 풍기는 느린 여행이 참 좋았습니다.

중국인들과 황산을 오르고 있을 때였습니다. 바위로 된 봉우리를 오르고 있었는데 돌계단이 끝없이 이어지고 있었죠. 잡을 수 있는 줄도 없고 의지할 난간도 없는 가파른 계단을 네 발로 기어오르다가 문득 밑을 내려다보았습니다. 불현듯 아득한 현기증이 안개처럼 피어올랐죠. 아직 올라가야 할 끝은 보이지도 않는데 이미 올라온 계단도 까마득했습니다. 기진맥진한 저는 그 자리에 주저앉아버리고 싶었지만 뒤에서 사람들이 꾸역꾸역 올라오고 있었죠. 워낙 계단이 좁아서 비켜줄 수도 없었습니다. 그야말로 진퇴양난이었습니다. 게다가 비까지 퍼붓고 있었죠. 신고 있던 중국산 운동화는 바닥이 얇고 미끄러웠습니다.

그때 저는 순간적으로 저의 지치고 불안한 마음을 그 가파른 계단 밑으로 던져버렸죠. 그러자 갑자기 천근만근 늘어지던 몸이 민들레 홀씨처럼 가벼워졌습니다. 그리고 자신도 모르는 사이에 까마득하던 봉우리 위로 단숨에 올라서게 되었죠.

닝보에서 가까운 거리에 제가 이따금씩 찾아가는 보국사(保國寺)라는 사원이 있습니다. 덜덜거리며 몸을 흔들어대는 마이크로버스를 타고 1시간 반 정도 교외를 달려가는 일은 참으로 재미있습니다. 딱딱한 나무의자에 앉아 창밖으로 흘러가는 풍경들의 주인이 되어보는 것은 참으로 즐거운 명상입니다.

처음 보국사를 찾아갔을 때였지요. 정문 앞에 붙어 있는 포고문(布告文)이 제일 먼저 눈에 띄었습니다. '이 사원의 재산은 지역 공산당 소유다.' 대강 그런 내용이었습니다.

보국사에는 승려가 단 한 명도 없었죠. 문화대혁명 때 홍위병들에게 모두 쫓겨났기 때문이었습니다.

보국사는 엄청난 대규모의 사원입니다. 둘러보는 것만도 다리가 아플 지경이죠. 게다가 방문객도 거의 없어서 고요하고 적막한 한기가 느껴졌지요.

저는 주인 없는 사원을 이리저리 구경하다가 문득 동종(銅鐘) 소리를 들었습니다. 저는 완전히 그 소리에 반해버렸습니다.

예기치 못한 순간에 괴로운 마음을 씻어가는 그 맑은 진동. 종소리를 따라가니 소박한 종루가 있고, 허름한 차림의 공산당원이 있었습니다. 그가 종치는 값을 1위안씩 받고 있었죠. 저도 1위안을 주고 종을 쳐보았습니다.

뎅.

중심을 단방에 꿰뚫는 극락조의 깃털 같은 가벼움.

수행자들이 모두 사라진 텅 빈 사원의 연못에는 무심하게도 홍련(紅蓮)들만이 소리 없이 만개하고 있었죠.

닝보 교외에는 불교사적(佛教史的)으로 아주 유명한 '아육왕사(阿育王寺)'라는 사원도 있었죠. 그곳에도 승려들이 없기는 마찬가지였습니다.

닝보 사람들은 출근 전에 '혼돈(混沌=chaos)'이라는 이름의 물만두를 먹기도 합니다. 카오스를 아침식사로 삼다니 닝보 사람들은 정말로 철학적이라는 생각이 들었죠.

혼돈(渾沌 또는 混沌)은 중국 신화에 등장하는 존재로 사흉(四凶) 중의 하나입니다. 이 혼돈의 대가리에는 눈, 코, 입, 귀가 없다고 합니다. 그래서 북해의 천제(天帝)인 홀(忽)과 남해의 왕(王)인 숙(熟)이 함께 힘을 합쳐 혼돈에게 칠공(七孔)을 뚫어 천지를 창조하였다고 하지요. 명상에서의 혼돈은 곧 우리들의 마음을 상징합니다.

혼돈은 손톱만큼 조그맣게 소를 넣어서 마치 귀처럼 너풀너풀하게 빚은 만두인데 중국말로는 훈뚠이라고 부르죠. 거기에 러우빠오즈[肉抱子]라는 커다란 왕고기 만두를 두어 개 곁들이죠. 저는 한 개면 만족합니다. 고기만두는 오래된 행주 냄새가 나는 흑초(黑醋)에 찍어 먹습니다. 그러면 만두 속에 든 대파와 돼지고기가 어우러지면서 아주 산뜻한 단맛을 느끼게 해줍니다. 마치 지난밤의 혼돈 상태에서 깨어나는 맛이라고나 할까요?

그 당시에는 이렇게 아침식사를 하면 2위안 50전이었습니다. 빨간색 2층 시내버스비도 1위안에 불과했죠. 화광청 시장에 가서 대파를 1위안어치 사면 한 아름이나 되었습니다. 팔

뚝만 한 조기도 5~10위안이었으며, 두부 한 모는 불과 40전이었습니다. 1위안은 한국 돈으로 약 170원 정도였으니 한국 사람들은 돈 쓸 맛 난다고 좋아했죠.

닝보에서 사업을 하는 지인의 회사에는 수백 명의 공원들이 있었습니다. 그들의 임금은 600~700위안(元) 정도에 불과했지요. 운전수와 가정부도 700위안 내외의 저렴한 봉급을 받았습니다.

오늘날 중국은 전혀 다른 세상이 되었습니다. 지구상에서 가장 빠르게 변화하는 빛나는 땅이 되었죠. 공산당이 혁신적으로 시장경제를 견인하며 눈부신 번영을 실현하여 세계인들을 놀라게 하고 있습니다.

덩샤오핑[鄧小平: 1904~1997]의 '흑묘백묘론(黑猫白猫論)'이 지상 최대의 대변혁을 이룩한 것입니다. 검은 털의 고양이이든 하얀 털의 고양이이든 쥐만 잘 잡으면 그만입니다. 털의 색깔을 따지며 물고 늘어지는 것은 참으로 한심하고 어리석은 작태일 뿐이죠. 지금의 남한과 북한처럼 말입니다.

만일 한반도인들이 저 현명한 중국인들처럼 스스로를 묶고 있는 이념이라는 포승줄을 풀어버린다면, 비록 경계선이 그어져 있다고 하더라도 이미 통일을 이룬 것이나 마찬가지 상태가 될 것입니다.

덩샤오핑은 공산주의니 자본주의니 하는 것들이 모두 이념에 불과할 뿐이라는 것을 환하게 꿰뚫어보고 있었죠. 당장 눈앞에서 인민들이 굶어서 죽어 나자빠지고 있는데, 이념을 내세우며 최고 존엄만을 외치고 있다면, 그것이 대체 무슨 어처구니없는 잠꼬대이며 블랙코미디란 말입니까? 얼른 밥을 지어서 배부르게 먹지 않는다면 선량한 인민들은 곧 이 세상을 떠나버리고 말 것입니다.

덩샤오핑은 이념이란 허울 좋은 환상이며 허상일 뿐이라는 것을 잘 알고 있었습니다.

그런데 인간들은 일단 그 환상에 중독이 되고 나면, 저 김정은의 헐벗은 군대처럼 어리석게도 스스로가 들어갈 지옥의 구렁텅이를 끝없이 파게 됩니다. 서로 다른 이념을 가지고 논쟁하고 반목하고 질시하다가 전쟁을 일으키고…… 끝내는 자신들이 내세우던 그 이념 때문에 자멸하고 마는 것이죠.

덩샤오핑은 지혜로운 영도인(領導人)이자 위대한 선객(禪客)이며 대사(大師)이자 작가(作家)였습니다.

그는 단칼에 문제를 일으키는 고양이를 두 동강으로 베어버렸지요. 옳다 그르다 하는 모든 다툼을 일시에 제거해 버렸던 것입니다. 이것은 '남전참묘(南泉斬猫)'라는 아주 유명한 공안(公案)이기도 합니다.

덩샤오핑은 한 치 앞도 보이지 않던 캄캄한 중국인들에게 돌연 '이념으로부터의 자유'를 선언하였습니다.

모든 중국인들이 이념의 분별을 넘어서는 그 순간, 중국을 뒤덮고 있던 '죽(竹)의 장막'은 온데간데없이 사라지고 말았습니다. 그러자 그 순간부터 참으로 엄청난 변화와 기적이 폭발하기 시작했습니다.

어질고 착한 중국인들이 덩샤오핑의 가르침대로 실행하여 이념의 철벽을 넘어서자 그들은 그 즉시 스스로 자유로워졌습니다. 자신들이 묶여 있던 사상과 이념이라는 이름의 마음으로부터 해방되어 명실공히 좌(左)도 우(右)도 아닌 '중심의 나라'로서의 '문명중국(文明中國)'을 창신(創新)하게 되었던 것입니다.

하지만 중국인들이 아무리 사상 초유의 대변화를 이룩하였다고 하더라도 그들이 거기에 안주하고 만다면, 그 바다는 곧 썩고 말 것입니다. 아무리 엄청난 대양(大洋)이라고 하더라도 변화를 거부한다면 그 바다는 살아서 출렁거리는 바다가 아닌 썩은 물에 불과할 것이기 때문입니다.

중국인들은 한국인들을 만나면 이런 우스갯소리를 들려주곤 하죠.

"한국인들은 자본주의적이면서도 가장 공산주의적이고, 중국인들은 공산주의적이면서도 가장 자본주의적이다."

농담 삼아 하는 말이지만 참으로 신랄한 지적이라는 생각이 듭니다. 한국인들은 겉으로 보면 가장 열려 있는 것처럼 보이지만 사실은 가장 폐쇄적이고, 중국인들은 가장 폐쇄적인 것처럼 보이지만 알고 보면 가장 열려 있는 사람들이라는 겁니다.

한국인들은 자신들이 자유국가에서 살고 있는 자유시민이라고 생각하고 있습니다. 그리고 저 북조선에 있는 자들은 천하공적(天下公敵)이라고 믿고 있죠. 사실 알고 보면 동족(同族)인데, 서로 처단해야만 할 원수 사이가 되어버린 것입니다. 모두가 이념 때문이죠.

이념이 우리를 분열시켰고 그래서 단절되었고 폐쇄되었으며 불구가 되어버렸죠.

한반도인들은 지금 진정으로 자유로운 상태가 아닙니다. 절룩거리며 이념에게 끌려다니고 있죠. 이념이라는 그 고정관념의 철사에 코가 꿰어져 있는 포로 상태입니다. 이 포로 상태에서 벗어나지 못한다면, 우리는 결코 완전한 자유인이라고 말할 수 없을 것입니다.

아날로그 시대에는 흑백논리가 세상을 지배했죠.

소련은 철의 장막 속에 갇혀서 자신들만이 최고라고 떠들어대고 있었고, 이념이라는 망상에 사로잡힌 중공(中共)의 홍위병들은 문화대혁명이라는 미명 아래 스스로를 마구 파괴하고 있었죠. 이제 그들은 모두 허공 속으로 사라져버렸습니다.

지금은 화려하고 선명한 디지털 스마트 시대가 되었죠.

아날로그 시절의 흑백 얘기는 퇴색되어 신화가 되었습니다. 그런데 참으로 기구하게도 한반도인들만이 아직도 흑백 논리를 버리지 못하고 있습니다.

남한과 북한!

그들은 영원히 만나지 못할 철길과도 같습니다. 그들의 눈에는 저만이 최고 존엄이고, 상대방은 정신이 나가버린 개로 보이는 겁니다.

사실 이데올로기나 이즘(ism), 철학, 사상이라 불리는 것들은 모두 인간의 생각이자 관념일 뿐입니다. 모두 마음에서 나온 산물들이죠. 그것들은 모두 문자나 말 그리고 이론과 학설에 불과합니다. 그런데 어리석은 자들은 그것을 지키기 위해서 목숨을 바쳐 투쟁을 하죠. 이념에 물든 사람들은 이념의 노예가 되어버립니다.

하지만 이념이라는 것이 한낱 봄날의 아지랑이처럼 아른거리다가 곧 사라지고 마는 허깨비에 불과하다는 것을 알게 되면, 엄청난 '내적인 혁명'이 일어나게 됩니다.

시진핑[習近平] 주석이 박근혜 대통령에게 선사한 휘호 중에 '갱상일층루(更上一層樓)'라는 시구가 있습니다. 천 리 밖을 내다보려면 누각의 한 층을 더 올라가야 한다는 뜻이죠.

한국인들은 아직 결정적인 한 층을 더 올라가지 못하고 있는 우물 안의 개구리들에 불과한지도 모릅니다.

흰 해는 산 아래로 지고　　白日依山盡 (백일의산진)
황하는 바다로 흘러드네　　黃河入海流 (황하입해류)
천 리 밖을 내다보려면　　欲窮千里目 (욕궁천리목)
누각의 한 층을 더 올라가야 한다네　　更上一層樓 (갱상일층루)

— 왕지환(王之渙: 668~742)

이념을 넘어 한 층을 더 올라서게 되면, 불가사의한 비약을 하게 됩니다.

검은 고양이도 아니고 하얀 고양이도 아닌 전혀 다른 차원의 초능력자로 다시 태어나게 되는 겁니다. 이것이야말로 진정한 해방이며 혁신인 동시에 부활이죠.

이 묘한 혁명은 국민소득이 10만 불이 되고 100만 불이 되는 것과는 비교도 할 수 없는 어마어마한 기적을 일으키게 되지요. 우리 모두가 우주의 지배자이자 자신의 진정한 주인이 되는 일이 벌어지게 되니까요.

그 일은 결코 어려운 일이 아닙니다. 매우 쉽고 간단명료한 일입니다. 선사들은 그 일을 가리켜 '세수를 하다가 콧구멍을 만지는 것만큼이나 본래로 가까운 일'이며, '3년 동안 등에 업고 다니던 아기를 찾는 일'만큼이나 손쉬운 일이라고 하셨습니다.

마음을 넘어서고 초월하는 것은 그 마음으로부터 한 발자국 뒤로 물러나서 바라보기만 하면 되는 일이기 때문입니다. 이 세상에서 이보다 더 쉬운 일이 어디에 있겠습니까?

단지 바라보기만 하면, 잔잔한 월호에 '마음의 달[心月]'이 떠오릅니다. 그리고 말로 형언할 수 없는 지극한 즐거움의 세계가 전개되기 시작합니다.

그런데도 여전히 선은 어렵고 도무지 그 안을 알 수가 없습니다.

왜 그럴까요?

선이 어려울 수밖에 없는 데는 필연적인 연유가 있습니다.

선어(禪語)들은 사실 언어가 아닙니다. 선어는 말로 할 수 없는 것들을 말하고 있기 때문입니다. 선의 언어들은 상징과 비유일 뿐입니다.

사정이 그러므로 어떤 영리한 사람이 막 바로 그 말에 매달려서 해석하고 분석하기 시작한다면, 그것은 종이로 만든 꽃잎을 피우는 언어의 유희가 될 뿐입니다. 그것은 원숭이가 달그림자를 잡으려고 섬돌을 오르락내리락하는 것과 다를 바가 없습니다.

선은 말이나 생각으로 헤아릴 수 있는 것이 아닙니다. 만일 잔머리를 굴리며 참선을 시도한다면, 그는 곧 '귀굴리작활계(鬼窟裏作活計: 귀신굴 속에 앉아 악귀들과 살림을 차리는 것)'에 빠지게 되는 것입니다.

저는 바로 이 점을 강호제현께 말씀드리고 싶었습니다.

한반도인들이 원만(圓滿)한 하나가 되기 위해서는 반드시 이념의 철조망을 넘어서야만 합니다.

또 명상이나 선은 출가승이나 행하는 일이 아니며 어려운 일도 결코 아닙니다.

사정이 그러하므로 이제는 저처럼 스승 없이 단독으로 수행을 하는 분들에게 조금이나마 용기를 드리는 의미에서, 그동안의 공부를 정리하여 함께 정보를 공유하는 것도 그리 나쁘지 않겠다는 일념으로 이 글을 쓰게 되었습니다.

저는 명상이나 선에 있어서 이제 겨우 걸음마를 하게 된 철없는 어린아이에 불과합니다. 제가 어떠한 경지에 도달했다거나 무엇을 깨달았다는 것이 절대 아니오며, 이 글은 그저 '명상의 방편(方便)'에 관한 비좁은 견해일 뿐이오니 부디 넓으신 아량으로 비추어 바라보아주시면 감사하겠습니다.

은산철벽

TV를 켰습니다.

뉴욕에서 온 세계적으로 저명한 종교학자 부부가 '살아 있는 부처[活佛]'로 추앙받고 있는 한국 불교의 어느 고승을 찾아가고 있었습니다. 세계 종교학계의 태두(泰斗)가 한국 불교계의 대덕(大德)을 방문한다는 것은 특집 다큐멘터리가 될 만했죠.

대구에 있는 겨울 산사에는 TV 제작진과 여러 승려가 그 광경을 지켜보기 위해 모여 있었습니다. 그리고 카메라 아래에서 두 사람은 서로 마주 앉았습니다.

"은산철벽이 내려쳐져 있어서, 나도 나를 바로 보지 못하는데, 그대는 어찌하여 나를 보려 여기까지 왔는고?"

묘하게 생긴 주장자(柱杖子)를 세우며 고승이 일갈했습니다.

그런데 고승께서 멋지게 선문답(禪問答)을 시작했지만, 파란 눈의 그 종교학자는 그의 질문을 제대로 이해하지 못하였습니다.

종교학자는 말했습니다.

"지금 이 순간에도 아프리카와 동남아에서는 사람들이 굶어 죽어가고 있습니다. 스님께서는 산사에서 조용히 수행을 하시면 되지만, 저는 그들을 살리기 위해서 부지런히 전 세계를 뛰어 다녀야만 합니다. 여기서 스님을 뵙고 나면 곧 동남아로 가봐야 합니다."

TV는 거기에서 얼버무리며 선문답을 접고 말았지만, 정작 그다음부터가 아주 중요한 대목이었습니다. 우리 모두의 눈앞에는 동남아에서 굶주리고 있는 어린이들에게 식량을 제공하는 일보다도 더 시급하게 해결해야 할 일이 놓여 있는 것입니다.

은산철벽(銀山鐵壁)이란 바로 우리의 마음을 가리킵니다.

마음이란 은으로 된 산과 같고, 철로 만든 방벽과 같이 강력하다는 의미이죠. 결국 그 마음을 통해서 보는 것은 무엇이든지 다 미혹된 것이며, 모두가 허깨비라는 의미가 내포되어 있습니다. 그래서 은산철벽인 그 마음을 걷어내고 보아야만 비로소 실상(實相)이 맑고 투명하게 제대로 보인다는 뜻이죠.

"그대는 지금 마음이라는 은산철벽 속에 손오공처럼 갇혀있다. 그러니 어찌 나를 제대로 볼 수 있겠느냐? 어떻게 그 속에서 나올 터이냐?"

고승은 그렇게 물었지만, 종교학자는 자신의 자선사업에 대한 것으로 답을 했습니다.

종교학자는 고승의 질문을 잘 이해하지 못했고, 고승 역시 그 학자의 마음을 제대로 지적하지 못한 채 어물어물 지나가 버리고 말았던 것입니다.

고승은 그에게 법명을 내려주고 제자로 삼았습니다. 그리고 그들은 무엇이 그리 좋은지 무리들과 함께 껄껄거리고 웃으며 어디론가 발길을 옮기며 사라져버렸습니다.

『금강경』에 이런 말씀이 나옵니다.

> 일체 중생을 멸도(滅度)에 들게 하겠다는 마음을 버려라.
>
> —『금강경』 제17분

대체 이것은 무슨 아닌 밤중에 홍두깨 같은 소리란 말입니까?

왜 그 바다와 같이 한량없는 자비의 마음을 버려야 하겠습니까?

타인을 열반의 길로 인도하겠다는 것은 얼마나 아름답고 갸륵한 보살의 마음입니까?

『금강경』에서 그 마음을 내지 말라고 하는 까닭은 이렇습니다.

타인들을 구제하겠다는 생각은 이 세상에서 가장 무거운 짐이자 가장 커다란 욕망이며, 그 마음을 일으키는 것은 곧 '나라는 마음[我相=ego]'을 내세우는 일이 된다는 것입니다.

아상(我相)을 내세우면 태양도 빛을 잃고, 창공을 환하게 비추던 보름달도 돌연 모습을 감추고 맙니다.

『법구경』에 이르기를 나를 세우면 우주도 한 칸 협실처럼 비좁아지고, 나를 비우면 한 칸 협실도 우주처럼 드넓어진다고 하였습니다.

사실 중생을 제도(濟度)하려고 해도 『금강경』에는 부처도 없고 중생도 없습니다. 부처와 중생을 나누는 것은 아상이 만들어내는 '분별심(分別心)'에 불과하다는 뜻이죠.

백장 선사께서도 말씀하셨습니다.

"성냄과 기쁨, 병과 약이 그대로 자기(自己)라서 다시는 두 사람이 없거늘, 어느 곳에 부처가 있으며 어느 곳에 제도할 중생이 있겠는가?"

하지만 저와 같은 목전의 눈먼 중생들에게는 생사가 분명하고, 부처와 중생이 따로 나뉘어져 있습니다. 그들은 생멸심(生滅心=生死心)에 휩싸여서 고통으로 허덕이며 살아갑니다.

뉴욕에서 온 그 종교학자는 지금 누군가의 발등에 떨어져 불타고 있는 생사 문제에 매달려 있습니다. 그것은 그의 문제가 아닌 타인의 문제이죠. 그러므로 그는 이타주의자이며 박애주의자입니다. 세속적으로 보면 아주 동정심이 많은 자애로운 자선가이자, 따뜻하고 아름다운 인격의 소유자인 것이죠.

그런데 『금강경』은 그와 같은 '비범한 마음'도 결국 마음이기는 마찬가지라는 겁니다.

그래서 『금강경』에서 제시하는 가장 아름다운 길은 '무상보시(無相布施)'입니다. 무상(無相)이란 '마음의 차별과 대립에서 벗어난 초연한 지경(地境)'을 가리킵니다.

무상보시는 '내가 굶어 죽어가는 저들을 살려준다, 도와준다, 구제해준다.' 하는 마음 없이 무조건 선사(善事)하는 것입니다. 그것은 왼손이 하는 일을 오른손이 모르게 하라는 예수 그리스도의 말씀과 똑같은 것입니다.

왜 그렇게 행해야 하는 것일까요?

그렇게 행동하게 되면 몇 푼어치의 식량과 의약품을 제공하는 일이 '신(神)의 축복'을 함께 나누는 거룩한 일로 변화하게 되기 때문입니다.

만약에 어떤 보살이 베푼다는 마음에 사로잡힌 채 보시를 행한다면, 그는 다만 어둠에 잠긴 채 꿀 먹은 벙어리처럼 아무 소견이 없는 것과 같다.

하지만 어떤 보살이 마음에 집착하는 바 없이 보시를 행한다면, 소경에게 눈이 생겨나서 햇빛이 환하게 비치는 가운데 가지가지 묘하고 묘한 색깔과 형상을 보는 것과 같다.

若菩薩 心住於法 而行布施 如人入暗 卽無所見
약보살 심주어법 이행보시 여인입암 즉무소견
若菩薩 心不住法 而行布施 如人有目 日光明照 見種種色
약보살 심부주법 이행보시 여인유목 일광명조 견종종색

—『금강경』 제14분

마음에 매달리게 되면 눈을 감고 어둠 속을 지향 없이 달려가는 것과 같습니다. 마침내 동쪽으로 가야만 하는 사람이 서쪽으로 질주를 하고 있다면 그 결과가 어떻게 되겠습니까?

백장 선사께서는 말씀하셨습니다.

"어떤 사람이 복과 지혜와 네 가지 물건[衣食住藥]으로 4백만 억 아승지 세계의 육취사생[六趣四生: 육취는 미혹된 중생이 업인(業因)에 따라 6처로 나눈 것으로 육도(六道)라고도 한다. 사생은 난생(卵生), 태생(胎生), 습생(濕生), 화생(化生)]에게 꼬박 80년을 공양하고, 그 중생들을 불법(佛法)으로 인도하여 수다원과(須陀洹果)와 아라한도(阿羅漢道)를 얻게 하리라 하는 마음을 낸다면 그 시주(施主)의 공덕은 무한하다. 그러나 경전 한 구절을 듣고 따라서 기뻐하는 공덕[隨喜功德]만은 못하리라."

『금강경』의 묘한 선법(善法)은 마음에 매달리지 않고 행동하는 것입니다.

마음에 집착하지 않고 행하는 모든 보시는 밝고 자유로운 행동이 되며, 무량한 공덕을 쌓는 일이 됩니다.

마음에 매달린 채로 보시하는 것은 보시가 아닌 거래가 되고 선악을 나누는 사업(事業)이 되어버립니다.

하지만 마음에 집착함이 없이 행하는 보시는 축복이 되고 자비가 되며 아름다운 명상이 됩니다.

그 고승께서 그와 같은 선가(禪家)의 전후 사정을 종교학자가 쉽게 이해할 수 있도록 도와주었더라면 얼마나 좋았을까요?

한국 불교와 선을 전 세계에 알리는 데 커다란 계기가 되었을 것입니다. 그래서 저는 감히 그 TV 프로그램에 참여했던 분들에게 이런 말씀을 드리고 싶었습니다.

그 고승처럼 마음공부를 하다가 비록 마음 없는 곳에 이르렀다고 하더라도, 거기에서 그치고 만다면 그것이 무슨 소용머리가 있겠습니까? 더 이상 나아갈 수 없는 자리에서 한 발을 더 나아가야 비로소 은어(銀魚)가 폭포를 차고 튀어 오르듯이 활발발(活潑潑)한 공부가 되는 것이 아니겠는지요?

『금강경』이 열리면, 사위대성(舍衛大城)의 아침이 밝아옵니다.

2500년 전인 그 당시에 사위성에는 50만 가구(90만 가구라는 설도 있음)가 살았다고 하니, 아마도 전 세계에서 가장 인구가 많은 도시가 아니었을까요?

사위성은 슈라바스티(Sravasti)로써 '영광의 도시'라는 뜻을 가지고 있다고 합니다.

오늘날 인도의 곤다(Gonda) 주에 있는 사헤트마헤트(Shahet-Mahet)라는 도시인데 당시에는 코살라국의 도읍이었습니다.

성문이 열리자 1,250명의 비구(比丘)들이 석가모니 붓다의 뒤를 따라 맨발로 걸어서 성안으로 들어갑니다.

『금강경』에서는 비구라고 적고 있지만, 사실 그들은 모두 성스러운 아라한(阿羅漢)들이었죠.

붓다와 1,250명의 아라한이 아침 햇빛 속을 걸어가고 있었으니 그들을 감싸고 있던 거룩한 빛이 어마어마했을 겁니다. 성안 사람들은 붓다와 제자들의 그 찬란한 행렬을 보려고 구름떼처럼 몰려들고 있었죠.

겉으로 보기에 탁발승들은 아침밥을 빌고 있습니다.

하지만 그들은 구걸을 하고 있는 것이 아니라, 아무도 모르게 집집마다 축복과 은총을 나누어주는 일을 하고 있는 중이죠.

그들은 밥을 주는 이의 눈을 쳐다보지 않습니다. 혹시라도 눈을 맞추게 되면 밥을 주는 이가 '아! 내가 저 수행승에게 아침밥을 주었다! 그러니 이제 나는 죽어서 무간지옥(無間地獄)에 떨어지지는 않겠지? 부처님의 가피력으로 아이들은 건강하게 자랄 것이고, 우리는 부자가 될 것이다!' 하는 따위의 경박한 마음을 일으킬까봐 그것을 밝게 경계하는 것입니다.

대가를 바라며 보시하는 것은 곧 욕심이며 탐심에 불과할 뿐이기 때문이지요. 탐욕의 길에는 오직 재앙만이 가득할 뿐입니다.

비구(比丘=乞士)들은 무심으로 보시해야만 그 보시가 한없는 축복이 되어 보시하는 자에게로 되돌아간다는 '불가사의한 명상의 비밀'을 알고 있는 것입니다.

『금강경』 제19분에는 다음과 같은 말씀이 나옵니다.

> 만약에 복덕이 참으로 있는 것이라면 여래께서 많은 복덕을 얻으리라 설하지 않았을 것이다. 복덕이란 없는 것이므로 여래께서는 많은 복덕을 얻으리라 설하신 것이다.

若福德有實 如來不說 得福德多 以福德無故 如來說 得福德多
약복덕유실 여래불설 득복덕다 이복덕무고 여래설 득복덕다

이 알쏭달쏭한 가르침은 바로 복덕의 '무복덕성(無福德性)'을 가리키고 있습니다. 즉 마음으로 복덕을 구하지 않는다면 비로소 그 복덕이 무한할 것이라는 뜻입니다. 복덕에 매달리는 것은 곧 집착이며 탐욕일 뿐이라는 가르침이죠.

사실 머나먼 우주에서 내려다본다면 그 밥은 나의 것도 아니고 너의 것도 아닙니다. 다만 인간의 마음이란 것이 그렇게 나누어 생각하고 있는 것에 불과한 것이죠.

지구라는 것도 한낱 티끌[微塵]에 불과하거늘, 그 먼지 속에서 나의 것과 너의 것을 나누는 것은 참으로 무상(無常)한 일일 뿐입니다. 먼지라는 것도 먼지가 아닙니다. 그 이름이 먼지일 뿐인 것이죠. (『금강경』 제30분 참조)

탁발승들은 눈을 내려 깔고 침묵으로 공양물을 받습니다.

그들은 감사하다느니, 축복을 내린다느니 하는 겉치레의 말을 일체 하지 않습니다. 아무런 욕망의 매임이 없이 주고 받아야만 비로소 그 행위가 축복이 되기 때문인 것이죠.

마찬가지로 복덕과 지혜라고 하는 것도, 그것을 바라거나 집착하는 마음이 없으면 저절로 우리의 중심에 나타나게 됩니다. 그런 이유로 『금강경』에서는 복덕이나 지혜가 없는 것

이라고 잘라 말하고 있는 것이죠.

겉으로 보기에는 걸식을 하고 있는 것으로 보이지만, 탁발승들은 깊은 명상 속에 있습니다. 그들의 일거수일투족은 광휘에 휩싸여 있습니다.

그렇지만 마음의 은산철벽이 내려쳐져 있는 사람에게는 아무런 빛도 보이지 않습니다. 마음을 앞세워서 보시하는 것은 모래를 밥이라고 하며 주는 것과 조금도 다를 바가 없습니다.

준다는 마음에 매이지 않고 초연하게 주는 것!

무주상보시(無住相布施)!

무주상보시를 행하는 사람은 무량(無量)하고 무수(無數)하며 끝닿을 데가 없는 무변공덕(無邊功德)을 자연스럽게 성취하게 됩니다.(『금강경』 제14분 참조)

하지만 '내가 저들에게 호의를 베풀어주었으니 이 얼마나 흐뭇한 일인가? 아, 나는 참으로 보람 있는 일을 했다.' 이러한 생각에 잠겨 있다면, 그 보시는 보시가 아닌 천박한 마음의 일이 되고 맙니다.

집착 없이 보시를 행하면 그 행동은 바람이 불고 달이 뜨고 꽃이 피어나는 일처럼 아주 자연스러운 명상이 됩니다. 그렇게 무상보시는 전혀 인공적인 것이 가미되어 있지 않은 무위(無爲)의 상태 즉 명상의 상태에서 헌신하는 것을 가리킵니다.

그 '아상(我相)을 버리는 헌신'을 통해서 자신의 중심에 자비의 빛이 찾아오기 시작합니다. 그러므로 그 일은 금강보살(金剛菩薩)이라면 마땅히 실행해야 할 바이며, 나아가야 할 도(道)입니다.

그것이 바로 '자비를 실천하는 일[慈悲行]'이며, 보살행(菩薩行)이고, 더 이상 '마음에게 걸리지 않는 행동[無碍行]'인 것입니다.

서로가 이렇게 주고받는다면, 그들의 그 행위는 아름답고 거룩한 자비의 빛으로 가득 차게 됩니다.

여기에서 말하는 보살은 절간에서 밥을 짓는 노파를 가리키는 말이 아닙니다. 보살이란 보디사트바(Bhodhisattva)라는 말로써 '무아법(無我法)에 통달한 자'를 의미하며, 부처가 되기 바로 직전의 경지에 도달한 아라한을 가리킵니다. (『금강경』 제17분)

또 보살은 아란나행자(阿蘭那行者)입니다. 아란나행자란 '기쁨의 성자(聖者)'라는 말로 '마음과의 다툼이 사라진 경지'에 이른 사람을 가리킵니다. (『금강경』 제9분)

아란나행이란 무애행과 같은 뜻으로 마음에 매이지 않고 즐겁게 보시를 실행하는 것을 가리킵니다.

도(道)는 수련하거나 닦는 일이 아니라 즐기는 일인 것입니다. 그리고 그 오묘한 즐거움은 무집착(無執着)에서 나오는 것이죠.

석가모니 부처와 제자들이 밥을 빌러 성안으로 들어오자, 사람들은 앞을 다투어 음식을 공양합니다. 그런데 사실 사람들의 흉중에는 부처님께서 복을 좀 나누어주셨으면 하는 꾀죄죄한 욕망이 조금씩 들어 있었죠.

"이 세상에서 가장 존귀하신 분[世尊]이 오신다!"

사람들은 환호하고 있었습니다.

그런데 사위성 중에는 통찰력이 뛰어난 늙은 어머니가 한 분 있었습니다.

그녀는 성안 사람들의 그 미세한 욕망을 꿰뚫어보고 있었습니다. 아무리 미세한 욕망이라 할지라도 무심코 간과하고 만다면, 그 욕망은 순식간에 삼천대천세계를 삼키고도 남을 만큼 엄청난 세력이 되고 말지요.

또 그러한 욕망을 숨긴 채 보시하는 것은 아예 보시를 행하지 않는 것보다도 못한 것이 되어 버립니다.

"흥!"

노모는 그런 사람들이 꼴도 보기 싫었죠. 부처와 그 제자들도 보기 싫었습니다. 그녀는 집으로 달려 들어와서 대문을 걸어 잠갔습니다. 방으로 들어가서 방문마저 걸어 잠갔죠. 그것도 모자라서 그녀는 열 손가락으로 자신의 눈과 귀와 코를 모두 틀어막았습니다.

그러자 뜻밖에도 그녀의 열 손가락 손톱마다 환하게 빛을 발하며 부처가 나타났습니다.

그녀의 손톱마다 나타난 부처를 '자성불(自性佛:자기부처)'이라 합니다. 이것은 사람이라면 누구나 가지고 있는 '본성(本性=佛性=神性)'을 의미합니다. 곧 자신 속에 임재하고 있는 신을 가리키는 것이지요.

흔히들 석가모니 붓다를 무신론자(無神論者)라고 합니다. 하지만 붓다께서는 "신은 없다"라는 말씀을 한 적이 없습니다. 붓다께서는 그 신이라는 것이 자신의 바깥에 있는 것이 아니라 바로 자신의 내면 속에 있다는 것을 마하가섭 존자에게 미소로 전해주었죠. 자성불이란 바로 우리 모두의 가슴 속에 들어 있는 자신의 신-붓다를 가리킵니다.

이것이 '노모불견불(老母不見佛)'이라는 화두(話頭)의 전모입니다.

부처란 자신의 바깥에 있는 어떤 고정된 형상이나 관념이 아니라는 뜻이죠.

논리나 학설로 부처를 증명할 수도 없습니다.

말로써 말이 사라진 세계를 설명하고 증명한다는 것은 언어도단(言語道斷)이기 때문입니다.

부처는 곧 부처가 아니다

道可道 非常道 名可名 非常名
도 가 도 비 상 도 명 가 명 비 상 명

『도덕경(道德經)』의 첫 구절이죠.

이것을 도올 김용옥 선생은 이렇게 해석하였습니다.

도를 도라고 말하면 그것은 늘 그러한 도가 아니다. 이름을 이름 지으면 그것은 늘 그러한 이름이 아니다.

—김용옥, 『노자와 21세기 上』, 통나무, 101쪽

도대체 무슨 말씀인지 이해가 되시는지요?

김용옥 선생의 이 해석은 아리송하고 난해하기만 합니다. 그가 문자(文字)에만 매달려 있다는 것을 여실히 보여줍니다. 그렇지만 그에게는 아무런 잘못도 없습니다. 글자와 문장을 해석하고 이론과 학설을 만들어내는 것이 학자들의 주업(主業)이기 때문입니다.

하지만 정작 도는 학설이나 이론과는 아무런 관련도 없습니다. 도는 말과 문자와 이론과 학설을 넘어선 곳에 있는 것이기 때문이지요.

그런 이유로 백장 선사께서는 삼장학(三藏學=經, 律, 論)을 탐착하는 학자는 파계한 비구와 같으므로 가까이하지 말라고 하셨습니다.

간단하게 말씀드리죠.

노자(老子)가 말하는 도란 곧 진리[法]를 가리킵니다.

'도가도비상도'란 '진리는 불가설(不可說)이다'라는 말씀입니다. '진리를 말로 하면, 그것은 이미 진리가 아니다'라는 의미입니다.

왜 그러한 것일까요?

그 사정은 이렇습니다.

진리를 말로 내뱉으면, 그 말은 곧 이름이 되고, 그 이름은 관념(觀念)이 되고 맙니다. 그렇게 되면 이미 그 진리는 진리가 아닌 관념이 된 상태가 됩니다. 진리를 입 밖으로 내뱉으면 그것은 마음의 일이 되어버리고 마는 것이지요.

말하는 것이나 이름을 붙이는 것이나 똑같은 결과를 가져옵니다.

그런 연유로 노자는 '도란 말로 할 수 없고, 이름을 붙일 수도 없다'고 한 것입니다.

또 불가설이란 언어로는 언어 너머에 있는 침묵을 전달할 수 없다는 뜻입니다. 말해지는 순간 그것은 침묵이 아닌 것이 되기 때문에, 선가에서는 이것을 '현지(玄旨: 깊고 신비로운 이치)'라고 합니다.

『금강경』에서 '부처는 부처가 아니다'라고 한 것도 『도덕경』과 맥을 같이합니다. 『금강경』에서 간곡하게 부처를 부정하는 것은 부처는 관념이 아니고, 이름 붙일 수 있는 대상은 더더욱 아니라는 뜻입니다. 모든 이름과 모든 관념이 사라진 적멸(寂滅)의 상태가 열반이며 부처이기 때문입니다.

바로 그런 이유로 서산(西山: 1520~1604) 대사께서는 '팔만대장경도 본래는 빈 종이'라고 하신 것입니다.

백장 선사께서도 부디 부처라는 생각을 내지 말라고 하셨습니다. 『백장록(百丈錄)』에는 다음과 같은 말씀이 나옵니다.

부처란 중생이 쓰는 약이니, 병이 없으면 약을 먹을 필요가 없다. 약과 병이 함께 없으면 맑은 물과 같다. 부처란 감초를 넣은 물이나 꿀물처럼 매우 달콤한 것이나, 맑은 물 쪽에서 보면 원래 있다거나 없다거나 하는 것에 집착할 수 없는 것이다.

도나 진리나 부처나 신은 모두 불가설입니다. 그리고 그것들은 모두 편의상 이름을 붙인 것이지, 그 이름이 아닙니다.

바로 여기에서부터 선이 시작되고 탄트라 명상이 시작됩니다. 선 그리고 도, 법, 진리, 부처는 말과 이름이 나타나기 이전의 세계에 속하는 것들입니다.

석가모니 부처님은 한 손에 사리자(舍利子)가 예물로 가지고 온 연꽃을 든 채 미소를 짓고 있었습니다.

그때 마하가섭 존자도 '연꽃이 피어나는 미소'를 짓습니다.

곧바로 선의 정곡을 알아차린 것이지요.

부처님의 법과 마하가섭의 법이 하나의 강물로 합쳐져서 지혜의 바다에 이르는 것을 보시고 부처님께서 말씀하셨습니다.

"나는 지금 여기에 정법안장(正法眼藏)과 열반의 바다로 통하는 말할 수 없이 미묘한 통찰력을 가지고 있노라. 이 열반은 무형의 모습을 지닌 신비로운 형상의 관문을 여는 것이며, 문자로써 알 수 있는 것이 아니며, 모든 경전 밖의 방법으로 전해지는 것이다. 이제 나는 이 비전(秘傳)을 마하가섭에게 전하노라."

그리하여 마하가섭은 인도선(印度禪)의 시조가 되었습니다.

선의 핵심을 말할 때!

첫째가 불립문자(不立文字)입니다. 선은 문자로 설명할 수 없다는 뜻이죠.

둘째는 불가설인데, 마찬가지로 선은 말로 할 수 없다는 뜻입니다.

선이 어려워지는 것은 생각으로 해석하고 분석하고 판단하려고 시도하기 때문입니다. 만일 생각을 거두어들이고, 곧바로 자신의 마음을 관(觀)하기 시작한다면, 모든 전모와 까닭을 저절로 알 수 있게 될 것입니다.

어떤 제자가 붓다에게 물었습니다.

"스승이시여! 당신은 무엇을 얻으셨습니까?"

붓다께서 웃으며 말씀하셨습니다.

"나는 아무것도 얻은 것이 없다. 내가 얻은 것은 처음부터 내 중심에 있었던 것이다. 그것은 영원부터 그 자리에 있었다. 다만 나는 그것을 자각하지 못하고 있었을 뿐이다."

해도 부처 달도 부처

일면불
월면불

청년 마조(馬祖: 709~788)가 좌선을 하고 있었습니다.

결가부좌를 하고 눈을 반쯤 내려감은 채 우아한 연꽃자세를 취하고 있었겠죠.

그때 그의 스승 회양(懷讓: 677~744) 대사가 다가와서 묻습니다.

"자네! 왜 그러고 앉아 있나?"

마조는 별걸 다 묻는다는 투로 대답하죠.

"당연히 부처가 되려고 합니다."

그러자 회양 대사는 말없이 퍼포먼스를 펼치기 시작합니다.

그는 깨진 기왓장을 하나 주어다가 다짜고짜 마조의 면전에 앉아서 숫돌에 갈기 시작했죠.

마조는 심히 궁금해졌습니다.

'스승님께서는 지금 무슨 해괴한 일을 하고 계신 것인가?'

그는 곧 좌선을 중단하고 물었죠.

"스님! 지금 도대체 무엇을 하고 계시는 겁니까?"

"응! 나 말인가? 지금 거울을 만들려고 한다네."

'미쳤군! 미쳐도 단단히 미쳤어! 노망인가?'

마조는 자신도 모르게 목청이 높아졌죠.

"아니, 스님! 아무리 숫돌에 간다 한들 기왓장이 거울이 될 리가 있겠습니까?"

바로 그때 스승의 일갈이 콰르르르릉…… 벼락을 내려칩니다. 스승은 그 순간을 기다리고 있었던 것입니다.

"깨진 기왓장으로 거울을 만들 수 없다면, 앉아 있기만 한다고 부처가 될 수 있겠는가?"

스승의 전광석화와 같은 한마디에 마조의 가슴은 사정없이 무너져내렸습니다.

·

선이란 일정한 자세를 취한 채 가만히 앉아 있기만 하는 것이 아닙니다.

수십 년 동안 토굴 속에서 장좌불와(長坐不臥)를 한다거나, 머리 위에 새가 둥지를 틀도록 금식을 하며 부동자세를 취하고 있는 것은 아무런 소용이 없습니다.

우리가 마음이라고 부르고 있기는 하지만 사실 마음이란 무어라 이름을 붙일 수도 없고, 단정하거나 특정할 수 없으며, 측량할 수도 없습니다. 또 형상이 있는 것도 아니고, 늘어나거나 줄어드는 것도 아니며, 있다고 말할 수도 없고 없다고 말할 수도 없습니다. 그것은 실(實)하지도 않으며 허(虛)하다고 할 수도 없습니다. 구(求)할 수 있는 것도 아니며, 소유하거나 얻어[得] 볼 도리도 없습니다.

그처럼 마음이란 참으로 불가사의한 현상이어서 깨진 기왓장처럼 아무리 오랜 세월에 걸쳐 갈고 닦는다고 하여도 거울로 만들 수도 없습니다. 마음은 연마하거나 수련할 수 있는 대상이 아니라는 뜻입니다. 마음이란 실체가 없는 현상이기 때문입니다.

회양 대사는 마조에게 실체가 없는 마음을 어떻게 수련할 수가 있겠느냐고 묻고 있는 것이죠.

스승께서는 자신의 생각이 반딧불처럼 홀연히 일어났다가 꺼졌다가 하는 것을 관찰하지 않는다면, 세세토록 앉아서 연습을 계속한다고 해도 아무런 소용이 없다는 것을 마조에게 가르쳐주고 있는 것입니다.

선 또는 명상은 일정한 자세를 취하며 호흡을 가다듬는 일이 아닙니다. 물론 호흡을 관찰하는 방편도 있습니다만 결국 호흡명상법의 최종 과녁 또한 마음의 흐름을 정지시키는 데 있습니다.

그러므로 지금 마조와 그의 스승의 일화를 통해서 알려지고 있는 그 당시 중국 선의 비밀은 바로 '직지인심(直旨人心)' 입니다. 이것은 손가락으로 막 바로 마음을 가리켜서 그 묘한 작용을 깨닫게 한다는 뜻입니다.

마치 강철로 만든 용수철처럼 마음으로부터 튕겨져 나가며 즉각적으로 그 마음을 관찰하는 것을 가리키죠.

마조의 스승은 자신의 마음을 직시(直視)함으로써, 자신의 중심에 도달하는 묘법에 대해 가르치고 있는 것입니다.

『벽암록(碧巖錄)』에 의하면 마조 대사의 휘하에서는 139명의 붓다가 출현했다고 합니다.

마조는 궁극의 경지로 떠나가면서 다음과 같은 유언을 남겼습니다.

"일면불(日面佛)! 월면불(月面佛)!"

이 화두에 대한 해석은 분분합니다.

말 그대로 해석하면, '해님도 부처! 달님도 부처!'라는 뜻 정도일 겁니다.

하지만 모든 화두에는 정해진 답이 없습니다. 1,700가지에 이르는 화두들은 일제히 '마음의 흐름[思念]'을 멈추게 하는 데 있습니다.

설봉(雪峰: 822~908) 선사가 어느 중에게 물었습니다.

"그대는 어디서 왔는가?"

"신광(神光)에서 왔습니다."

선사가 다시 물었습니다.

"낮의 빛은 햇빛이라 하고 밤의 빛은 달빛이라 하는데, 신광은 과연 무슨 빛인가?"

중이 묵묵부답으로 있으니, 선사가 스스로 대답했습니다.

"햇빛과 달빛이니라."

신광이란 마음의 중심-무심으로부터 솟아나는 빛을 가리킵니다. 마조 대사의 유언도 이것을 가리키는 것이 아니었을까요?

재미있는 사실이 또 있습니다. 월호와 서로 이어져 있는 아름다운 호수가 하나 더 있는데, 그 호수의 이름은 바로 일호(日湖)입니다. 해와 달은 서로 떨어져 있기는 하지만, 결코 떨어질 수 없는 빛의 상징이겠지요.

마음은 낮과 밤을 나누어버립니다. 하지만 명상의 하늘에는 해와 달이 함께 떠 있습니다.

그 하늘에는 낮과 밤, 생과 사 그리고 생겨남[生]과 멸함[滅]이 조화를 이루며 오케스트라의 선율처럼 공존합니다.

마조의 스승 회양 대사는 다시 말했습니다.

"우차(牛車)가 가지 않을 때는 소를 때려야 하겠는가? 우차를 때려야 하겠는가? 선은 앉거나 눕거나 하는 데 있는 것이 아니며, 부처는 가만히 앉아 있는 것이 아니다. 마음에 집착(執着)이 없고 취사(取捨)가 없는 것이 바로 선이다!"

마조는 회양의 이 말에 크게 깨달음을 얻었다고 합니다.

어떠한 자세를 취하고 앉아서 마음의 흐름에 빠져 있다면, 그것은 곧 실체가 없는 마음귀신과 신접살림을 차리고 있는 것과 같습니다.

어떠한 행위를 하더라도 마음에 달라붙지 아니하고, 또 어떠한 마음도 취사선택하지 않는다면, 그 모든 행위는 선이 되고 명상이 된다는 뜻입니다. (『금강경』 제6분 참조)

명상이 시작되려면 먼저 마음을 수련하겠다는 생각부터 버려야만 합니다. 마음에 대해 참견하려는 그 작위적(作爲的)인 생각이 문득 명상을 가로막고 나서기 때문이죠. 마음을 닦거나 씻어내거나 인위적으로 개조하려는 생각이 바로 집착인 것이죠.

또 집착이 없고 취사선택을 하지 않아야 한다는 것은 마음이 그냥 나를 통과해서 지나가도록 허용하고 그냥 지켜보라는 것을 가리킵니다.

회양 대사가 마조에게 가르치고 있는 요점은 즉 마음의 관찰자가 되라는 뜻입니다. 마음의 관찰자가 되면 그는 그 즉시 마음이라는 환영(幻影)으로부터 자유로운 상태가 되기 때문이지요.

그것을 선가에서는 거울처럼 비추어 깨닫는다고 하여 '감각(鑑覺)'이라고 부릅니다. 마조 대사의 제자인 백장 선사는 그것의 단계를 세 가지로 설명하고 있습니다.

첫째는 초선(初善)으로 비추어 깨달음이 자기부처라는 것을 설명하는 단계입니다.

둘째는 중선(中善)으로 비추어 깨달음에 머물지 아니하고 붙들지도 않는 단계입니다.

마지막은 후선(後善)으로 비추어 깨닫는다는 생각을 붙들지 않으며, 머물지 않는다는 생각마저도 내지 않는 경지입니다.

처음 안 것을 붙들고 깨달았다고 말한다면, 그것을 가리켜 정결(頂結)에 떨어졌다고 합니다. 그것은 스스로 지견(知見: 알고 깨달았다는 생각)을 내어 밧줄 없이 자기를 결박하는 일이 된다는 것입니다.

그리하여 세 번째 단계의 경지를 '선도무염(禪道無染)'이라 합니다. 비록 낱낱의 경계와 애욕과 물드는 일이 없다고 하여도, 그렇다는 생각에마저 머물지 않아야 참 자유인이라는 뜻입니다.

부처라는 생각에 머물러 있는 자를 이름뿐인 나한 즉 '명자나한(名字羅漢)'이라 부릅니다.

참다운 아라한은 아라한이라는 생각에 머물지 않는 자입

니다. 참 부처 또한 부처라는 생각에 집착하지 않습니다.

마조 대사께서는 이런 말씀을 남기셨죠.

"도는 닦을 것이 없으니 마음에 물들지만 말라. 평상심(平常心)이 곧 도이니, 평상심이란 조작(造作), 시비(是非), 분별(分別), 취사(取捨), 단상(斷常), 범성(凡聖)이 없는 것이다."

그분이 열반한 뒤에 황제는 대적(大寂)이라는 시호를 내렸습니다.

대적멸(大寂滅)이란 구름이 일어났다가 사라지듯이 자취를 남기지 않으며, 물위에 그림을 그리듯 생(生)하지도 멸(滅)하지도 않음을 관(觀)하여 유무(有無)의 속박에서 벗어났다는 뜻입니다.

큰 깨달음을 얻은 뒤에 마조 대사는 잠시 귀성(歸省)하여, 고향 사람들의 따뜻한 환대를 받았다고 합니다.

그런데 그의 이웃에 살던 노파가 이렇게 말했다고 합니다.

"난 또 무슨 대단한 양반의 방문 때문에 이렇게 소동이 난 줄 알았더니만, 다름 아니라 쓰레기 청소부 마씨의 아들 녀석이 왔구만!"

다음의 게송은 그 노파의 소리를 듣고 난 마조 대사께서 농담 삼아 지은 즉흥시라 전해집니다.

권컨대 그대여! 고향엘랑 가지 마소

고향에선 누구도 성자(聖者)일 수 없나니
개울가의 옛 할머니
아직도 옛 이름만 부르느나

자신의 마음으로부터 깨어난 도인(道人)들은 남이 알아주기를 바라지 않습니다. 그것 역시 허망하고 부질없는 욕심일 뿐이기 때문입니다.

나무꾼이 법을 얻다

혜능(慧能: 638~713)은 홀어머니를 봉양하던 젊은 나무꾼이었습니다. 어느 날 해거름 녘에 그는 객점(客店)에 나뭇짐을 팔고 막 돌아서 가는 길이었습니다. 그때 손님방으로부터 경을 읽는 소리가 낭랑하게 들려오고 있었습니다.

"머무는 바 없이 그 마음을 낼 지어다![應無所住 而生其心]"

바로 『금강경』 제10분에 나오는 구절이었습니다.

혜능은 그 구절을 듣는 순간 홀연히 가슴의 중심이 열리는 것을 감지하였습니다.

그는 즉시 손님방을 찾아갔습니다. 그런데 그 손님 또한 예사 사람은 아니었습니다. 손님은 혜능을 보는 순간 그로부터 신비로운 광휘가 뻗쳐나오는 것을 보았죠.

혜능은 그 손님으로부터 경의 이름이 『금강경』이라는 것을 들었습니다. 손님은 혜능에게 황매산에 있는 중국 선종의 제 5대조인 홍인(弘仁: 602~675) 대사를 찾아가보라고 권합니다. 그 손님은 혜능의 노모가 편안하게 여생을 보낼 수 있도록 은자를 내놓기도 했지요. 아마도 그 손님은 혜능에게 길을 가르쳐주고자 나타난 불보살(佛菩薩)의 화현이었을 겁니다.

혜능은 일자무식(一字無識)이었다고 합니다. 문자를 몰랐기 때문에 오늘날 전하는 그의 『금강경』 해설서는 집필한 것이 아니라 구술한 것이라고 합니다. 선이 문자와 지식(知識: 알음알이)과는 전혀 무관하다는 것을 강조하기 위해서 그런 스토리가 생겨난 것은 아닐까요?

혜능은 탄트라 수행자가 아니었을까 하는 생각도 가져봅니다. '응무소주 이생기심(應無所住 而生其心)'이라는 말을 단 한 번 듣고, 그 이치를 깨쳤다는 것은 명상수행을 하지 않은 일반인에게는 가능한 일이 아닙니다. 나무나 해서 내다팔던 사람이라면 도무지 무슨 말인지 알아들을 수가 없었을 것입니다.

머무는 바 없이 마음을 내는 『금강경』의 이 오묘한 방편은 탄트라의 명상법과 일치합니다.

마음은 항상 머무는 바가 없습니다.

바람처럼 왔다가는 가고…… 또 오고…… 또 가고를 반복합니다. 그러므로 집착을 하려고 하여도 할 수가 없습니다.

『반야심경』의 마지막에 나오는 주문(呪文)인 '가떼 가떼 바라가떼 바라상가떼 보디스바하(gate gate paragate parasang gate bodhi svaha)!'는 그것을 가리킵니다.

나타났다가는 사라져가고 또 나타났다가 사라져가는 마음을 고요하게 관찰하면 마음이 끊어지는 자리에서 지복(至福)의 경지가 나타난다는 겁니다.

그런데 우리는 늘 어떤 한 가지 마음만을 콕 집어 선택해서 즉각적으로 붙들고 늘어집니다. 그것이 바로 집착이라는 고질병이죠. 그 병은 자신뿐 아니라 다른 사람들까지 고통 속으로 끌고 들어가기 때문에 엄청난 문제들을 계속해서 증폭시키고 파생시켜 가지요.

응무소주 이생기심!

그것은 마음이 연기처럼 찾아왔다가 연기처럼 사라져가는 것을 묵묵히 지켜보는 것을 가리킵니다.

탄트라에서는 마음이 오고가는 것을 지켜보고 있으면, 바로 지금 이 자리에서 '마음의 중심'이 나타난다고 합니다.

마음의 중심이란 마음이 완전히 자취를 감춘 자리를 가리킵니다. 그래서 선가에서는 편의상 그 자리를 무심이라고도 부릅니다.

홍인 대사는 혜능이 오는 것을 보고 단박에 그의 '오라(Aura: 후광)'를 알아보았습니다. 이미 자신의 중심에 도달한 혜능은 빛으로 둘러싸여 있었죠. 홍인은 누가 그를 시기하여 해롭게 할까봐 일부러 혜능에게 방아를 찧게 합니다. 혜능은 정식 승려가 아니었습니다. 그때까지 그는 아직 머리를 깎지 않은 상태였죠. 말하자면 그는 비정규직이었던 셈이죠.

어느 날 홍인 대사는 자신의 후계를 정하기 위해 천여 명에 이르는 문하인(門下人)을 모아놓고 말합니다.

"모두 들어라! 우리가 태어나고 죽는 것보다 더 큰 일이 없건마는 너희들은 다만 복이나 구하는구나. 이제부터 너희들은 각기 돌아가서 스스로 지혜를 보고 게송(偈頌)을 하나씩 지어 오너라."

하지만 제자들은 모두 게송을 짓지 않았습니다. 왜냐하면 그들의 교수사(敎授師)로 있던 신수(神秀)라는 상좌(上座)가 가장 영리하고 공부가 뛰어나다는 것을 알고 있었기 때문이었죠. 신수 역시 그것을 알고 있었기에 새벽을 틈타서 아무도 모르게 등불을 들고 복도 벽에 게송을 써놓게 됩니다.

이 몸이 보리수라면	身是菩提樹 신 시 보 리 수

마음은 밝은 거울 틀일세　　心如明鏡臺 심여명경대
시시각각 부지런히 털고 닦아서　　時時勤拂拭 시시근불식
먼지 앉고 때 끼지 않도록 하세　　勿使惹塵埃 물사야진애

수행승들이 모두 그 게송을 외우고 다니는 것을 듣게 된 혜능은 다른 사람에게 부탁하여 자신의 게송을 그 옆에 써 놓도록 합니다.

보리는 본래 없는 나무이며　　菩提本無樹 보리본무수
밝은 거울 또한 틀이 없나니　　明鏡亦非臺 명경역비대
본래부터 한 물건도 없는 것인데　　本來無一物 본래무일물
어디에 때가 끼고 먼지가 앉을 것인가　　何處惹塵埃 하처야진애

홍인 대사께서는 대중들이 혜능의 시를 보고 놀라며 기묘하게 여기는 것을 보시고 짐짓 신발을 벗어 그것을 문질러 지워버립니다.

"이것은 아직 깨닫지 못한 자의 게송이다."

그러고는 혜능이 일하고 있는 부엌으로 찾아가서 주장자로 돌확을 세 번 치고는 돌아옵니다.

그날 밤 삼경(三更)에 은밀히 혜능을 불러 의발(衣鉢: 가사와 바리때. 선사들의 법의 상징물)을 물려주고, 손수 노를 저어

멀리로 피신시키게 됩니다. 왜 피신을 시켜야 했는가 하면 그 당시에는 조사(祖師)의 의발을 물려받는 것이 문부대신 자리를 물려받는 것보다도 더 엄청난 것이어서 모든 사람들이 그것을 호시탐탐 노리고 있었던 것입니다. 그래서 그 의발을 빼앗기 위해 사성장군 출신이나 고위관리 출신 수행승들 수십 명이 혜능의 뒤를 추적하기 시작했죠.

이때 혜능의 나이가 24세였는데, 이후 15년간을 사냥꾼 틈에서 피난살이를 하다가 드디어 광저우 법성사(法性寺)에 이르렀습니다.

인종(印宗: 627~713) 법사가 『열반경(涅槃經)』을 강의하고 있는 중이었는데, 마침 바람이 불어와서 깃발이 펄럭이기 시작하였습니다.

그것을 보고 한 중이 말하기를 '바람이 움직인다.'고 하였죠. 그러자 다른 중은 '아니다. 깃발이 움직인다.'고 하였죠. 그러자 그것을 듣고 있던 혜능이 한 마디 하였습니다.

"그것은 바람이 움직이는 것도 아니요, 깃발이 움직이는 것도 아니며, 당신네들 마음이 움직이는 것일세."

그 말을 들은 대중들은 모두 놀라고 말았죠.

인종 법사는 혜능을 윗자리로 청한 다음 다시 물었습니다.

"행자께서는 필시 범상한 분이 아닙니다. 전부터 들리는 말에 의하면 황매(黃梅)에서 의발이 남쪽으로 왔다 하더니 혹시 행자께서 법을 받으신 분이 아니십니까?"

"부끄럽습니다."

그리하여 혜능은 인종 법사로부터 머리를 깎고 비로소 출가를 하게 됩니다.

다음해 봄에 조계보림사(曹溪寶林寺)로 와서 추종하는 학인(學人) 수백 명과 함께 머물게 되었는데 거소가 너무 비좁았습니다. 그래서 진씨(陳氏) 성을 가진 지주(地主)에게 좌구(坐具: 방석)를 펼칠 만한 터를 내어달라고 부탁하자 그는 두말없이 응낙하였습니다.

그런데 대사께서 좌구를 펴놓으니 조계 사경(四境)을 온통 덮었고, 사천왕이 나타나 네 귀를 누르는지라 지주가 그 법력(法力)에 경탄하고 그 땅을 모두 보시하였다고 합니다. 그리하여 그 드넓은 땅에 모두 열세 개의 사찰을 지었다고 합니다. 오늘날의 천왕령(天王嶺)이라는 이름은 그런 연유로 생겨난 것이라고 합니다.

그 후 혜능에 의해 중국에는 '『금강경』과 선의 황금시대'가 도래하게 됩니다. 기라성 같은 선사들과 수많은 부처들이 출현하게 되었죠.

달마(達磨: 생몰년 미상) 대사가 세운 중국의 선맥(禪脈)은 혜능으로 이어져 다시 혜능으로부터 남악회양-마조도일-백장회해-황벽희운-임제의현으로 이어지며 찬란한 꽃을 피웠습니다.

혜능은 마조가 큰 그릇임을 한눈에 알아보았죠. 하지만 지상에서 자신의 삶이 얼마 남지 않았다는 것을 알고 회양에게 그를 부탁합니다. 그의 휘하에서 무수히 붓다가 출현할 것이라고 예언하였고 그대로 이루어졌습니다.

혜능 대사가 나타나기 전까지 중국의 선가에서는 『능가경(楞伽經)』을 으뜸으로 꼽았다고 합니다. 그러나 혜능 대사가 『금강경』 단 한 구절을 듣고 깨달음을 얻는 바람에 그때부터 『금강경』이 그 자리를 차지하게 되었습니다. 한국에서도 물론 최고의 경전으로 손꼽히게 되었죠.

『금강경』의 요지는 무엇을 보든지 철저하게 무(無)의 눈으로 바라보라는 것입니다. 『금강경』에서는 무엇이든지 다 부정됩니다. 진리도 부처도 깨달음도 부정됩니다. 삼천대천세계도 부정되고 공덕도 복덕도 부정되고 심지어는 나[我]라는 것도 부정되죠.

왜 『금강경』은 그 모든 것을 부정하는 것일까요?

마음에 의해 나타나는 것들은 진정한 것들이 아닙니다. 그것들은 모두 허깨비들이죠.

마음이 생각하는 부처는 곧 부처가 아닙니다. 마음이 생각하는 깨달음이란 곧 깨달음이 아닙니다. 마음이 생각하는 법은 곧 법이 아닙니다. 마음이 생각하는 반야바라밀은 곧 반야바라밀이 아닙니다. 마음이 생각하는 아뇩다라삼먁삼보리(무상의 깨달음)는 곧 아뇩다라삼먁삼보리가 아닙니다. 마음이 생각하는 중생은 곧 중생이 아닙니다. 마음이 생각하고 있는 나라는 것은 곧 내가 아닙니다.

마음의 눈으로 보는 모든 것은 얻을 수 있는 것이 아닙니다. 그것들은 모두 환상이며 허상이기 때문이죠.

그런 까닭에 마음에 의해 나타나는 모든 것이 부정되는 것입니다. 그리하여 마음이 사라지고 나면 모든 것의 가장 깊은 근원의 중심 즉 실상(實相)이 나타나게 되기 때문이죠.

나라는 마음이 자취를 감추고 나면 진짜 내가 나타납니다. 그것을 혜능 대사께서는 묘유(妙有)라 하셨습니다.

미혹된 마음이 사라지고 나면 진짜 부처가 나타나고 진짜 지혜가 나타나고 진짜 깨달음이 나타납니다. 정말로 부처가 없고 정말로 지혜가 없고 정말로 복덕이 없다는 것이 아닙니다.

『금강경』은 단멸상(斷滅相: 뚝 끊어져 아무것도 없음)을 말하고 있는 것이 아닙니다. (『금강경』 제27분 참조)

이 세상은 부재(不在)하는 것이 아닙니다.

삼천대천세계는 부재하는 것이 아닙니다.

왜 아무 죄 없는 멀쩡한 이 세상이 없는 것이란 말씀이겠습니까? 다만 마음의 눈으로 보는 이 세상이란 것은 영화처럼 스크린 위에 떠 있는 환(幻)에 불과하므로 곧 없는 것이란 뜻입니다.

공덕을 쌓겠다는 마음이 사라지고 나면 끝닿을 데가 없는 무변공덕이 현실로 나타나게 됩니다.

부처를 구하려는 마음이 사라지고 나면 바로 목전에서 무한한 광명을 발하며 부처가 나타나게 됩니다.

부(傅: 497~569) 대사는 낮에는 품을 팔고 밤에는 아내 묘광(妙光)과 함께 설법을 하였는데, 명승(名僧)들이 구름처럼 모여들었다고 합니다. 그 소식을 들은 양 무제가 그를 초청하여 『금강경』을 강의하도록 했습니다.

부 대사는 법좌 위로 올라가더니 경상(經床)을 한 번 내려치고는 곧 내려와버렸습니다.

그것을 보고 양 무제가 깜짝 놀라자 지공(誌公: 생몰년 미상) 선사가 물었습니다.

"폐하께서는 이를 아시겠는지요?"

"모르겠군요."

"부 대사는 『금강경』 강의를 마쳤습니다."

『금강경』 제21분에는 다음과 같은 말씀이 나옵니다.

> 어떤 사람이 말하되 여래가 설법을 한 바가 있다고 한다면
> 곧 부처를 비방하는 것이 되는지라
> 능히 나의 설한 바를 알지 못하는 연고이니라
> 수보리여!

설법이란 법을 가히 설할 것이 없음을 가리켜 설법이라 하느니라

若人言 如來有所說法 卽爲謗佛 不能解我所說故 須菩提
약인언 여래유소설법 즉위방불 불능해아소설고 수보리
說法者 無法可說 是名說法
설법자 무법가설 시명설법

— 혜능 대사 구결(口訣)

양 무제는 마음으로 무엇인가를 얻고자 하였지만, 부 대사는 여래의 설법은 '마음으로는 얻을 수 없는 것[心無所得]'이라는 것을 침묵으로 강의했던 것입니다.

이를 두고 혜능 대사께서는 무설무시(無說無示) 무문무득(無聞無得)이라 하셨습니다. 즉 마음으로는 법을 설할 수도 없고, 가르쳐줄 수도 없으며, 또한 마음으로는 들을 수도 없고, 얻을 수도 없다는 뜻입니다.

혜능 대사께서는 또 말씀하셨습니다.

"무릇 금강경자(金剛經者: 금강경을 늘 수지하고 독송하는 사람)는 무상(無相)으로 종(宗)을 삼고, 무주(無住)로 몸을 삼아, 묘유(妙有)로 작용해야 하느니라."

어느 날 혜능 대사는 자신이 열반에 가까웠음을 알고 승려들에게 말했습니다.

"나는 신주로 떠날 터이니 배를 준비하여라."

승려들이 울며 만류하자 다시 말했습니다.

"모든 부처님이 이 세상에 오신 것은 가시는 모습을 보이기 위한 것이니라."

"신주로 돌아가시면 언제 돌아오십니까?"

"잎이 떨어지면 뿌리로 돌아간다. 올 때엔 잎이 없느니라."

"스님의 법은 누구에게 전하시겠습니까?"

"도 있는 자가 얻고, 마음이 없는 자가 얻느니라."

말을 마치고 혜능 대사는 신주의 국은사(國恩寺)로 갔습니다. 그 곳에서 공양을 마치고 가사를 갈아입으니 삼경이 되자 기이한 향기가 집안에 가득차고 흰 무지개가 땅으로부터 솟구쳤다고 합니다.

그리고 그 순간 혜능 대사는 '나 이제 가노라!' 하시고 곧 열반에 들었다고 전해집니다.

우리나라의 조계종이라는 불교종단은 『금강경』을 소의경전(所依經典)으로 하고 있다고 밝히고 있습니다. 『금강경』에 의지하여 성립되었다는 뜻입니다.

조계란 혜능 대사가 법을 펴던 마을의 개울 이름이지요. 그 개울은 조계산으로부터 흘러내리고 있습니다.

또 우리나라 원불교(圓佛敎)의 창시자인 박중빈(朴重彬) 대종사 역시 『금강경』을 읽고 진리를 깨달았다고 전해지고 있습니다.

『금강경』과 탄트라

덕산선감(德山宣鑑: 780~865)이라는 출가승이 있었습니다. 그는 자칭 '금강경자'였습니다. 그는 모든 경전에 두루 밝았지만, 특히 계율을 숭상하였고 늘 대중들에게는 『금강경』을 강설하였습니다. 사람들은 그의 속성(俗姓)인 주(周)를 써서 주금강이라는 별명을 붙여주었죠.

주금강은 자신이 『금강경』에 통달을 했다고 생각했습니다. 그럴 만도 한 것이 그는 이미 12권에 달하는 『금강경』 해설서인 『금강경소(金剛經疏)』(『청룡소초』라고도 함)의 집필자였죠.

그런데 어느 날 그는 남쪽에서 들려오는 한 소식을 접하게 됩니다. 그는 매우 분개했죠.

"보살이 육도만행(六度萬行)을 무량겁으로 닦아야 성불(成佛)할 수 있다고 하였는데, 저 남녘의 외도(外道)들이 손가락으로 바로 마음을 가리켜서 찰나에 성불하게 한다 하니 내가 직접 가서 그들을 일거에 소탕하여 버리겠노라!"

그는 자신의 저서인 『금강경소』를 짊어지고, 소식의 진원지인 용담선사(龍潭禪寺)를 향해 길을 떠났습니다.

초조(初祖)인 달마 대사로부터 제6조 혜능 대사에 이르기까지 의발을 전하여 내려오게 되자 비로소 선에 대한 말씀들이 세상에 퍼지게 되었습니다. 혜능 대사가 나타나기 전까지 세상 사람들은 선이라는 것을 잘 모르고 있었습니다.

그런데 '본래 한 물건도 없다'고 말하는 이들을 두고 남종선(南宗禪)이라 하였고, '항상 열심히 털어내고 수련한다'라고 하는 이들은 북종선(北宗禪)이라 불렀습니다.

남종은 혜능의 휘하를 말하는 것이고, 북종은 신수의 문하를 가리키는 것이었죠. 말하자면 그 당시에 주금강은 북종의 대표 주자였던 셈입니다.

여기에서 한 물건도 없다는 것은 마음으로 구(求)함이 없다는 뜻입니다. 남종선의 종지(宗旨)는 애써서 부처를 추구하는 것이 아니라 도리어 그 일을 그만두는 것을 가리키는 것이죠. 그런데 주금강은 부처라는 관념에 집착하고 있었습니다.

백장 선사는 다음과 같은 말씀을 하셨습니다.

"문자와 관념에 집착하지 않는다면 번갈아 나타나는 고락(苦樂)의 명암에서 벗어나게 될 것이다. 하지만 마음에게 조금이라도 알음알이[知解]를 낼 틈을 준다면, 중심에서 벗어나 테두리에 매이게 된다. 그렇게 되면 아교풀이 다섯 군데를 함께 붙여버리듯, 마왕이 자유롭게 자기 집으로 붙잡아 가고 말 것이다."

주금강은 용담선사로 가는 중도에 시장기를 느껴 전병을 파는 식당으로 들어갔습니다.

"점심(點心: 간식)을 먹으러 왔소이다."

그가 거드름을 피우며 자리를 잡고 앉자 주인 노파가 조용히 물었습니다.

"스님! 등에 지고 있는 것이 무엇인가요?"

그는 으스대며 대답했죠.

"내가 지은 『금강경』 해설서요."

그러자 노파가 다시 나지막하게 물었습니다.

"『금강경』에 이르기를 지나간 마음도 얻을 수 없고, 현재의 마음도 찾아볼 길이 없으며, 미래의 마음도 얻어 볼 수 없다고 하였는데, 스님은 점심을 드신다고 하니, 과연 어떤 마음으로 점심을 하시겠습니까?"

주금강은 그만 노파의 말에 입술도 달싹하지 못하고 말았습니다. 아마도 그 노파는 주금강에게 도움을 주기 위해 현신한 보살이었을 겁니다.

노파에게 한 방 얻어맞은 후에도 정신을 차리지 못하고 그는 여전히 자만심에 불타고 있었죠. 그는 전병을 포기한 채 용담선사의 법당 문을 박차고 들어갔습니다. 그러고는 의기양양하게 큰 소리로 외쳤죠.

"용담의 소문을 들은 지 오래이거늘, 이제 와서 보니 용도 없고 연못도 안 보이는구나!"

마침 법당에 있던 숭신(崇信: 생몰년 미상) 화상이 그 소리를 듣고 말했습니다.

"자네가 참으로 용담에 왔네!"

주금강은 그 말에 또 말이 막혀서 우두커니 시립을 한 채 꿔다놓은 보릿자루처럼 하루 종일 서 있기만 했습니다.

날이 어두워지자 숭신 화상이 말했죠.

"자네 왜 아직도 거기에 서 있는가? 그만 물러가서 잠이나 자게!"

주금강은 아무 말도 하지 못하고 문을 열고 나갔다가는 이내 다시 돌아왔습니다.

숭신 화상이 물었죠.

"자네 왜 다시 들어오는가?"

주금강이 대답했습니다.

"문외흑(門外黑)!"

'문밖이 어둡다'라는 뜻이죠. 이 말은 주금강으로 인하여 후세인들에게 아주 유명한 화두가 되었습니다.

숭신 화상은 기름 먹인 심지에 불을 붙여서 내밀었습니다.

"이걸 가지고 가게!"

주금강이 손을 뻗어서 막 그 심지를 잡으려는 찰나였습니다. 숭신 화상은 심술궂게 입으로 훅, 불어서 그 불을 꺼버렸습니다.

주금강은 당황했죠.

사실 숭신 화상은 하루 종일 결정적인 그 순간이 오기만을 기다리고 있었던 것입니다.

심지에 붙었던 불이 꺼지자 사방은 다시 캄캄해졌습니다. 주금강은 그 순간 진리를 일별(一瞥)하게 되었습니다.

김용옥 선생은 그의 『금강경』 강의에서 숭신 화상이 불을 끄는 그 순간 주금강의 마음에 점화(點火)가 되었다라고 했습니다. 하지만 그것은 김 선생의 생각일 뿐입니다. 아마도 주금강이 점심을 청하는 장면에서 그런 아이디어가 떠올랐던 것인지도 모르죠.

하지만 마음이란 불을 붙이거나 소유하거나 얻을 수 있는 물건이 아닙니다. 그래서 『금강경』에서는 어떠한 마음도 불가득(不可得)이라고 합니다. (『금강경』 제18분 참조)

왜 그러할까요?

왜냐하면 마음이란 아무런 정체가 없는 유령과 같은 현상이기 때문입니다.

마음이란 것은 참으로 미묘한 물질이어서 우리가 어떤 식으로라도 간여를 하게 되면, 즉각적으로 우리를 미혹에 빠지게 합니다. 그것은 마치 염료가 하얀 옷감에 각종 색깔로 물을 들이는 것과도 같습니다.

이브가 선악을 분별하게 되는 사과를 따먹은 것은 자신의 마음에게 유혹을 당하여 거기에 물이 들었기 때문이었습니다. 사악한 뱀은 곧 우리 마음의 상징이죠.

선이나 탄트라에서는 마음에게 간섭을 하는 것이 곧 집착이라고 합니다. 마음은 우리가 변화시켜야 할 대상이 아니라, 초월해야 할 대상일 뿐이라는 말씀입니다. 아무리 마음을 깨끗이 씻어내거나 뜯어고친다고 하여도 결국 그 마음은 역시 똑같은 마음일 뿐이라는 뜻이지요.

흔히들 마음을 바꾸면 세상이 바뀐다고 말하는데, 마음은 아무리 고쳐먹어도 소용이 없습니다. 집에서 새는 바가지는 들로 가지고 나가도 여전히 줄줄 물이 샐 뿐이지요. 아무리 무대를 바꾸더라도 그 마음은 여전히 전염병처럼 창궐할 뿐입니다.

사실 마음에는 일부러 점화를 할 필요도 없습니다. 마음의 세계는 이미 고통과 괴로움의 불이 활활 타오르고 있는 중이기 때문입니다. 선가에서는 그것을 불타고 있는 묘지 또는 불타고 있는 집이라 하여 화택(火宅)이라고 부릅니다. 불이 활활 타오르고 있는 한가운데서 버티고 서서 아무리 혁신을 외치며 수없이 마음을 바꿔먹는다고 하여도 그 불을 꺼버리지는 못할 것입니다.

그 고통과 재앙의 불구덩이에서 해방될 수 있는 가장 좋은 방법은 바로 그 마음의 집안으로부터 바깥으로 유유히 걸어 나오는 것입니다.

또 마음에 점화가 되었다고 말하는 것과 그 마음이 어둠이라는 것을 자각하게 되는 것과는 전혀 다른 상황이며 스토리입니다.

주금강은 스승께서 불을 훅하고 불어 끄는 그 순간 마음에 불이 붙은 것이 아니라 바로 어둠을 깨달았던 것입니다.

천지사방이 다시 캄캄해지는 순간, 그는 자신의 하늘 높은 줄 모르고 잘난 척을 해대는 그 마음이 '무명(無明=어둠)'이라는 것을 홀연히 깨닫게 되었던 것입니다.

피상적으로 보기엔 아무것도 아닌 것 같지만, 숭신 화상이 행한 그것은 탄트라 수행비법에 나오는 '어둠의 방편'이라는 불가사의한 테크닉이었습니다.

자비로운 숭신 화상은 불을 사용하여 오만방자한 주금강에게 스스로의 어둠을 엿볼 수 있도록 도운 것입니다.

그런데 그 순간!

주금강 또한 곧바로 그 어둠을 이해하고 간파했습니다.

번갯불처럼 스승과 제자의 중심이 서로 관통하는 순간이었죠.

주금강이 자신의 칠흑 같은 마음을 목격하게 된 그 순간, 그는 곧 그 마음으로부터 분리되었습니다. 그는 홀연히 자신의 마음 바깥으로 걸어 나와서, 그 불타고 있는 마음을 투명하게 바라볼 수 있게 된 것이었습니다.

자신이 지금까지 수없이 『금강경』을 설하였지만 그것은 말이며 설법(說法)에 불과했다는 것을 깨달았던 것입니다. 주금강은 비로소 자신의 마음을 실제로 관조(觀照)할 수 있게 된 것이지요. 이윽고 그는 고통이 불타고 있는 캄캄한 세계로부터 벗어난 것입니다.

그것을 탄트라에서는 '니르바나(Nir-Vana)'라고 부릅니다. 바나(vana)는 산스크리트어로 불이라는 말입니다. 니르바나란 번뇌의 불이 꺼졌다는 뜻입니다. 즉 마음의 흐름이 이윽고 그쳤다는 뜻이죠.

숭산 화상의 불을 불어 끄는 독창적이며 기상천외한 행동은 주금강의 '아만(我慢)으로 불타고 있는 마음'을 꺼버리는 일이 되었습니다.

그 장면은 숭신 화상이 선뿐만 아니라 탄트라 명상에도 능통했다는 것을 여실히 보여줍니다. 또 그와 같은 숭신 화상의 기행은 우리가 알고 있던 선과는 전혀 다른 멋과 신비로움을 보여줍니다.

자신의 칠통(漆桶) 같은 무명을 타파(打破)하고 큰 깨달음에 도달한 덕산은 숭신 화상에게 엎드려 절을 했습니다.

숭신 화상은 시치미를 떼고 물었죠.

"자네가 무엇을 보았기에 절을 하는가?"

덕산은 눈물을 흘리며 사죄를 했죠. 그는 자신이 지금까지 '말로만 떠드는 무리[唱道師]'의 일원에 불과했다는 것을 뼈에 사무치게 깨달았던 것입니다.

"이제부터는 천하 노화상들의 가르침을 의심하지 않겠습니다."

그리하여 덕산은 용담의 법을 이어 받았습니다.

그는 이튿날 자신의 『금강경』 해설서를 불살라버리고 훌훌 길을 떠났습니다. 그 후 그는 크게 선풍(禪風)을 떨쳤고, 제자들을 교화하는 데에 방망이를 주로 사용하였습니다. 제자들이 부처에 대해 묻기만 하면 그는 방망이로 마구 두들겨 팼던 것이죠. 물론 그에게 흠씬 두들겨 맞은 제자들은 하나같이 자신의 중심을 깨달았죠. 그래서 그는 '덕산방[德山棒]'이라는 별호를 얻었습니다.

방망이 하나로 만나는 사람들마다 모두 스스로가 부처라는 것을 깨우치게 하였으니 덕산은 정말 대단한 스승이셨죠. 그는 숭신 화상을 뛰어올라 깊이를 알 수 없는 불세계(佛世界)로 날아가셨습니다.

『금강경』과 탄트라는 밀접한 관계를 맺고 있습니다.

그런데 선을 젠(Zen)으로 세계에 알린 일본의 스즈키[鈴木大拙: 1870~1955] 박사는 "오늘날 우리가 지니고 있는 이와 같은 형식의 선은 인도에는 없었다."고 단언했습니다. 그는 선을 '깨달음에 대한 중국적 해석'이라고 했죠. (오경태 저, 『선학의 황금시대』, 삼일당, 59쪽) 그는 중국의 선이 도교와 불교가 조화를 이루면서 생겨난 것 정도로 알고 있었지만, 그 당시 중국의 사원에는 탄트라가 이미 깊숙이 뿌리박고 있었습니다.

중국에는 라마교 사원이 흔하다는 것이 그것을 증명합니다. 오늘날까지 베이징 한복판에 '옹화궁(雍和宮)'과 같은 거대 라마교 사원들이 건재하고 있습니다.

라마교는 『금강경』과 탄트라가 합쳐져서 나타난 독특한 형태의 불교이지요. 티베트, 중국, 몽골에서 볼 수 있습니다. 한국과 일본의 불교에서는 진언종(眞言宗)이라는 이름의 종파로 오늘날까지 희미하게 맥을 이어가고 있습니다.

사실 『금강경』은 정경(正經)이 아닙니다.

그런데도 아난존자와 성문(聲聞: 부처의 설법을 직접들은 제자)들이 결집(結集)한 정통 경전들보다도 더 귀한 대접을 받고 있지요.

8만 4천 경전을 모두 불살라버리고 나면, 그 잿더미 속에서 홀연히 5,149자(字)가 떠오르게 되는데, 그것이 바로 『금강경』이라고 합니다. 그만큼 선가에서는 『금강경』이 으뜸가는 경전이라는 뜻이죠.

석가모니 부처님은 자신의 가르침을 문자로 기록하거나 자신의 형상을 만들지 말라고 유언을 남기셨습니다.

선이란 불가설이며, 부처는 형상 없는 존재를 가리키는 것이기 때문이었습니다.

그래서 부처님이 열반하시고 난 직후에는 경전도 불상도 없었습니다. 나중에 제자들이 모여서 부처님께 들었던 말씀을 경으로 엮었던 것이죠.

부처님이 열반하시고 나서 한참이 흘러간 어느 날 파키스탄의 페샤워르(Peshawar) 사람들의 귀에 그 소식이 들려왔죠. 2014년 12월 탈레반이 학교를 공격해서 150여 명의 사상자를 내기도 했던 그 페샤워르는 실크로드가 지나는 동서

(東西)의 요충지였습니다.

그 당시에는 간다라(Gandhara)라고 불리었습니다.

간다라 사람들은 석가모니 부처님을 친견(親見)하지 못한 것을 애석해했습니다. 그들은 그 아쉬움과 함께 부처님의 공덕을 기리기 위해 세계 최초로 불상을 바위에 새기고 조각상을 만들었습니다. 그것이 간다라미술이라는 이름으로 꽃을 피우게 되어 중국으로 한국으로 그리고 인도와 스리랑카와 동남아 등지로 퍼져나가게 된 것입니다.

간다라 사람들은 불상과 함께 부처의 『전생록(前生錄)』도 탄생시켰죠. 『금강경』도 간다라에서 태어났습니다.

그런데 『금강경』은 저자도 알 수 없고, 성립된 시대도 정확하게 알 수가 없습니다. 아무런 기록이 없기 때문에 부처님이 열반하시고 나서, 약 3~4백 년이 지난 즈음에 등장했을 것이라고 추측만 하고 있을 뿐이죠.

흔히들 『금강경』의 금강을 금강석이라고 오해하고 있는데, 그것은 19세기에 에드워드 콘즈(Edward conze : 1904~1979)가 한문 『금강경』을 영어로 번역하면서 'The Diamond Sutra'라고 했기 때문이 아닌가 합니다. '수트라(sutra : 經)'는 끈이라는 뜻으로 꽃송이를 엮은 목걸이를 가리킵니다.

산스크리트어로 금강은 다이아몬드가 아니라 '바즈라(vajra)'입니다. 바즈라는 천둥 번개의 신 즉 벼락을 가리킵니다. 희랍신화의 제우스가 손에 들고 있는 무기도 바로 벼락이죠. 불교에서는 '제석천(帝釋天: Indra)'이라는 이름을 가진 '하느님'을 가리킵니다.

바라밀이란 파라미타(paramitta)의 한역(漢譯)으로써 '도달하다'라는 뜻이며, 체디카(ccedika)는 승리라는 뜻이죠. 반야(prajna)는 지혜입니다.

『금강경』, 즉 원래 제목인 『금강반야바라밀경』의 원어는 'Vajra-cchedika-Prajna-paramitta-sutra'입니다. 말 그대로 해석하면, '벼락같이 마음에게 승리하여 지혜에 도달하는 경전'이라는 뜻입니다.

아무튼 『금강경』은 간다라 사람들에 의해서 간다라에서 태어났습니다. 그 당시 간다라에는 탄트라가 널리 퍼져 있었으므로, 『금강경』의 저자는 탄트라 수행자였는지도 모르죠. 『금강경』의 선법(禪法)은 탄트라의 수행법과 일치하고 있으니까요.

『금강경』을 최초로 중국에 전한 쿠마라지바[鳩摩羅什: 344~413] 대사는 쿠처[車庫]라는 조그만 불교왕국의 왕자였습니다. 중국 신장에서 티베트와 간다라로 이어지는 실크로드의 교차로에 있던 소국이었는데, 당나라에게 망하여 쿠마라지바는 포로가 되었습니다. 그는 어렸을 때 이미 인도와 간다라에 유학을 하여, 대승불교와 탄트라 명상에 정통했지요.

황제의 명에 의해 그는 장안에 있는 사원에서 경전을 번역하기 시작했습니다. 그리고 그가 최초로 한역한 『금강경』은 오늘날까지 우리들에게 널리 읽혀지고 있습니다.

늙은 쥐가 쇠뿔 속에 갇히다

중심에 이르는 비법들

우리는 무심이라고 하면, 경계를 하며 골치부터 아파합니다.

무심이란 그냥 글자입니다.

그것을 생각으로 이해하려고 하면 당연히 골치가 지끈거릴 수밖에 없습니다. 만약에 무심에 대한 설법을 한다면 열두 달을 계속해도 모자랄 것이고, 논문을 쓰려고 하여도 소대가리 귀신이 사라지면 말대가리 귀신이 나타나듯 도무지 종을 잡을 수가 없을 것입니다.

하나의 원(圓)이 있다고 가정합시다.

원에는 중심이 있고, 주변에는 원의 테두리가 있습니다. 그 중심은 태풍의 눈처럼 텅 비어 있습니다. 그런 식으로 무심을 이해하시면 좋을 것 같습니다.

원의 중심은 무심이고, 원주(圓周)는 마음의 흐름이 만들어낸 것이지요.

선에서는 이것을 수레바퀴에 비유합니다.

대승(大乘)은 큰 수레바퀴이고, 소승(小乘)은 작은 수레바퀴라는 말입니다. 소승이란 경전과 계율에 얽매어 있는 작은 가르침이란 뜻이고, 대승이란 그것들을 벗어난 광활하고 초월적인 가르침이란 뜻입니다.

아무튼 큰 수레바퀴이든지 작은 수레바퀴이든지 간에 수레바퀴의 중심은 모든 주변의 마음이 모여들어 무화(無化)되는 자리 즉 공(空)이지요.

중심에서 보면 모든 것이 영원합니다.

그런데 주변에서 나타나는 것들은 모두가 일시적이죠. 아침에 변하고 저녁에 바뀌면서 잠시도 같은 상태를 유지하지 못합니다. 하지만 중심에서 보면 하늘 같고 우주 같은 무궁무진한 존재가 드러납니다. 그 존재가 바로 우리 자신의 진짜 모습입니다.

우리의 마음은 여섯 가지 식별[六識: 眼耳鼻舌身意=色聲香味觸法] 작용에 의해 나타난다고 합니다. 그것을 모든 정보가 들어오는 문이라 하여 육문(六門)이라고도 합니다. (『금강경』

제10분, 제14분 참조)

예를 들어 눈이 장미라는 형상[色]을 보게 되면, 그것을 소연(所緣)으로 하여 느낌[受]이 일어나고, 그것으로 인하여 생각[想]이 일어나서 움직이기[行] 시작하면 식별작용[識]이 일어나게 됩니다. 우리의 마음이 붉다, 싱싱하다, 아름답다라고 해석하고 판단을 내리게 되는 것이죠. 마찬가지 경로로 코는 냄새를 받아들이고 귀는 소리를 받아들이며 변전(變轉)을 거듭합니다.

그런 다음 마음은 재빠르게 활동을 개시하게 됩니다. 이를테면 장미를 보는 순간 배신을 하고 떠나간 애인의 붉은 입술이 생각나고, 그 여인이 좋아하던 삼겹살이 생각나서 느닷없이 삼겹살에 대한 반감이 일어납니다. 그리고 엉뚱하게도 삼겹살을 좋아하는 한국인들이 통째로 미워지기 시작합니다. 더러운 놈들! 더러운 나라! 확, 이민을 가버릴까? 인생을 종쳐버리고 말아? 그런 뜬금없고 극단적인 생각이 들기도 하죠. 기막힌 사업을 벌여 떼돈을 벌어서 보란 듯이 복수를 해야 하는데, 나는 늘 왜 이 모양일까? 제기랄! 이런 식으로 마음이 전개되어 나가는 그 와중에 누군가가 눈앞에서 땅콩 접시를 들고 얼쩡거리면, 그를 공격하고 싶어지기도 합니다.

이처럼 마음[心, 意, 識]이란 순전히 제멋대로이며 황당무계하기가 짝이 없습니다. 그런데 우리는 그 생각들이 자신의 것 즉 자신의 소유[我所]라고 믿어 의심치 않으며 그것이 곧 자아(自我)라고 취착(取着)하고 있습니다. 그래서 그 외고집에 매달려서 줄기차게 그네를 타고 있는 것이죠.

석가모니 부처님께서는 그것을 가리켜 '긴 밤[長夜]' 즉 억천만겁 캄캄한 밤중을 배회하는 일이며, 마치 밀림 속에서 원숭이가 이 나뭇가지를 잡았다가 저 나뭇가지를 잡았다가 하면서 이리저리 옮겨 다니는 것과 같다고 하셨습니다.

중심에서 보면 그런 마음의 작용들은 모두 뇌세포 속에서 일어나는 것일 뿐이며 주변에서 일어나는 일에 불과합니다.

그렇다면 중심의 마음은 어느 곳에 있는 마음이겠습니까?

덕산에게 전병 파는 노파가 묻습니다.

과거심 불가득 현재심 불가득 미래심 불가득인데, 그대는 그 어떤 마음으로 점심을 먹겠는가?

그 어떤 것도 아닌 마음!

그것이 바로 노파가 가리키고 있는 마음의 중심입니다.

그것을 경전에서는 무심이라고 합니다.

그 중심에 있는 마음의 눈으로 바라보면, 모든 테두리의 마음작용들은 바람이 불어왔다가 불어가는 것처럼 허망하기 짝이 없습니다. 보이지도 않게 나타났다가는 보이지도 않게 곧 사라지고 마는 것이죠. 그것들은 어른거리는 그림자와도 같습니다.

탄트라에서는 우리 존재의 중심이 하단전(下丹田: 배꼽 아래로 손가락 마디 두 개를 겹쳐 놓은 정도의 아랫부분)에 있다고 합니다. 탄생과 죽음이 드나드는 자리라 하여 그 곳을 생사현관(生死玄關)이라고도 부릅니다.

그 중심에서 바라보면 마음이란 시계추와 같습니다.

그렇게 마음은 극단에서 극단을 오락가락하며 추진력을 얻습니다. 들숨과 날숨이 생사현관을 들락날락할 때마다 일어나고[生] 꺼져가는[滅] 것을 반복하고 있는 것입니다.

그런데 우리의 마음은 언제나 극단의 마음 중에서 하나만을 선택합니다. 그리고 그것이 문제를 일으킵니다.

행복이냐? 불행이냐?

극락이냐? 지옥이냐?

부처냐? 중생이냐?

이것이냐? 아니면 저것이냐?

둘 중의 어느 것을 선택하더라도 그것은 재앙이며 고통일 뿐입니다.

왜 고통을 자초하는 일이 되는가 하면 마음이 선택하는 것은 온전한 마음이 아니라 반쪽의 마음이기 때문입니다.

중심은 양극(兩極)의 모든 마음을 받아들이는 자리입니다.

생겨남도 사라짐도 탄생도 죽음도 착한 마음도 악한 마음도 사랑도 증오도 중심에 도달하면 모두 녹아버리게 됩니다.

이처럼 선이나 탄트라 명상은 모든 '극단적인 마음들을 수용하여, 무(無)로 만들어버리는 작업'이죠. 생멸 혹은 생사의 반복 작용이 중심에서 무가 되어 정지하게 되면, 그 자리에서 영원의 세계가 열리게 된다는 원리입니다.

중심에서 일어나는 그 묘한 일은 모든 마음을 조건 없이 받아들일 때만이 일어날 수 있습니다. '수용(受容)'이 선의 관건이며 곧 묘법(妙法)인 것이죠.

큰 바다는 천 개의 강을 가리지 않고 다 받아들입니다. 무심 역시 온갖 마음을 다 포용합니다.

선에서는 우주에 존재하는 모든 것들을 포괄한다고 하여 그것을 '만유(萬有)'라고도 부릅니다.

달마 대사의 스승은 여성이었습니다.

중국 선의 시조인 달마 대사의 스승이 여자였다는 것은 많은 것을 암시합니다.

석가모니와 동시대의 인물이자 자이나교(Jainism)의 교조(教祖)인 '마하비라(Mahavira: '위대한 영웅'이라는 뜻)'는 '여자는 해탈할 수 없다. 그러므로 다음 생애에 남자로 몸을 바꾸어야만 한다.'고 했습니다.

여기에서 해탈이란 마음의 중심에 도달하는 것을 가리킵니다.

마하비라는 어느 날 명상을 하다가, 순진무구한 '중심의 순간'을 경험했습니다.

그는 즉시 입고 있던 옷을 벗어 던지고 알몸이 되었죠. 그가 옷을 벗어 던진 것은 마음으로부터 벗어났다는 것을 의미합니다. 그러나 사람들은 그에게 돌팔매질을 하고, 마을에서 내쫓았습니다. 어떤 마을에서도 그에게 식사나 거처를 마련해 주지 않았습니다. 심지어는 다름살라(Dharmshala: 수행자들을 무료로 재워주는 인도의 숙박시설)에서도 그를 거절했고 불가촉천민(不可觸賤民)이 사는 화장터에서조차 쫓겨나야만 했습니다. 어떤 사람들은 그를 내쫓기 위해 사나운 개를 풀어놓기도 했지요.

지금은 위대한 성자로 추앙받고 있는 마하비라지만, 처음에 그는 옷을 벗어 던졌다는 이유로 사람들로부터 엄청난 핍박을 받아야만 했습니다.

왜 사람들은 타인이 벌거벗은 것을 기피하고 두려워하는 것일까요?

그것은 우리의 내면이 너무나도 가난하기 때문입니다.

타인이 벗은 것을 보면, 우리의 내면이 빈곤하다는 것이 여지없이 드러나기 때문에 그 초라한 사실이 우리를 견딜 수 없게 만듭니다.

마하비라가 생존해 있을 당시 그에게는 1만 명의 남자 제자들이 있었습니다. 남자 제자들도 마하비라를 따라서 옷을 벗어 던졌죠. 그런데 여자 제자는 4만 명이나 되었지만 단 한 명도 옷을 벗어 던질 용기가 없었습니다.

마하비라는 여자들은 남자로 환생해야만 할 것이며, 그렇지 않으면 해탈할 가능성이 없다고 말했습니다. 옷을 벗는 것이 두려운 사람은, 육체와 마음을 떠나는 것 역시 두려워할 것이기 때문이었습니다.

석가모니 또한 처음에는 마하비라와 같은 입장이었습니다.

그 두 사람은 왜 그러한 말을 했을까요?

그들이 수행했던 탄트라는 '수용적인 명상법'이었기 때문이었습니다.

탄트라 수행자들은 마음의 본성에 대한 깊은 통찰력을 가지고 있었습니다. 그들은 수행을 하다가 남성의 마음은 여성적 에너지이며, 반대로 여성의 마음은 남성적인 에너지를 가지고 있다는 것을 발견하였습니다.

남성은 공격적이지만, 여성은 수용적이죠. 그런데 그 마음의 성향은 정반대인 것이었습니다. 아담의 내면에는 이브가 들어 있고, 이브의 내면에는 아담이 들어 있다는 것입니다. 여성은 아버지를 닮은 남성에게 끌리고, 남성은 어머니를 닮은 여성에게 끌리는 것은 바로 그 때문이라는 것입니다.

여성의 육체가 여성의 역할을 다 마치고 나면, 공격적인 남성의 마음이 드러나게 됩니다. 노파들이 걸걸한 목소리로 거친 행동을 하는 것은 그 때문입니다. 남성 또한 노인이 되면 공격적인 성향이 사라지고 수용적인 마음이 드러나게 됩니다.

그런 이유로 마하비라는 여성은 남자로 몸을 바꾸어야만 중심에 도달할 수 있다고 했던 것입니다. 하지만 걱정할 것은 없습니다. 남성이든 여성이든 가슴을 활짝 열어젖히고 수용적인 자세를 취하면 그만이니까요.

달마의 스승이 여성이었다는 것이 그것을 증명합니다.

또 석가모니 부처님도 나중에는 여자도 해탈할 수 있다고 그 입장을 번복했습니다.

마하비라는 탄트라 명상을 하다가 깨달음을 얻어 종교를 창시했습니다. 그런데 탄트라에서의 마음은 적군이나 마군(魔軍)이 아닙니다. 하지만 수많은 수행자들은 그 마음을 무찌를 대상으로 생각했죠. '부처는 마음도 아니고 몸도 아니다'라는 경전의 가르침 때문이었습니다. 그들은 8만 4천 가지 마음을 군사(軍士)들로 간주하고, 혼자서 그것들을 모조리 베려고 애를 썼습니다. 어떤 무모한 수행자는 쇠로 만든 빗자루로 몽땅 쓸어버리려고도 했지요.

그들은 자신의 고뇌뿐만 아니라 육체까지도 쳐부수어야 할 대상으로 생각했지요. 손가락을 불태운다거나[燒指供養]

장작더미 위에 올라가서 몸을 불태우는[燒身供養] 수행자들의 극단적인 행위들은 그러한 오해에서 비롯된 것입니다. 어떤 수행자들은 자신의 몸을 쇠사슬로 묶거나 피투성이가 되도록 가시나무로 마구 타격을 가하기도 하지요.

탄트라에서는 그러한 행위들을 통틀어 '고행(苦行)'이라 부릅니다. 그 행위들은 스스로를 고문하는 일이며, 불가능한 것을 가능케 한답시고 외고집을 부리는 것과 같습니다.

고타마 싯다르타는 왕궁을 나와서 스승들을 찾아다니다가 나중에는 다섯 명의 제자들과 함께 고행을 했습니다. 그리고 그는 6년 동안의 고행 끝에 고행은 바른길이 아니라는 것을 깨닫게 되었지요.

어느 날 그는 제자들에게 고행의 종료를 선언했습니다. 그러자 제자들은 그를 떠나고 말았습니다.

"고타마는 경전의 가르침에 반대했다. 그는 타락한 것이다! 그러므로 그는 더 이상 우리의 스승이 아니다!"

홀로 남겨진 고타마는 어느 강가에 이르렀습니다.

고행으로 지칠 대로 지친 그의 육신은 한계점에 도달해 있었죠. 그는 강가에 서 있는 보리수나무에 등을 대고 힘없이 앉아 있었습니다. 그는 모든 고행을 포기한 상태였으며 아주 편안한 상태였죠. 그리고 바로 그때 그에게 새벽[三昧]이 찾아오고 있었습니다.

고타마는 새벽하늘에서 빛나고 있는 계명성을 바라보고 있다가 문득 '자신의 중심-깨달음'에 도달했습니다.

마침 강가에 나왔던 마을 처녀가 쑤어다 준 우유죽을 공양하고 기운을 차린 고타마는 제일 먼저 제자들이 생각났지요. 그는 제자들을 찾아갔습니다.

"저기 타락한 고타마가 온다. 그는 우리의 스승이 아니다. 쳐다보지도 말자!"

제자들은 그를 외면하려 했습니다.

그런데 고타마가 가까이 다가오자 눈을 감고 있던 제자들은 강한 자력이 그들을 끌어당기는 것을 느꼈지요.

'이게 대체 무슨 일인가? 고타마에게 무슨 일이 일어난 것인가?'

제자들은 고타마가 가까이 다가오자 자신도 모르는 사이에 그의 앞으로 달려가서 무릎을 꿇고 발을 어루만지며 경의를 표했습니다.

"스승이시여! 당신에게 무슨 일이 일어났습니까?"

제자들이 물었습니다.

"그렇다! 고행은 또 다른 집착일 뿐이었다. 나는 마음을 그냥 내버려두었다. 마음을 놓아버리니 저절로 중심에 이르렀을 뿐이다!"

제자들은 고타마에게 눈물을 흘리며 법문을 청했습니다.

이때 행한 최초의 설법이 바로 초전법륜(初轉法輪) 즉 석가모니 붓다께서 깨달음을 얻은 뒤 최초로 굴린 진리의 수레바퀴입니다.

석가모니 붓다께서는 이 최초의 법문을 통하여 고행에도 치우치지 않고 즐거움에도 집착하지 않는 중도(中道)를 선언하셨죠.

고행을 하면서 마음을 비난하고 제압하거나 강제로 없애려고 하면 수많은 문제를 야기하게 됩니다.

마음에게 압력을 행사하는 것은 마치 잡초 위에 바윗덩이를 올려놓는 것과 같습니다. 잡초는 그 뿌리를 뽑아버리지 않는 한, 아무리 짓눌러도 소용이 없는 것입니다.

석가모니도 고행을 하다가 그것이 아무 소용없는 일이라는 것을 알았던 것이지요.

저의 인생 역시 고행의 연속이었습니다. 앞을 바라보면 앞도 막혀 있고 뒤를 돌아다보면 그 길 역시 막혀 있었죠. 상하좌우 역시 캄캄하기는 마찬가지였습니다. 깊은 밤이면 저는 아무도 없는 골목길에 주저앉아 돌멩이로 저의 머리통을 짓찧으며 괴로워했죠. 피를 뚝뚝 흘리며 아무리 둘러보아도 피난처를 찾을 수는 없었습니다. 이 답답한 대가리야! 깨져버려라. 제 자신이 너무나도 가증스러워서 저를 죽여버리려고까지 했습니다.

집착의 소굴에 들어앉아 있었으니 불속에 있는 것처럼 고통스러웠던 것은 너무나도 당연한 일이었죠. 그 고통이 욕망과 탐심 때문에 비롯된 것이라는 것을 알 수가 없었던 저는 자신을 비난하고 학대할 수밖에 없었습니다.

조산(曹山: 840~901) 선사가 어떤 승려에게 물었습니다.

"이처럼 무더운 날씨에 어디에서 피서를 하려느냐?"

"확탕지옥 노탄지옥에서 하겠습니다."

"확탕지옥 노탄지옥에서 어떻게 피서를 하겠느냐?"

"전혀 괴롭지 않습니다."

선을 하는 데는 산수(山水)를 필요로 하지 않습니다. 욕망이 사라지면, 번뇌의 불은 저절로 시원해진다는 뜻이죠.

명상은 참으로 명쾌합니다. 명상을 하다가 '괴로워하고 있던 자'가 사라지고나면, 거기에는 아무런 괴로움도 남아 있지 않습니다. 설혹 지옥 속에 처해 있다고 하더라도 전혀 괴롭지 않죠.

바로 이것이 동산(洞山: 807~869) 선사의 '동산한서(洞山寒暑: 동산의 더위와 추위)'라는 화두입니다.

탄트라에서는 다음과 같은 입장을 가지고 있습니다.

"욕망으로부터 벗어나기 위해서, 그 욕망을 비난하고, 죄악시하는 것은 크게 잘못된 태도이다. 우리는 일종의 자연물

(自然物)일 뿐이며, 욕망 또한 우리의 에너지일 뿐이다."

모든 자연의 에너지들은 모두 중립적이며, 존재의 중심으로부터 흘러나옵니다. 인간의 생명 에너지 또한 자연의 에너지와 다르지 않습니다. 그러므로 탄트라 수행자들은 그 에너지를 적(敵)으로 생각해서, 그것과 투쟁을 벌이는 일을 해서는 아니 된다는 뜻입니다. 다만 그것이 우리에게 해악을 끼치는 것은 우리가 주변에 있는 그것에 달라붙어서 중심을 잃어버리기 때문이라는 것이죠.

우리는 욕망의 한가운데에 있는 것처럼 생각되지만, 주의 깊게 관찰해 보면 또한 우리는 욕망에 속해 있지 않습니다. 이것을 이해한다면, 욕망을 베어버리거나 떨쳐버리려고 애를 쓸 필요가 없지요.

다만 그것을 고요히 관조하면서 그것을 즐기고 그것을 통과해서 지나가면 그만입니다. 그러면 모든 욕망은 우리의 동반자이자 스승이며 즐거움이자 아름다움이 될 수 있습니다.

동남아의 승려들은 호흡을 관찰하는 테크닉인 '아나파나사티(Anapanasati)'를 많이 사용하는데, 이 방법 역시 중심에 도달하기 위한 탄트라 수행법 중 하나입니다.

아나파나사티 수행자들은 욕망을 관찰하는 대신 자신의 호흡을 관찰하다가, 호흡과 호흡을 관찰하는 자 사이에 간격이 벌어지는 것을 경험했지요.

우리가 무엇을 관찰하기 시작하면, 그때부터 관찰자는 관찰하는 대상과 분리되기 시작합니다. 이 원리처럼 아나파나사티 수행자들은 자신이 호흡과 상당한 거리를 두고 자신이 떨어져 있음을 깨달은 것이었습니다.

마침내 그들은 자신이 자신의 육체 밖에 서 있는 것을 발견하게 되었습니다. 그들은 자신과 자신의 육체가 분리되는 경험을 한 것이었습니다.

그들은 이 호흡수행법을 통하여, 엄청난 '아난다(Ananda : 명상의 기쁨)'를 경험했습니다.

그들은 단순히 호흡을 관하는 것만으로도 엄청난 기쁨이 일어난다는 것을 알았습니다. 그들의 호흡은 리드미컬하고도 조화롭게 음악소리처럼 진행됩니다. 그리하여 그들의 호흡은 중심에 이르러 '소리 없는 소리', '한 손으로 내는 손뼉소리'가 되었습니다. 그들은 호흡을 통해서, 중심에 있는 고요함과 평정을 알게 되었던 것입니다.

석가모니로부터 시작된 진리의 등불은 두 갈래의 길로 나뉘어져서 후세인들에게 전해지게 됩니다.

그 하나는 선의 길이고, 다른 하나는 탄트라 불교의 길이었습니다.

첫 번째 길인 선은 마하가섭에게 미소로 전해졌습니다. 그 법은 마하가섭으로부터 27대인 달마의 스승 반야다라(般若

多羅)에게까지 내려오게 됩니다.

그런데 반야다라는 여자였습니다. 그녀는 달마에게 말했죠.

"가라! 저 동쪽으로 건너가서, 여자도 해탈할 수 있다는 것을 전파하라!"

이것이 바로 달마 조사(達磨祖師)가 인도의 동쪽에 있는 중국으로 온 까닭 즉 '조사서래의(祖師西來意)'입니다.

또 다른 중심으로 들어가는 길이 있었죠.

석가모니 부처님으로부터 그의 아들이었던 라훌라에게 비밀리에 전해진 탄트라 불교가 그것입니다. 달마 대사가 중국 선의 시조가 되었듯이 라훌라에게서 전해진 법을 이어받은 '사라하(Saraha)'는 탄트라 불교의 시조가 되었습니다. (이경옥 옮김, 『그대 가슴속의 꽃을 피워라 1』, 태일출판사, 15쪽 참조)

탄트라 불교는 사라하로부터 티베트로 중국으로 몽골로 이어지게 됩니다. 이 길은 비밀리에 전해졌다고 하여 '밀교[秘密佛敎]'라고도 부르며, 탄트라 명상과 『금강경』이 합쳐진 것이라 하여 '금강승(金剛乘)'이라고도 부릅니다.

티베트에서는 석가모니 붓다의 탄신일이 5월 보름날이라고 합니다. 그날 밤이 되면 중심에 도달한 500명의 라마승들이 특정한 산에 모여서 명상을 한다고 합니다.

그러면 그들의 중심이 하나로 통합되면서 '붓다필드(Buddha-Field)'라는 강력한 에너지 장(場)이 형성된다고 합니다. 그 에너지 장 안으로 들어오는 사람들은 누구나 저절로 '명상의 열매'가 무르익는다고 하지요. 그것을 '붓다 푸르니아(Buddha Poornia)'라고 부릅니다.

탄트라 명상이라 부르고는 있지만, 사실 '명상(瞑想)'이란 말은 적당한 단어가 못 됩니다. 영어의 메디테이션(Meditation)이라는 말도 부적절하기는 마찬가지입니다.

마음의 상태에는 대략 4가지 단계가 있습니다. (수행자에 따라서 수십 단계로 분류하는 경우도 있습니다.)

첫 번째 단계는 사념(思念)인데, 이것은 지향 없는 마음의 흐름을 가리킵니다. 프로이트의 연상작용(聯想作用)이 여기에 해당됩니다. 이것은 넋을 놓고 이리저리 밤거리를 헤매고 다니는 상태와 같습니다. 흔히 멍을 때린다고 하는 것도 여기에 해당됩니다.

두 번째 단계는 사색(思索)입니다. 이것은 새끼줄을 꼬아나가듯이 방향이 설정되어 있는 사념의 움직임, 일관성 있게 생각이 전개되어 가는 것을 가리킵니다. 철학적이고 논리적인 사고를 하거나 글을 쓰는 것도 여기에 해당됩니다.

세 번째 단계는 집중(集中)입니다. 이것은 하나의 점(點)에만 생각이 머무르는 것을 가리킵니다. 선사들은 이 상태를 '나귀 매는 말뚝'이라 하였습니다. 집중이 깊어지면 점차로 생각이 사라지면서 명상이 일어나기 시작합니다. 하지만 집중이 명상은 아닙니다.

네 번째 단계는 마음이 중심에 도달하여 완전히 흡수된 상태입니다. 마음이 증발한 상태이지요. 이것을 선에서는 도가(到家) 즉 '집에 돌아왔다'라고 합니다.

이처럼 우리의 마음은 높게 진화(進化)하고 무한하게 확장되어 갑니다. 선가에서는 그것을 '향상(向上: 욕망을 초월하여 나아감)'이라고 부릅니다.

마음이 향상되어 중심에 이르러 사라져버린 상태를 탄트라에서는 '진아(眞我: Atman)'라고 하는데, 이것을 '무한(無限)한 나[我]'의 출현이라고 하여 '무아(無我)'라고도 부릅니다.

이것을 범아(梵我=Brahma=宇宙我)라고도 합니다. 바로 자신의 내면에 내재하고 있는 유일무이한 신을 가리키는 것이죠.

그런데 나[自我]라는 것이 무한하게 확장되려면, 바로 그 나라는 협소한 생각[我相]이 사라져야만 합니다. 그 나라는 생각이 완전히 자취를 감추어야만 비로소 무한한 중심에 도달하게 된다는 것입니다.

또 마음을 사라지게 하려면, 마음을 정확하게 중도(中道)에서 바라보아야 한다고 합니다. 중도에서 바라보면 모든 마음들이 제풀에 지쳐서 사라지게 되기 때문입니다. 너무나도 간단한 방법이지요. 너무나도 간단명료해서 생각이 끼어들 틈새가 전혀 없습니다. 바로 이 불가사의한 방법이 『금강경』

과 모든 탄트라 명상 방편의 뼈대라고 해도 과언이 아니죠.

산스크리트어의 '드야나(Dhyana: 禪那)'는 눈을 감고 생각에 잠기는 일이 아닙니다. 그렇다고 어떤 대상에 주의력을 집중하는 것도 아닙니다. 드야나는 생각으로부터 분리되어 떨어져 나온 뒤, 그 생각을 관찰하는 일을 가리킵니다.

"나는 뉘긴가[吾誰乎]?"

나는 지금 욕망과 한 몸이 되어 있는 상태입니다. 그것을 무명(無明)이라 합니다. 그래서 가장 먼저 욕망을 관조(觀照=返照)해야 합니다. 정확하게 중도에서 바라보는 묘법을 통해서 홀연히 욕망과 관조자(觀照者)가 분리됩니다. 뒤이어 각성의 빛이 일어납니다. 바로 이것이 선이며, 탄트라의 드야나입니다.

어느 날 선가(禪家)의 제자가 묻습니다.

"부처가 무엇입니까?"

그러자 스승은 퉁명스럽고 불친절하게 대답합니다.

"마른 똥 막대기!"

똥 막대기란 옛날 중국 사람들이 휴지 대용으로 뒷간에 걸어놓았던 막대기를 가리킵니다.

머리 좋은 제자가 말과 생각만을 가지고 부처를 구하려 하자, 한없이 자애로운 스승은 그의 입에 돌연 똥이 잔뜩 말라 붙어 있는 막대기를 쑤셔 박아버립니다.

그 순간!

제자에게 일별이 일어납니다.

충격을 받은 제자가 놀라 자빠지는 순간, 감쪽같이 마음이 사라져버리는 일이 벌어지는 것입니다.

생각과 생각 사이에 나타난 틈 속으로 제자는 잠시나마 마음의 중심을 엿보게 되는 것입니다.

또 어느 날 다른 제자가 묻습니다.

"부처가 무엇입니까?"

"……."

아무 말 없이 늙은 스승은 주장자를 집어 들고 제자의 머리통을 힘껏 내려칩니다.

그 순간!

온갖 지식과 생각으로 가득 차 있던 제자의 머리통이 깨져버리고, 그와 동시에 부처를 구하려는 마음이 중단됩니다.

제자가 아! 하는 그 순간, 그는 자신의 중심에 도달하고 마는 것입니다.

스승들이 영리하고 뛰어난 제자를 무자비하게 대하는 데에는 그만한 까닭이 있습니다. 머리가 좋고 학식이 풍부한 제자들은 머리와 입으로만 부처를 추구합니다. 자신의 바깥에서 부처를 구하려 드는 것이지요.

하지만 부처는 자신의 내면 속에 있는 것이지 바깥에 있는 것이 아닙니다. 또 자신의 마음을 관찰하는 것을 생각으로 헤아리기 시작하면 이미 늦어버리고 어긋나버리고 맙니다. 그래서 스승들은 잘난 척을 해대는 제자들에게 꼼수를 굴릴 틈을 주지 않기 위해서 돌발적이며 폭력적인 행동까지 서슴지 않는 것입니다.

스승은 오직 '즉각적인 관찰'만이 묵은 때처럼 찰싹 달라붙어 있는 마음을 떼어내고 제자의 본성을 깨울 수 있다는 사실을 환하게 알고 있는 것입니다.

선가에서는 즉각적인 관찰에 의해 본성을 깨우는 것을 '찰나성불(刹那成佛)'이라고 합니다.

선사들은 제자들의 마음을 막다른 골목으로 몰아세웁니다. 제자들의 마음은 욕망을 따라 이리저리로 오락가락하는 늙은 쥐와도 같기 때문입니다.

중국의 남방에 사는 물소의 뿔은 매우 깁니다. 그래서 그것으로 쥐 잡는 도구를 만들지요. 늙은 쥐가 먹을 것만 탐하여 그 뿔 속으로 들어가면, 필경에는 돌아설 수가 없게 되어서 꼼짝없이 잡히는 신세가 되고 맙니다.

이것이 '노서입우각(老鼠入牛角)'이라는 화두입니다.

더 이상 앞으로 나아가지도 못하고, 돌아서지도 못하는 늙은 쥐는 바로 우리 마음을 상징하지요. 늙은 쥐가 갇혀버린 곳이 바로 자신의 중심입니다.

중심에 가까워지게 되면 불가사의한 일들이 줄을 이어 벌어지게 된다고 합니다. 선가에서는 그것을 두고 허공에서 화염이 일어나고, 해저에서 연기가 솟아오른다[虛空發焰 海底生煙: 중심에 이르러 확철대오(廓徹大悟)하기 전에 마음의 혁명이 일어나는 경계를 상징함]고 하죠.

중심에 도달한 상태를 가리켜 선에서는 '모든 이치를 한 꼬챙이로 꿰뚫다' 또는 '전전주봉(箭箭拄鋒)'이라고 합니다.

전전주봉은 허공에서 화살촉과 화살촉이 서로 맞부딪치는 것과 같다는 뜻입니다. 그것은 스승과 제자의 중심이 서로 딱 맞아떨어져서 조금도 빈틈이 없는 것을 가리킵니다. 제자의 물음과 스승의 대답이 맞아떨어지는 순간 제자는 자신의 중심에 도달하게 되는 것이죠.

어떤 선사들은 즉각적으로 중심에 이르게 하려는 방편으로 고함을 내지르기도 합니다. 그것을 '할(喝)'이라 부릅니다. 벼락같이 엑, 하고 소리를 치면서, 준열하게 꾸짖는 형상을 보이는 것입니다. 또 어떤 과격한 선사는 제자를 넘어뜨린 다음 올라타서 목을 조르기도 하죠. 사미승이 내미는 손가락을 칼로 싹뚝, 잘라버린 무자비한 선사도 있습니다. 그 모든 것들이 제자들을 중심에 도달하게 하려는 스승들의 눈물겨운 자비행이며, 탄트라의 방편들입니다.

구지(俱胝: 생몰년 미상) 선사는 당나라 사람으로 누구든지 법을 물으면 그저 손가락 하나만을 세워 보였다고 합니다.

어느 날 구지 선사가 출타를 한 사이에 손님이 찾아왔습니다.

손님은 구지 선사를 시봉하는 동자(童子)에게 물었지요.

"요즈음 스님께서는 주로 어떤 법을 가르치시는가?"

그러자 동자는 말없이 손가락 하나를 세워 보였습니다.

스승의 흉내를 내 보인 것이었죠.

나중에 선사가 돌아와서 동자에게 물었습니다.

"손님께서 무슨 말씀이 없으시더냐?"

"예. 스님께서 요즘 어떤 법을 가르치느냐고 물었습니다."

"그래서 뭐라고 대답했느냐?"

그러자 동자는 얼른 손가락 하나를 세워 보이며 말했습니다.

"이렇게 했지요."

그러자 선사는 부리나케 주머니에서 칼을 꺼내더니 동자의 손가락을 싹뚝 잘라버렸습니다.

"아이고 아파 죽겠네!"

동자는 잘린 손가락을 움켜쥐고 엉엉 울면서 밖으로 뛰어나갔습니다.

그때 갑자기 선사가 동자를 불러 세웠죠.

동자가 고개를 돌려 뒤를 돌아다보자, 선사는 불현듯이 손가락 하나를 세워 보였습니다. 그러자 동자는 자신도 모르게 자신의 손가락을 치켜 세웠습니다. 그러나 손가락은 이미 잘려나가고 없었죠.

동자는 그 순간, 스승을 흉내 내던 변두리의 마음이 사라지고 퍼뜩 자신의 중심에 도달하였습니다. 무한한 축복이 소리 없이 폭발하는 것을 자각하게 되었죠.

이것이 『벽암록』에 나오는 '구지일지(俱胝一指)'라는 화두입니다.

중심에 도달하는 것은 찰나의 순간에 일어납니다. 그러므로 멍하게 앉아서 공상(空想)에 잠겨 있는 사람들은 결코 그 찰나를 포착할 수가 없습니다. 욕망과 하나가 되어 혼미하게 살아가는 사람들 역시 그 순간을 알아챌 수가 없지요.

오직 지금 이 순간 속에서 밝게 깨어 있는 사람들만이 땅과 하늘이 하나로 합쳐지고 생과 사가 하나로 합쳐지는 그 불가사의한 순간의 축복과 하나가 될 수 있는 것이겠지요.

문수보살(文殊菩薩=manjusri)은 부처님의 제자였습니다.

부처님은 누군가 행패를 부리면 문수보살을 보내곤 했다고 합니다. 사람들은 문수라는 이름만 들어도 무서워서 벌벌 떨었다지요. 그는 정말로 무섭고 철저한 사람이었으며, 사고를 치는 자가 있으면 단칼에 머리를 베었다고 합니다.

그는 무시무시하고 잔인한 사람이었지만, 그의 자비로움은 더없이 넓고 깊었죠. 그리하여 그는 모든 스승들의 대명사가 되었습니다.

모든 명상의 스승들은 자비롭기 때문에 어쩔 수 없이 잔인해야만 했습니다.

스승들은 우리의 중심 속에 새 사람[眞人=菩薩]을 탄생시키기 때문에 더할 수 없이 자비로웠고, 낡은 과거의 모든 습기와 폐단을 잘라내고 파괴해야만 했기 때문에 잔인하고 무자비하며 과격해야만 했습니다.

달마 대사 역시 무서운 얼굴을 하고 있습니다. 허튼짓을 한다면 당장이라도 주장자로 욕망과 번뇌와 망상으로 가득 찬 우리의 머리통을 내려칠 것만 같죠. 사악한 한국의 점쟁이들은 달마도(達磨圖)를 집안에 걸어놓으면 운수가 대통할 것이라며 어리석은 중생들을 미혹케 합니다. 엉터리 달마도와 부적을 팔아먹으려는 개수작이죠. 달마 대사가 살아 있었더라면 단방에 그들의 머리통을 박살내고 말았을 겁니다. 보리달마란 단어는 별말이 아니라 지혜와 진리라는 뜻입니다.

달마 대사께서 중국으로 건너와서 양(梁)나라의 무제(武帝)를 만난 것은 520년 10월이었다고 전해집니다.

무제는 불법(佛法)을 숭모하여 수많은 사원과 불상과 불탑을 세웠으며 대대적으로 불경을 편찬하고 수만 명의 승려들을 양성하고 있었습니다. 그래서 백성들은 그를 불심천자(佛

心天子)라고 불렀습니다.

그는 자신이 엄청난 공덕을 쌓고 있다고 생각했죠. 그는 자랑스럽게 달마 대사에게 물었습니다.

"짐의 공덕이 얼마나 크다고 생각하시오?"

달마 대사께서 무뚝뚝하게 대답했습니다.

"아무런 공덕도 없습니다[無功德]."

"어째서 그렇습니까?"

"폐하가 이룩해놓은 것들은 중생들의 세계에서는 제법 큰 일을 했다고 볼 수도 있겠지만, 생사를 윤회하는 원인을 만들 뿐입니다."

자신에게 공덕이 있다고 생각하는 것은 마음의 일에 불과하다는 것을 무제는 이해하지 못했습니다. 무공덕이야말로 마음의 일에서 벗어난 참다운 공덕이라는 것을 무제는 도무지 알 수가 없었죠. 그는 의아한 얼굴로 다시 물었습니다.

"그렇다면 어떠한 것이 진실한 공덕입니까?"

"맑고 밝은 공적(空寂)한 지혜를 얻어야 합니다. 그 지혜는 세속적인 일을 많이 한다고 얻어지는 것이 아닙니다."

"그렇다면 무엇이 성스러운 진리입니까?"

"진리는 확연하여 성스러울 것도 없습니다."

진리란 범성(凡聖)을 초월한 것이라는 말씀이었지만 무제는 이해할 수가 없었죠.

"그렇다면 짐을 대하고 있는 그대는 누구입니까?"

"모릅니다."

무제는 얼굴을 붉힌 채 더 이상 아무 질문도 하지 못했습니다.

만일 달마 대사께서 '나는 그대들에게 진정한 공덕이 어떠한 것인지 깨우쳐주러 온 스승이다'라고 말했다면, 그것은 아상을 세우는 일이며, 곧 마음의 일이 되어버리고 만다는 것을 무제는 이해할 수가 없었던 것입니다. 당신은 누구냐고 물은 무제의 질문은 유치하기 짝이 없는 것이었지만, 달마 대사의 '나는 나를 모른다.'는 대답은 천하의 명답이었지요.

이것이 바로 『벽암록』의 제1칙인 '달마불식(達磨不識: 달마의 알지 못함)'이라는 화두입니다.

눈앞의 명분과 이해득실을 따지는 공덕은 누추하기 짝이 없습니다.

『금강경』에서도 무공덕이야말로 천하에서 제일가는 희유한 공덕이라고 하였습니다. (『금강경』 제14분 참조)

양 무제는 외양은 황제였지만, 그의 내면은 궁핍하기 짝이 없었던 것이지요.

뒤늦게 그 얘기를 전해들은 지공 화상은 이렇게 한탄하였다고 합니다.

"보았지만 본 것이 아니고, 만났지만 만나지 못하였도다!"

선의 두 날개

금강의 두 눈

달마 대사는 양 무제를 만난 뒤 소림사(少林寺)가 있는 숭산(嵩山)의 한 동굴로 들어가서 9년 동안 면벽수행을 했다고 합니다. 그리고 거기에서 그의 법을 이을 혜가(慧可: 476~593)를 만나게 됩니다.

저도 중국선의 발원지인 숭산과 소림사를 찾아가보았습니다. 아름드리 측백나무가 서 있는 마당 한쪽에 환희지(歡喜地)라는 작은 전각이 있었습니다. 저는 측백나무에 기대앉아서 귀신도 모르게 잠시 명상을 했지요.

가슴 속에 아무런 욕망이 없으면 자신이 처해 있는 모든 자리가 다 환희의 경지가 됩니다. 살아 있는 순간순간이 모두 자신의 붓다를 만나는 호시절(好時節)이요 날이면 날마다 좋은 날이 됩니다.

혜가는 노장학(老莊學)을 공부하다가 40세가 넘은 뒤에야 달마 대사를 찾아와서 매일 법을 물었지만 달마 대사는 입을 열지 않았습니다.

어느 날 그는 동굴 앞에서 밤새도록 눈을 맞으며 서 있었습니다. 날이 새자 달마 대사는 그런 그에게 물었습니다.

"눈 속에 서서 너는 무엇을 구하려 하느냐?"

혜가는 눈물을 흘리며 간청했습니다.

"바라옵건대 법의 문을 활짝 열어 중생들을 널리 건져주소서."

"너의 작은 뜻으로는 큰 법을 얻으려 해도 얻을 수 없다."

그 말을 들은 혜가는 즉시 칼을 빼들고 자신의 왼 팔을 잘라서 동굴 안으로 던져넣었다고 합니다. 그러자 달마 대사는 비로소 그의 의지가 굳센 것을 보시고 제자로 받아들였습니다.

"스승님! 저의 불안한 마음을 편안하게 해주십시오."

"그래? 그렇다면 너의 그 불안한 마음을 나에게 가져오너라. 그러면 편안하게 해주겠다."

"아무리 찾아보아도 그 마음을 찾을 수가 없습니다."

"나는 벌써 너의 마음을 편안하게 해주었노라."

달마 대사께서는 그렇게 말씀하고는 다시 혜가에게 물었습니다.

"너의 마음을 편안하게 해준 것을 너는 보고 있느냐?"

혜가는 그 말에 문득 마음이 활짝 열렸습니다. 그는 엎드려 절을 하며 말했습니다.

"오늘에야 모든 법이 공적(空寂)하고, 그 지혜가 멀리 있지 않다는 것을 알았습니다. 보살은 마음을 움직이지 않고 지혜의 바다에 이르며, 마음을 움직이지 않고 열반의 언덕에 오르나이다."

"옳은 말이다."

"스승님! 이 법을 문자로 기록해도 되겠습니까?"

"부처님의 법은 마음으로 마음을 전하니[以心傳心] 문자를 세우지 않으니라."

여기에서 달마 대사가 말하는 마음이란 중심에 도달한 마음 즉 무심을 가리킵니다.

달마 대사의 이 가르침은 곧 중국 선종(禪宗)의 종지(宗旨)가 되었습니다. 즉 문자로는 법을 설명할 수 없으며[不立文字], 경전의 가르침 밖에 있는 무심으로써 무심을 전하며[教外別傳], 곧바로 마음의 중심을 가리켜서[直指人心], 자신의 천성(天性=佛性)을 깨닫게 하는 것[見性成佛]을 가리킵니다.

그리하여 달마 대사로부터 제2조 혜가 대사에게로 이어진 법은 제3조 승찬(僧璨) 대사, 제4조 도신(道信) 대사, 제5조 홍인(弘忍) 대사를 거쳐 제6조 혜능 대사에게로 내려가서 대폭발을 일으키게 됩니다.

과연 어떻게 마음을 대해야만 혜가처럼 마음의 굴레에서 벗어나서 지혜의 바다에 도달할 수 있는 것일까요?

열반의 언덕에 도달할 때까지 어떻게 마음을 관찰하고 관조하여야 할까요?

『금강경』 제2분을 보면, 선호념(善護念)과 선부촉(善咐囑)에 관한 말씀이 나옵니다. 수보리존자가 부처님에게 어떻게 하면 마음을 호념하고 부촉할 수 있는 것인지 묻고 있는 것이죠.

사실상 『금강경』을 이루고 있는 5,149자는 일제히 이것을 가리키고 있다고 해도 과언이 아닙니다. 스승들은 그것을 가리켜 바로 '『금강경』의 두 눈[眼]'이자, '선의 양 날개'라고 합니다.

월호에 나가 앉아서, '대상(對象=마음)에 물들지 않는 법'을 공부하고 있을 때였습니다.

수면을 바라보고 있는데, 아무 이유도 없이 슬픔이 밀려왔습니다.

'이 짓을 해서 뭘 하나?'

명상에 대한 회의가 느껴졌죠.

어떤 때는 아무 이유도 없이 불같은 분노가 치밀어 오르기도 했습니다.

'옆에 누가 있는 것도 아닌데, 대체 이게 무슨 일인가?'

저는 공연히 화를 내거나 슬퍼지는 제 마음을 바라보며, 의문에 잠기곤 했습니다.

'아무 일도 없는데, 이 두려움은 또 무엇이란 말인가?'

저는 제 자신에 대해 참으로 어처구니가 없었습니다.

마음이란 바로 그러한 것입니다. 아무 이유도 없이 슬픔, 공포, 분노…… 이러한 것들이 두더지 게임을 하듯이 불쑥불쑥 머리를 내미는 것이죠.

마음이란 것은 도무지 종을 잡을 수가 없습니다.

예측할 수도 없고, 분석할 수도 없습니다.

재채기처럼 튀어나오고, 낮도깨비처럼 난 데가 없습니다. 그야말로 아닌 보살이죠.

사실 알고 보면 그 모든 뚱딴지 같은 마음들은 모두 아상(我相)으로부터 튀어나오고 있습니다. 그 마음들은 항상 타인을 핑계대고 있지요. 그래서 상반되는 마음끼리 서로 충돌을 일으키고 분열하면서 괴로움을 양산하게 됩니다.

그런데 그 먼지처럼 무수한 마음들이 모두 사라지고 나면 공(空)이라는 밑바탕이 드러나게 됩니다.

호념은 종잡을 수 없는 마음들이 지나가는 '밑바탕의 마음'을 잘 보호한다는 말이고, 부촉이란 목적지까지 노인을 잘 부축해서 모시고 가는 것처럼 밑바탕의 마음을 잘 지키는 것을 가리킵니다. 마치 살얼음판을 건너가듯이 한 발 한 발 조심조심하는 것이죠.

그 선의 핵심은 '조심(操心)'입니다. 대충 넘어가는 것이 아니라 빼놓지 않고 철저하게 마음이 오고 가는 것을 관찰하는 것입니다.

선사들은 멀리서 법을 구하기 위해 수행자들이 찾아오면 쓸데없는 질문을 던집니다. 지나왔던 마을의 쌀값이 얼마였는지 또는 입실할 때 신발은 어느 쪽에 벗어 놓았는지 하는 것들을 묻는 것이죠. 수행자들은 난데없는 질문에 당황하여 제대로 답변을 하지 못하고 말지요. 그것은 수행자가 정신을 바짝 차리고 24시간 내내 얼마나 조심하고 있는지를 테스트하는 것입니다.

> 지혜로운 사람은 한 걸음 한 걸음 위험 속을 지나듯이 걷는다.
>
> 그는 추운 겨울 날 얼어붙은 강을 건너듯이 걷는다.
>
> —노자(老子)

명상 속에 있는 사람은 길을 걸어갈 때도 주의 깊게 한 발 한 발 조심조심 걷습니다. 한 걸음 한 걸음마다 마음의 함정이 도사리고 있기 때문이죠. 조금만 경계를 소홀히 하면, 마음은 순식간에 물귀신처럼 우리를 끌고 번뇌 망상의 구렁텅이로 들어가는 것입니다.

마음은 함부로 난동을 부리는 돌개바람과 같은 것이죠.

그래서 명상을 하고 참선을 한다는 것은 생각의 바람이 일어났다가 사라지고, 또 나타나는 그 '마음들의 바탕[本地]'을 잘 호념하고 부촉하는 것을 가리키는 것입니다.

그렇다면 그 바람 같은 마음들에 대해 어떻게 마음의 밑바탕을 호념하고 부촉하느냐 하는 문제가 남아 있습니다.

눈앞에 괴물이 갑자기 나타났다고 합시다.

그때 그 괴물에게 달려든다든지 도망을 치기 시작한다면, 틀림없이 위해(危害)를 입고 말 것입니다.

그러므로 선에서는 관조(觀照)라는 비법을 사용합니다.

온 정신을 집중해서, 그 괴물을 뚫어지라고 바라보는 것이죠. 별것이 아닌 것 같지만, 이 방법은 100퍼센트 효과를 나타냅니다. 슬금슬금 괴물이 뒷걸음을 치고 마는 것이죠.

한 선사가 명궁(名弓)에게 물었습니다.

"당신은 화살 하나에 새를 몇 마리나 떨어뜨릴 수 있소?"

"저는 한 번에 두 마리나 세 마리를 맞출 수 있습니다. 스님은 몇 마리나 가능하십니까?"

선사는 말 없이 새들이 날아가고 있는 하늘을 바라보았습니다. 그리고 그가 바라보자 모든 새들이 우수수 땅으로 떨어져 내렸죠.

이것은 관조에 대한 은유적인 표현입니다. 선사가 어찌 살생을 할 수 있느냐며 따지고 드는 사람은 시비분자(是非分子)일 뿐입니다.

자, 이제 호념과 부촉에 대해 명상을 해보십시오.

슬픔과 분노가 나타나면, 얼른 거기에 빠져서 허우적거리는 일을 중단하고, 뒤로 한 발 물러나십시오. 그리고 어떤 마음이 나타나든지 다만 고요하게 주시하십시오.

'호념과 부촉'이 홀연히 '정열과 자비'로 뒤바뀌는 것을 체험할 수 있게 될 것입니다.

정열과 자비라는 두 날개를 푸드득거리며 무한한 세계 속으로 비상하는 것이 선이요 명상입니다.

결국 명상에서의 지고의 가치란 열정적인 사랑으로 남김없이 삶을 불태우는 것이죠. 그것이야말로 '아상을 버리는 헌신'을 실제로 구현하는 최고의 수행입니다.

산꼭대기에 있는 암자에 혼자 틀어박혀서 죽을 때까지 부처님의 은덕을 찬양한다거나 무아(無我)만을 중얼거리는 것은 아무 쓸모가 없는 일이 될 것입니다.

그리하여 오직 열정적인 사람만이 호념을 할 수 있게 되며, 어떤 마음이든지 자비롭게 수용하는 사람만이 부촉할 수 있게 됩니다. 그렇게 되면 명상의 두 눈을 뜨게 될 것이며, 비상할 수 있는 두 날개를 달 수 있게 될 것입니다.

그렇게 하기 위해서는 밑바탕의 마음을 잘 보호하되 마치 노인을 부축하여 얼어붙은 호수를 건너가는 것처럼 조심하여야 합니다. 자신의 마음에게 조금이라도 적개심을 표출한다면, 그 마음은 구만 리 밖으로 달아나버리고 맙니다. 또 털끝만큼이라도 마음에게 애정을 보이게 되면, 그 마음은 순식간에 복잡한 정글을 이루게 되죠.

그러므로 지극정성으로 모든 마음을 보살펴야만 합니다. 그것을 관심(觀心)이라고 부르죠.

이 지점에서 간과해서는 아니 될 것이 또 하나 있습니다.

좌선을 할 때만 마음을 보살피다가 자리에서 일어나자마자 곧바로 마음이 시키는 대로 일희일비하기 시작한다면 그것은 아무런 소용이 없습니다.

수행자라면 일상적인 생활을 하면서도 마음을 보살피는 일은 계속되어야만 합니다. 세수를 하고 마당을 쓸고 우물가서 물을 긷고 밥을 짓고 차를 마시고 좌선을 하고 손님을 접대하고 사무를 보고 길거리를 걸어가고 낮잠을 자는 중에도 그 일이 지속된다면, 그 모든 일들이 다 명상이 될 수 있습니다.

선사들은 '행주좌와 어묵동정(行住坐臥 語默動靜)'이 다 선이라고 하셨습니다.

청년 마조처럼 결가부좌를 하고 앉아 있으면서도 머릿속으로는 천상천하의 온갖 장소를 다 떠돌아다니고 있다면 그것은 명상을 하고 있는 것이라고 볼 수 없습니다. 하지만 연꽃자세를 취하는 것은 마음을 직관할 수 있는 좋은 몸의 조건을 만들어줍니다.

결가부좌(結跏趺坐=蓮華坐=연꽃자세)를 하게 되면, 몸의 무게중심이 하단전에 이르게 되어, 반석 위에 앉아 있는 것처럼 굳건한 느낌을 갖게 됩니다. 하단전을 감싸듯이 두 손바닥을 겹쳐 올려놓는 것도 호흡을 느끼며 관찰하기 아주 좋은 자세입니다.

몸이 정삼각형을 이루기 때문에 부동(不動)의 자세로서는 아주 이상적이죠. 이 자세를 취하게 되면 자신의 몸이 마치 거대한 석상(石像)이 놓여 있는 것처럼 안정적으로 느껴지기도 합니다. 중력의 영향을 거의 받지 않는 좌법인 것이죠. 40~50분 정도 같은 자세를 유지해도 큰 무리가 없습니다. 태산처럼 턱 버티고 앉았으니 눈을 감고 자신의 내면 속으로 들어가기에도 수월합니다.

결가부좌는 석가모니 부처님이 '무심'을 발견할 때 사용했던 자세이기도 하죠. 하지만 석가모니 부처님이 처음 창안했던 자세는 아닙니다. 석가모니 부처님이 오시기 수천 년 전부터 이미 인도의 명상 수행자들이 수행해 오던 자세였습니다. 아주 오랜 옛날부터 구전되어 오던 탄트라 명상의 비법 중의 하나이죠.

우리의 영적인 공부가 무르익어서 마음을 바라보는 일이 투명한 거울처럼 되면, 우리의 몸도 저절로 어떠한 자세를 취하게 됩니다.

불상마다 특이한 손동작[手印: mudra]을 취하고 있는 것은 마음의 묘한 깊이를 가리키고 있는 것이지요.

흰 소가 되어버린 소년

중심을 통해서 존재계와 하나가 되다

이슬람의 수피들에게 전해 내려오는 우화라고 합니다.

인도의 어느 유복한 집에 한 소년이 있었습니다. 소년은 구루(guru=스승)에게 보내져서 빈틈없이 교육을 받았습니다. 소년은 열심히 공부를 했고, 수학과 천문지리와 경전과 명상에도 능통하게 되었습니다. 소년은 권위 있는 상을 휩쓸며 유명해졌죠.

그런데 그 소식을 들은 소년의 아버지는 낯빛이 어두워졌습니다.

어느 날 소년이 금의환향한다는 소식이 들려왔습니다. 집안에서는 성대한 잔치가 벌어졌죠. 드디어 깃발과 악대를 앞세운 아들의 행렬이 집 앞에 당도했습니다.

아버지는 소년이 집안으로 들어서는 순간 얼굴에 감돌고 있는 자만(自慢)의 빛을 보았습니다. 소년은 아버지가 낙심한 얼굴로 서 있는 것을 보았죠.

소년의 아버지는 말했습니다.

"당장 잔치를 중단하시오. 지금은 잔치를 열 때가 아니오. 나의 아들은 정작 배워야 할 것을 아직 배우지 못했소."

소년의 아버지는 통곡을 했습니다. 결국 잔치는 흐지부지 끝나고 말았죠.

소년의 아버지는 흰 소 두 마리를 소년에게 주며 말했습니다.

"혼자서 숲으로 가라! 이 두 마리의 소가 백 마리가 될 때까지는 결코 집으로 돌아오지 말거라!"

이유를 알 수 없었던 소년은 울면서 소를 데리고 숲으로 떠나갔습니다.

아무도 없는 깊은 숲속에서 외로움을 달래기 위해 소년은 소에게 말을 걸었습니다. 그동안 구루에게 배웠던 지식을 강설하기 시작했지요. 그는 내면에서 자신이 무엇을 알고 있다는 생각이 쉴 새 없이 솟아올라서 견딜 수가 없었습니다.

하지만 소는 아무 말이 없었습니다. 그야말로 쇠귀에 경 읽기였습니다. 아무리 설법을 해도 소용이 없자 소년도 자연히 입을 닫게 되었죠.

소년은 자연스럽게 침묵을 배우게 되었습니다. 마음이 고요해지자 그와 더불어 끝없이 솟아오르던 욕망도 멈추었습니다. 자신이 '진리를 안다는 생각[知識]'도 사라지고, 아만(我慢)도 점차 옅어져갔죠. 아만심이 사라지기 시작하면서, 소년은 점차 소를 닮아가기 시작했습니다.

이것을 선에서는 '향상일로(向上一路)'에 있다고 합니다. 향상일로란 '끝없이 욕망을 초월해서 나아가는 길'을 가리킵니다. 그리고 흰 소를 치는 소년처럼 묵묵히 그 길을 가고 있는 수행자를 '향상인(向上人)'이라고 부릅니다.

욕망을 사무치게 초탈하여 말끔해진 향상인을 '무위한도인(無爲閑道人)'이라고도 부르죠. 더 이상 배울 것이 없어진 그 경지를 가리켜 '무학(無學=아라한)'이라고도 합니다.

그 경지에 도달하게 되면 형상과 소리로부터 자유롭게 되고, 진리라는 생각으로부터도 해방됩니다. 더 이상 깨달음을 얻어야겠다는 조바심도 없어지고, 모든 욕망으로부터 분리된 상태가 됩니다.

그리하여 소가 백 마리로 불어나서 다시 마을로 돌아왔을 때, 소년의 형상은 사라지고 없었죠. 소년은 한 마리 흰 소가 되어 흰 소들 속에 말없이 서 있었습니다.

아버지는 뜨거운 기쁨의 눈물을 흘리며, 아들 앞에 꿇어 엎드려 경배를 드렸죠. 아버지는 소년이 자신의 중심을 통해서 존재하는 모든 것들과 조화를 이루는 '위 없는[無上] 경지'에 도달한 것을 한눈에 알아보았습니다.

명상이 깊어져서 절정에 이르면 견딜 수 없는 환희가 폭발하기 시작합니다. 그 환희를 통해서 형상에 집착하던 마음이 증발하고 중심에 있던 신성(神性)이 환하게 빛을 발하기 시작합니다.

우리의 중심에는 아무런 마음도 없습니다.

중심에 도달한 사람들은 모든 말과 문자와 마음과 형상으로부터 자유롭습니다.

깨달음의 '위대한 침묵'이 시작되는 것이지요.

모든 마음으로부터 자유롭기 때문에 그들은 중심에 있는 자신의 신과 통하게 됩니다.

선가에서 '육신통[六神通: 사람으로서 헤아릴 수 없는 것을 헤아림을 신(神)이라 하고, 걸림이 없는 것을 통(通)이라 한다. 1. 신족통(神足通): 공간을 걸림이 없이 왕래하고, 그 몸을 마음대로 변화할 수 있는 것, 2. 천안통(天眼通): 멀고 가깝고 크고 작음에 걸림 없이 밝게 보는 것, 3. 천이통(天耳通): 멀고 가깝고 높고 낮음에 걸리지 않고 무슨 소리나 잘 듣는 것, 4. 타심통(他心通): 사람뿐만 아니라 어떤 중생이라 할지라도 그 생각하는 바를 다 아는 것, 5. 숙명통(宿命通): 육도(六道)의 모든 중생의 전생, 금생, 후생의 생애를 다 아는 것, 6. 누진통(漏盡通): 번뇌 망상이 완전히 끊어진 것을 가리킨다. 위의 5통은 외도(外道)나 신선, 천인 들도 얻을 수 있는 것이지만, 누진통은 아라한이나 보살, 부처만이 얻을 수 있는 것]'을 얻었다고 하는 것은 중심에 있는 자신의 신과 하나가 되었다는 뜻입니다.

또한 이것을 진짜 자기 자신[眞我=自佛]과 조우하게 되었다고 하여 '통명자기(洞明自己)'라고도 부릅니다.

백장 대사께서는 이렇게 말씀하셨습니다.

"육입(六入=六門=六塵=眼耳鼻舌身意)에 걸림이 없고, 자취가 없는 것을 육통(六通)이라 한다. 또 유무(有無)에 막히지 않고, 막히지 않음에 머물지도 않으며, 머물지 않는다는 생각마저 없다면, 이를 신통(神通)이라 한다."

어떤 선사가 제자에게 말했습니다.

"네가 그동안 공부한 내용을 한 자도 빠짐없이 모두 적어 오너라!"

제자는 물러가서 책 열 권 분량의 명상록(瞑想錄)을 써 왔습니다.

그러자 선사는 제자의 글을 들춰보지도 않고 그를 돌려보냈습니다.

"너무 길다. 그러니 좀 더 줄여 오너라."

제자는 물러가서 백여 장 분량으로 요약을 해서 가지고 왔죠.

선사는 그 글을 읽어보고는 다시 말했습니다.

“이제는 문제의 중심에 접근했구나. 그러나 아직도 주변의 얘기가 많으니 더 줄여 오너라.”

자신이 깨달음에 도달했다고 믿고 있었던 제자는 실망의 빛을 감출 수 없었죠.

그는 숲속의 오두막으로 돌아가서 10년 동안을 다시 심사숙고했습니다. 그러는 사이에 어느덧 제자도 늙어버렸죠.

그는 스승에게로 돌아와서 단 두 장의 글을 내밀었습니다.

“스님! 이것이 제 명상공부의 모든 것입니다. 이제는 그만 저를 축복해 주십시오.”

선사는 그것을 찬찬이 읽어보고는 말했습니다.

“10년 동안 수고가 많았구나! 하지만 아직도 부족하니 한 번 더 다듬어보거라.”

제자는 다시 숲속으로 돌아갔습니다. 그리고 다시는 스승에게로 돌아오지 않았죠.

어느 날 선사가 임종을 맞고 있을 때였습니다.

늙은 제자가 홀연히 다시 돌아와서 한 장의 종이를 내밀었습니다.

하지만 그 종이에는 아무것도 적혀 있지 않았죠.

그 텅 빈 종이를 보고 선사가 말했습니다.

"너도 이제 중심에 이르렀구나! 너는 이제 존재하는 모든 것들과 하나가 되었다!"

선사는 늙어버린 제자의 머리에 손을 얹고, 뜨거운 눈물을 흘리며 그를 축복해 주었습니다.

임제 선사는 6년 동안 스승의 방 앞에 있는 툇마루에 앉아 있었던 일화로 유명합니다.

그는 중심에 이르는 순간을 맞이하기 위하여, 매일 스승을 기다렸습니다.

6년 동안 임제는 아무것도 할 수 없었습니다.

누구를 만나는 것도 금지되었고, 외출도 금지되었습니다. 예불(禮佛)은 물론 경전을 읽는 것조차도 금지되었죠.

이른 아침에 기침을 하면 스승은 임제에게 알 수 없는 몇 마디 질문을 던졌습니다. 그리고 임제가 뭐라고 대답을 할 때마다 스승은 주장자로 그의 머리를 내려쳤죠. 그러나 임제는 좌절하지 않고, 기다리고 또 기다렸습니다.

사업이나 연애에 실패를 하여 절망한 사람이 사원에 보내지면, 사원에서는 그를 몇 달이고 산속 오두막에 홀로 있게 합니다. 문 앞에 먹을 것만 가져다주고는 일체 접촉을 하지 않습니다. 전적으로 홀로 있게 하는 것이 그의 혼란된 마음을 서서히 가라앉게 하여 자연스럽게 치유되도록 하는 것이죠.

그런데 임제에게는 그 기간이 무려 6년이나 되었습니다. 마음에 물들어 있던 임제는 자신도 모르는 사이에 마음으로부터 벗어나서 점점 더 깊은 침묵 속으로 들어가고 있었습니다. 몇 번인가 봄이 오고 여름이 오고 겨울이 찾아오고, 그는 계절과 시간에 대해서도 잊어버려야 했습니다. 그는 스승마저도 잊어버렸죠.

그러던 어느 날 아침이었습니다.

스승은 방에서 나와 툇마루에 앉아 있는 그를 쳐다보았습니다. 그는 임제의 눈 속을 들여다보다가 갑자기 웃음을 터뜨렸습니다. 그리고 그 웃음소리는 돌연 임제의 '내면의 중심'을 뒤흔들었습니다.

그 순간, 임제 역시 웃음을 터뜨렸죠.

그리고 스승에게 자신의 깨달음을 표현하는 뜻으로 절을 올렸습니다.

훗날 제자들이 임제 선사에게 물었습니다.

"그때 스승님께 무슨 일이 일어났던 것입니까?"

임제 선사가 말했습니다.

"스승께서 웃기 시작하실 때, 갑자기 나는 이 세상 전체가 하나의 농담이라는 것을 깨달았다. 나는 나 자신이라는 것도 가벼운 농담이라는 것을 이해하게 되었다. 내가 욕망으로부터 자유로워지려고 그토록 오랜 세월을 기다린 것은 이 세상에서 가장 웃기는 일이었다. 스승이 웃기 시작하는 순간, 나를 묶고 있던 모든 속박의 사슬이 저절로 풀어졌다. 더 이상

나는 거기에 없었다. 나는 나의 중심 속으로 사라져버렸다. 나는 자유롭고 완전하다."

아무런 번뇌도 없다[無事]는 것만 알게 되면 스스로 중심을 관통하게 됩니다. 그리고 한 곳이 통하면 천 곳 만 곳이 일시(一時)에 통하게 됩니다.

임제 선사가 말하고 있는 '내가 사라져버렸다'는 것은 아상이 사라진 것을 의미합니다. 그리고 '나라는 농담'은 곧 아상이 만들어내는 환상의 세계를 가리킵니다.

달마 대사께서 열반에 들자 사람들은 그의 시신을 웅이산(熊耳山)에 묻었다고 합니다. 그런데 송운(宋雲)이라는 사신이 서역(西域)을 다녀오는 길에 서령(西嶺: 파미르고원)을 넘어가고 있는 달마 대사를 목격했다고 합니다. 달마 대사는 신발 한 짝을 머리에 이고 서천(天竺: 인도)으로 되돌아가고 있었다는 겁니다. 송운이 그 사실을 황제에게 아뢰자 무덤을 파보라고 하였습니다. 그리하여 무덤을 파헤치니 관 속에 들어 있던 시신은 간 곳이 없고, 신발 한 짝만이 남아있었다고 합니다.

달마 대사와 임제 선사는 구름처럼 전설 속으로 사라졌지만 선가에는 천 년이 지나도록 자비의 바람이 진동하고 있으며, 그들이 파놓은 선의 샘물은 아직까지도 쉬임 없이 풍성하게 솟아나고 있습니다.

영혼의 자유선언

하늘이 놀라고 땅이 까무러칠 선언

'일체유심조(一切唯心造).'

이 세상에서 벌어지고 있는 모든 현상은 오로지 자신의 마음이 만든 환영이라는 뜻이죠.

지금 우리의 눈앞에서 벌어지고 있는 이 모든 것들이 다 꿈이고 허상이라는 『화엄경(華嚴經)』의 이 선언은 참으로 놀랍습니다.

원효 스님은 이 구절을 평생의 화두로 삼으셨지요.

그런데 이 불가사의한 선언 뒤에는 다음과 같은 말이 생략되어 있습니다.

"일체의 모든 사물, 모든 현상은 다 마음이 만든 허상이다. 그러므로 그 사실을 꿰뚫어보게 되면, 허상이 사라진 뒤의 진짜 모습[實相]을 보게 된다. 이 세상 전체는 마음이 빚어내고 있는 한 편의 드라마와 같다. 그런데 그런 이치를 이해하고 자각(自覺)하게 되면, 묘하고 묘한 일이 일어나게 된다. 그것은 다름 아닌 진짜 자신의 실체(實體=自佛)와 마주치는 일이다."

"눈앞에 보이는 모든 것이 다 마음이 만든 것이며, 일체는 다 꿈이라고 말하는 이유는 마음이 만들어내는 모든 것은 허망하게 사라지고 마는 물거품에 불과하기 때문이다."

그런데 여기에서 우리가 직시해야 할 가장 분명한 진실이 또 하나 있습니다. 이 세상 모든 것은 마음이 만든 것이고, 우리 자신들 역시 예외 없이 그 마음의 포로가 되어 살아가고 있다는 사실입니다.

우리는 야망을 불태우고, 세계 제일의 대학에 진학하고, 글로벌 기업의 총경리가 되고, 유엔사무총장이 되고, 국방위원회 총서기가 되고 혹은 세계적인 예술가가 되고, 위대한 혁명가가 되고, 건설회사 회장이 되거나 거지가 되거나 평생 빚에 쪼들리는 생활을 하다가 자살을 하고…… 그리고 그 모든 것은 마음이 만들어내고 있는 백일몽에 불과하다는 것입니다. 꿈이 끝나고 나면 모든 것은 그 꿈과 함께 사라지고 맙니다.

고통이라는 것도 즐거움이라는 것도 눈앞에서 잠시 어른거리는 그림자일 뿐이며, 나라는 것 또한 마음이 빚어내고 있는 허망한 이슬방울이기는 마찬가지입니다.

이 세상 전체가 다 '마음이 조작해 내는 농담'이라는 것을 알게 된 원효 스님께서는 마음이 아무런 장애물이 되지 않는 자유자재(自由自在)한 경지에 이르게 되었습니다.

말하자면 그는 붓다이셨습니다.

붓다란 마음이라는 농담 속에서 깨어난 자를 가리킵니다.

하지만 깊은 잠이 들어 있는 우리는 여전히 저마다 이 세상이라는 꿈속을 헤집고 다니고 있는 중입니다.

그런데 여기에서 우리가 반드시 알고 넘어가야 할 중대한 사실이 하나 더 있습니다.

우리가 지금 오리무중을 헤매고 있는 것은 마음 때문이므로, 마음이 천하의 역적인 것 같습니다만, 사실 알고 보면 마음에게는 아무런 죄도 없다는 사실입니다.

우리가 온갖 괴롭고 절망적인 세월을 살아온 것은 우리의 무지(無知=無明)함 때문이었습니다.

우리가 이 지경에까지 이른 것은 우리 스스로가 우리의 주인을 찾지 못하고 있었기 때문이었습니다. 우리는 자신의 주인이 누구인지도 모른 채 이리저리 방황만 하다가 어느 날 문득 끝나버리는 그림자와 같은 인생을 살아가고 있습니다.

우리들은 자신의 주인이 누구인지 알지 못했습니다.

우선 바쁜 대로 각자 자신의 마음을 주인으로 삼았죠. 우리는 마음이 이끄는 대로 그렇게 삶을 살아올 수밖에 다른 도리가 전혀 없었죠. 마음이 어떤 신을 섬기라고 하면 그렇게 따랐고, 어떤 방식 어떤 이념으로 삶을 살라고 지시하면 그대로 군말 없이 복종했지요.

얼마든지 주인으로서의 삶을 살 수도 있다는 사실을 까맣게 망각한 채, 다들 그냥 마음에게 굴복하여 마음이 시키는 대로 꾸벅꾸벅 염전의 노예같이 살다가 죽어갔죠.

북조선의 인민들처럼 굴종하는 삶으로 한 세상을 살아가는 것도 그런대로 손쉽고 편안하지 않으냐고 체념한 분들도 있기는 하겠지만, 그것은 무명(無明)이라는 질병에 걸려 있는 아주 심각한 상태입니다.

무명은 단순한 질병이 아닙니다.

이것은 '관조자(觀照者: 중심에서 테두리의 마음을 비추어 바라보고 있는 자)'가 잠들어 있는 아주 심각한 영혼의 병입니다. 몰지각한 우리들은 자신의 중심 속에 관조자가 들어 있다는 실상을 알지 못합니다. 그래서 우리들은 대한항공의 조아무개 부사장처럼 맹렬하게 자신의 마음과 갈등을 빚어내고 있는 것입니다.

이 병은 오직 명상에 의해서만 치유될 수 있습니다.

마음이 외치는 변화, 개혁, 혁신, 혁명은 결국 인위적인 것이며 마음의 일일 뿐입니다. 진정한 혁명은 오직 관조에 의해 마음을 완전하게 떨쳐버릴 때만 가능한 일입니다.

성스러운 선각자들은 무명이라는 '마음의 굴레'를 벗고 무한한 실제의 세계 속으로 비상하기를 바랐죠. 그래서 그들은 명상을 했고, 마침내 마음의 세계를 극복했습니다. 생생하게 살아서 푸드득거리며 전개되고 있는 지금 이 순간 속의 실체와 조우하게 된 것입니다.

명상은 마음에 굴복하지 않는 자들의 '영혼의 자유 선언'인 셈이죠. 명상은 승리자를 위한 만능 X밴드 레이더(rader)이자, 만능 레이저 창검이라고 할 수 있습니다. 미사일을 쏠 필요도 없이 다만 바라보기만 하여도 마음을 초월하게 되는 기상천외한 승리의 방법이 바로 명상이기 때문입니다.

여러 가지 정의를 내릴 수 있겠지만 단적으로 잘라 말하면 명상은 관조자를 깨우는 작업이라고 할 수 있습니다.

자신의 내면 속에서 관조자가 깨어나게 된 사람은 아주 특별한 능력을 발휘하는 희유한 존재가 됩니다. 그는 자신의 마음을 자유롭게 통솔하고 지휘하며 사용하는 교향악단의 지휘자가 됩니다.

그는 자신의 상상력을 확장시키고 구체화시켜서 현실로 나타나게 만들 수도 있습니다. 자신의 사념(思念)을 도구(道具)나

법구(法具)로 사용하게 되는 경지에 이르는 것이지요. 그는 사념과는 완전히 분리되어 있으면서도, 한 치도 어긋남이 없이 그 사념을 운전하고 컨트롤합니다.

그래서 관조자를 '마음의 주인'이라고 부르기도 합니다.

경청(鏡淸: 864~937) 선사가 제자에게 물었습니다.

"문밖에 무슨 소리가 나느냐?"

"빗방울 소리입니다."

"중생이 전도(顚倒)되어 자기를 미혹하고 외물(外物: 마음과 접촉하고 있는 바깥의 대상)을 좇는구나."

들려오는 소리가 빗방울 소리라고 판단하고 말하는 순간 이미 그는 마음과 하나가 되어버린 뒤가 됩니다.

어느 한 가지 정보를 간택(揀擇)하여 듣고 해석하고 판단하는 것이 바로 마음이기 때문입니다. 스승은 바로 그 점을 지적하고 있는 것입니다.

경청 선사는 계속해서 묻습니다.

"문밖에 무슨 소리인가?"

"비둘기 울음소리입니다."

"무간지옥의 업을 부르지 않으려거든 여래의 바른 법륜[正法輪]을 비방하지 말라."

그러고는 다시 묻습니다.

"문밖에 무슨 소리인가?"

"뱀이 두꺼비를 잡아먹는 소리입니다."

"중생에게 고통이 있으리라고 짐작하였더니, 고통 받는 중생이 참으로 있었구나!"

무슨 소리라고 대답하든 모두 마음의 소리입니다. 따라서 각각의 대답은 이미 마음에게 미혹된 것이며, 여래를 비방하는 말이 되고 마는 것이죠. 마음을 따르는 것은 고통을 자초하는 일이며, 죄업의 그림자를 부르는 중생의 일이 되기 때문입니다.

마음을 간택하거나 해석하고 판단하지 않는 것이 관조입니다. 마음을 관조할 때만이 우리는 마음의 주인이 될 수 있습니다.

어느 옛 사람은 '경청불미(鏡淸不迷)'라는 이 공안(公案=話頭)을 두고 이렇게 노래했습니다.

"빈집의 빗방울 소리여!

남산 북산에 도리어 세찬 비가 쏟아진다."

무슨 소리냐고 스승이 물을 때, 빗방울 소리라고 대답해도 옳지 않고, 빗방울 소리가 아니라고 해도 옳지 않습니다. 그럴 때는 어물거릴 것이 아니라 옷자락을 떨치며 그 자리에서 벗어나는 것이 상책이죠.

세찬 빗줄기가 쏟아지고 있지만, 그 산사(山寺)는 지금 텅 비어 있습니다. 문밖의 빗방울 소리를 듣고 있다가, 빗방울 소리를 듣고 있던 자가 사라져버렸기 때문입니다.

바로 이것이 탄트라의 소리명상이며, 선입니다.

만일 마음의 옷자락을 떨치며 관조자가 깨어난 사람이 정치를 하게 되면, 그 나라는 곧 무릉도원이 되고 유토피아가 됩니다. 그가 휘파람을 불면 그것은 천상의 시가 되고 순은(純銀)의 나팔 소리가 됩니다. 그의 손길이 한 번 스친 음식은 천상의 진미가 됩니다.

보시나 탁발(托鉢)뿐 아니라 밥을 짓고 물을 긷고 설거지를 하고 마당을 쓸고 밭을 매는 것과 같이 아주 사소하고 평범한 일을 할 때에도 그 일의 가장 심원(深遠)한 중심이 드러나서 빛으로 휩싸이게 됩니다. 중심의 빛을 차단하고 있던 마음의 두터운 때와 먼지가 사라졌기 때문이죠. 중심에 이른 자는 매 순간마다 계속해서 새로운 존재로 태어납니다.

관조자는 눈앞의 현상계만을 보고 있는 것이 아니라 '형상 없는 세계'의 일까지 환하게 내다보고 있습니다. 그의 무한한 능력은 미지의 세계로까지 뻗어나갑니다.

명상의 스승들은 우리 모두가 '진리를 담고 있는 그릇[法器]'이라고 합니다. 그것은 우리는 누구나 가슴 속에 관조자의 불씨를 품고 있다는 뜻입니다. 그러므로 누구나 명상을 한다면 잠들어 있는 자신의 관조자를 깨울 수 있게 되는 것입니다.

관조자를 깨우는 일에는 그의 직업이 무엇인지 또 그의 나이가 몇 살인지는 중요하지 않습니다. 그가 과거에 어떤 잘못을 저질렀는가 하는 것도 전혀 문제가 되지 않습니다. 비록 지금 육신이 지옥에 갇혀 있는 사람이라 하더라도, 자신의 관조자를 깨우게 되면, 그는 자신이 '무한한 대자유(大自由)' 속에 있다는 것을 깨닫게 됩니다. 지금 참을 수 없는 고통 속에 처해 있는 사람은 고통의 터널 끝에서 활짝 열린 채 환하게 빛나고 있는 극락의 문을 발견하게 됩니다.

관조자가 깨어나면 우리는 자신 속에 잠재해 있던 무한한 능력의 바다를 발견하게 됩니다.

우리 자신의 중심인 쿤다(Kunda) 속에는 알리바바의 보물창고보다 1조 배는 더 큰 어마어마한 보물의 바다가 잠들어 있는 것입니다.

두 개의
언덕에 대한
명상

생명의 에너지는 음양(陰陽)을 통해서 계속 이어지고 있습니다. 남성과 여성이라는 두 개의 뚝 사이로 삶의 강물이 흘러갑니다. 음양의 에너지는 전기와 같습니다. 그래서 남자와 여자는 서로 끌리게 되는 것이라고 합니다.

생명 에너지는 양극단을 통해서 에너지를 생산하며 작용합니다. 삶 또한 부정과 긍정 사이를 부단히 왕래하며 변증법적으로 움직입니다.

그래서 선이나 명상에서는 언제나 모순된 용어들을 사용합니다. 중심으로 들어가는 길은 변증법적이라는 것을 암시하기 위해서죠.

일체유심조라는 말은 두 개의 언덕 즉 양극이 공(空)하다라는 말과 같습니다. 일체의 마음이 지어낸 극단의 것들은 실체가 아닌 공허한 것들입니다.

중심은 양극단이 하나로 합쳐진 자리를 가리키죠.

음과 양, 선과 악, 부정과 긍정, 몸과 마음, 주체와 대상, 중생과 부처, 극락과 지옥, 삶과 죽음이라는 극단의 언덕들이 하나로 합쳐져서 공이 되는 자리입니다. 즉 생과 사, 지옥과 극락 그리고 몸과 마음, 나와 너라는 분별의 차원을 초월하는 자리인 것이죠. 그것은 극의 전기와 극의 전기가 합쳐지면 빛이 나타나는 것과 똑같은 원리입니다.

탄트라에서는 인간이 세 가지 차원을 통해서 살아간다고 합니다. 그 세 가지 차원을 트리무르티(trimurti) 즉 삼위일체(三位一體)라 부릅니다.

첫 번째 차원은 육체의 차원입니다. 이것은 배가 고프면 울고 배가 부르면 잠을 자는 아기와 같은 차원입니다. 몸의 요구에 이끌리며 살아가는 동물의 차원이기도 하지요.

두 번째 차원은 생각의 차원입니다. 욕망에 이끌려다니며 방황하고 고통스러워하는 심리적인 차원이지요. 이 차원은 육체보다는 한 계단 높게 성장했지만, 아직도 여러 가지 마음에 이끌리며 살아가는 고단한 삶입니다.

세 번째 차원은 육체와 생각과 마음을 포괄하여 초월하는 차원입니다. 육체와 마음을 넘어서면, 영원이라고 부르는 세 번째 차원이 열리게 된다는 것입니다.

육체에 매달려 살아가는 사람들은 육체에 머무는 차원의 삶을 살다가 육체가 수명을 다하면 당연히 자연으로 되돌아갈 것입니다.

욕망에 매달려 살아가는 사람들은 욕망밖에 모르는 처절하고 고통스러운 삶을 살다가, 몸이 죽고 나면 또 다시 태어나서 수레바퀴가 회전하듯이 그 삶을 되풀이하게 된다고 합니다.

그러나 정신을 바짝 차리고, 자신의 몸과 마음을 잘 보살피면서, 자신의 중심에 있는 영적인 세계 속으로 직접 날아들어간 사람들은 몸과 마음의 차원을 초월하여, 지금까지와는 전혀 다른 차원의 세계로 승화를 하게 된다고 합니다. 그 세 번째 차원에서 불성(佛性)이라는 이름을 가진 '중심의 별'이 떠오르게 된다는 것입니다.

육체적인 차원은 본능에 의해 움직이는 동물적인 차원입니다. 또한 마음의 차원은 심리적 갈등을 만들어내고, 그것을 해결하기 위해서 투쟁을 벌이는 길이죠. 탐욕이나 분노를 초월하여 비상하기를 바란다고 하여도, 심리적인 차원에서 할 수 있는 일이라고는, 그 마음들-분노·탐욕-을 억누르고

통제하는 것뿐입니다.

명상은 영적인 차원의 일입니다.

우리의 중심에서 영혼의 별이 밝게 빛나고 있을 때, 탐욕이나 분노와 같은 어둠은 존재할 수 없게 되는 것입니다.

"아! 그렇다면 나는 과연 언제나 중심에 도달할 것인가?"

수행자들은 늘 그 순간이 찾아오길 기다리며 명상을 하고 있죠.

중심의 꽃은 아주 은밀하게 피어난다고 합니다.

우리가 그것을 기다리지 않게 되는 순간에, 우리의 명상 에너지가 밖으로 누출되지 않을 때에만 불현듯이 명상의 기쁨이 찾아온다는 것이죠. 왜 그런가 하면 명상의 꽃이 피어나기를 기다리는 마음은 또 다른 욕망이기 때문입니다. 그리고 모든 욕망은 우리의 에너지를 밖으로 끌고 나갑니다.

반면에 모든 욕망이 멈추어지는 순간, 우리의 에너지는 홀연히 내면의 중심 속으로 방향을 바꾸어 흐르기 시작합니다. 우리의 마음이 그 어디에도 목적지를 두지 않았을 때, 명상을 성취하고자 하는 마음도 사라지고, 도탄에 빠진 중생을 건진다거나 어떤 위대한 일을 하겠다는 야망도 사라졌을 때, 그때 비로소 우리의 생명 에너지는 한 자리-중심에 머물기 시작합니다.

지금 이 순간이 우리 삶의 전부가 될 때!

지금 이 자리가 우리에게 남겨진 모든 것이 될 때!

우리의 모든 에너지는 이 자리-중심에 모이게 되고 문득 명상의 꽃이 피어나기 시작한다는 것입니다.

그때가 오면 지금까지 우리가 애타게 추구해 온 모든 것이 한낱 꿈에 지나지 않는다는 것을 알게 됩니다. 모든 욕망이라는 꿈들이 사라질 때, 우리의 명상은 풍성한 열매를 맺게 될 것입니다.

제가 인생길에서 두어 번 만났던 분들 중에 도사(道士) 한 분이 있습니다. 그분은 강원도 첩첩산중에 오막살이를 짓고 가족들과 건강하게 도를 닦으며 행복하게 살아가고 있습니다. 그분은 몸의 건강을 위하여 여러 가지 도법(道法)을 고안해 내기도 했습니다. TV에서도 이따금씩 그 가족들의 근황을 보여주고 있죠.

그런데 그분의 결정적인 부분은 몸의 차원에 머물러 있다는 것입니다. 몸이 아무리 건강해 봤자 그것은 육체의 차원이고, 또 마음이 행복한 것 역시 심리적인 차원의 행복에 불과한 것이죠. 그것들은 모두 일시적인 것에 불과합니다.

물론 우리의 육신은 자신의 붓다가 깃들어 있는 거룩한 신전입니다. 하지만 그 신전만을 갈고 닦고 있다면, 자신의 붓다를 깨우는 일은 요원한 일이 될 것입니다. 그것은 정작 길을 가지 않고 이정표만 붙잡고 있는 것과도 같습니다.

우리의 육체는 지수화풍(地水火風)의 사대 요소로 이루어져 있습니다. 그러므로 수명이 다하면 화장장의 고로(高爐) 속으로 들어가서 흙과 물과 불과 바람으로 나뉘어져서 흩어지고 말 것입니다.

하지만 명상은 육체의 차원과 마음의 차원을 넘어서는 중심의 세계에 관한 것입니다.

마음의 차원은 사실 복잡합니다. 마음은 현상계를 총괄 지배하니까요. 마음은 눈에 보이는 모든 것을 지배합니다. 특히 언어와는 밀접한 관계를 맺고 있습니다. 거의 일촌 간이라고 해도 과언이 아닐 정도죠.

그래서 명상의 일은 문자로 설명할 도리가 없는 것입니다.

마음을 초월한 세계의 일을 마음의 세계에 속하는 문자로는 도저히 나타낼 수가 없습니다. 문자로 설명하면 그것은 그대로 마음이 되어버리는 것이죠. 그래서 명상에서는 마음을 넘어선 중심의 일을 가리켜서 무심이라고 부릅니다.

다시 마음 이야기로 되돌아가 보시죠.

다들 에덴동산에서 이브가 뱀의 유혹에 넘어가는 바람에 신의 저주를 받은 것으로 알고 있지만, 사실 그때 정작 흔들린 것은 이브 자신이 아니라 그녀의 마음이었죠.

이브는 자신의 마음이 이끄는 대로 선악과(善惡果)를 따먹었습니다. 그리고 그때부터 인간은 선과 악을 분별하게 되었죠.

우리의 마음은 선할 때도 있고 악할 때도 있습니다.

마음은 순전히 제 마음대로입니다.

아무리 공부가 깊고 덕이 높으신 고승이라 할지라도 그의 마음 속 일은 알 길이 없습니다. 마음은 '극단의 것+극단의 것'으로 이루어져 있기 때문입니다. 마음이란 항상 나+너, 생+멸, 선+악, 사랑+증오, 분노+자비로 이루어집니다.

우리가 사랑한다고 말할 때, 그 말 속에는 이미 미움을 잉태하고 있죠. 겉으로는 자비로운 척 미소를 띠고 있지만 엉큼한 욕망의 손은 상대방의 속옷 속을 더듬고 있죠.

그래서 마음은 결코 믿을 수가 없습니다.

그런데 선각자(先覺者)들은 자신의 마음을 손바닥 위에 올려놓고 바라보며 즐겼습니다. 그들은 마음이 극단과 극단을 오락가락한다는 것을 간파하였기 때문이죠.

바로 여기에 오묘한 비밀이 숨어 있습니다.

극단과 극단을 오락가락하는 이 마음의 정체를 간파하고 나면, 그 간파한 자리로부터 삶과 죽음 그리고 극락과 지옥을 넘어서는 '중심의 문'이 열리기 시작한다는 것입니다.

극단의 것과 극단의 것이 하나로 합쳐지게 되면 폭발이 일어나게 된다고 합니다. 이것을 선가에서는 '졸지절 폭지단(啐地絶 爆地斷)'이라 합니다. 졸지절은 병아리가 알 껍질을 쪼아

깨뜨리고 나오는 것을 가리키며, 폭지단은 밤을 구울 때 속이 다 익어서 탁하며 터지는 순간을 가리킵니다.

『벽암록』에 나오는 '철마를 타고 겹겹이 싸인 성(城)'을 쳐들어간 경지나 '여섯 나라가 평정되었음을 알리는 칙명'을 듣게 된 경지는 모두 마음의 정중앙에 도달했다는 것을 가리킵니다.

하루는 대중들의 운력(運力)으로 연자방아를 돌릴 적에 귀종(歸宗: 생몰년 미상) 스님이 유나(維那: 절 살림을 도맡아 하는 승려)에게 물었습니다.

"어디로 가는가?"

"연자방아를 끌려고 갑니다."

"연자방아야 네 마음대로 돌리겠지만, 중심에 있는 나무꼭지는 흔들리지 않도록 하라!"

생사심이 오고 가고 선악을 나누는 분별심이 오고 가면서 우리의 마음은 연자방아처럼 빙빙 돌아가고 있지만, 그 중앙에 있는 본래의 마음은 움직이지 않습니다.

'백 장의 드높은 봉우리[百丈大雄]'라는 화두 역시 바로 그러한 경지를 가리킵니다. 백장 선사는 늘 중심에 거하고 있었기 때문에 마치 날개 돋친 호랑이와 같았다고 합니다. 그에게는 정수리[頂門]에도 안목이 있고, 팔꿈치 뒤에는 호신부

(護身符)가 있어서, 사방을 두루 비추어 볼 수 있었기 때문에 찾아오는 손님의 풍모를 깊이 분별할 수 있었다고 합니다. 그것은 그가 늘 중심에서 '무의 눈'으로 모든 것을 관찰하고 있었다는 뜻입니다.

백장 선사의 색신(色身)은 천 년 전에 자취가 사라졌지만, 그의 드높은 봉우리는 아직도 우주의 중심에서 부동하고 있습니다.

어떤 승려가 조주(趙州: 778~897) 선사에게 물었습니다.

"일만 법이 하나로 돌아가는데[萬法歸一], 그 하나는 어디로 돌아갑니까?"

"내가 청주에 있을 때 삼베 장삼을 한 벌 지었는데, 그 무게가 일곱 근이었느니라."

조주 선사께서는 만 법이 합쳐지는 그 자리를 왜 중앙이라고 명확하게 지적을 하지 않고 짐짓 다른 곳으로 말머리를 돌렸을까요?

중심이다 중앙이다 그렇게 말하면 그 즉시 그 말 역시 관념이 되기 때문입니다. 그런 이유로 선사들은 우회적인 표현을 즐겨하는 것입니다.

선가에서는 그 중심의 영원한 자리를 가리켜 무 혹은 공이라 부르기도 하고, 중도(中道)라고도 하며 불이문(不二門)이나 해탈문이라 하기도 합니다. 또 '지혜의 금륜(金輪)을 굴리는 자리'라거나 빛의 샘, 환희의 샘, 복의 근원, 제3의 눈, 대원경지(大圓鏡智), 제8식(第八識), 공종(空宗), 제일의공(第一義空) 등 다양한 이름으로 부릅니다.

아무튼 그 자리에 도달한 것을 가리켜 선에서는 확철대오(廓徹大悟)했다고 말합니다.

하지만 그 자리는 다만 출입문일 뿐입니다. 그 자리에 머물러 있는 것은 스스로 고인 물이 되는 것과 같습니다. 흐르지 않는 물은 곧 썩게 되죠. 그러므로 모든 붓다들은 한 자리에 머물러 있지 아니하고 끊임없이 새롭고 깊은 곳을 향하여 나아갑니다.

卍(만)이라는 글자를 자주 보셨을 겁니다.

이것을 힌두교에서는 '스와스티카(swastika)'라고 부릅니다. 중심에서 뻗어나가고 있는 은하계의 흐름, 우주의 기운을 상징하는 것이죠. 우리의 내면의 중심은 곧 우주의 중심이라는 것을 암시하는 것입니다.

오늘날 이것은 불교를 상징하는 것이 되었지만, 본래는 자이나교의 상징이었습니다.

탄트라 명상에서는 소리로 중심에 이르는 방편이 여러 가지가 있습니다. 그 중에서 대표적인 것이 바로 주문(呪文)을 외우는 것이죠. 그 주문을 진언(眞言) 또는 비밀어(秘密語)라

하는데, 탄트라에서는 만트라(mantra)라고 합니다.

'옴 마니 반메 훔'이 대표적인 만트라이며, 『반야심경』 끄트머리에 있는 '가떼 가떼 바라가떼 바라상가떼 보디 스바하' 역시 만트라입니다. 만트라에는 아무런 뜻이 없습니다. 그래서 만트라는 번역하지 않고 산스크리트어 원문을 그대로 외웁니다. 뜻이 없으니 번역할 수도 없습니다. 심지어는 글자가 아예 없는 만트라도 있습니다.

어떤 선사는 대나무가 바람에 흔들리며 기왓장에 부딪치는 소리를 듣다가 홀연히 자신의 중심에 이르기도 했습니다. 소나무 숲을 불어가는 바람 소리나 폭포가 쏟아져 내리는 소리 그리고 새들이 지저귀는 소리 같은 자연의 소리와 우주음(宇宙音)도 모두 만트라입니다.

특히 만트라를 중심으로 발전한 불교 종파를 진언종(眞言宗)이라 부릅니다.

마하리쉬 마헤쉬 요기(Maharishi Mahesh Yogi: 요기는 요가 스승을 가리킴)에 의해 시작되어 미국에서 선풍적인 인기를 끌었던 TM(transcendental meditation: 초월명상)은 람(Ram), 옴(Aum)과 같은 만트라를 반복하여, 그 리듬에 취해 자기최면을 유도하는 것이죠.

하지만 선이나 탄트라 명상은 깨어 있기 위한 방편이지 불면증을 치료하기 위한 것이 아니라는 점을 유의하십시오.

즉심시불(卽心是佛)!

이 마음이 곧 부처니라!

여기에서 말하는 이 마음은 주변의 마음이 아니라 중심의 마음을 가리킵니다.

중심의 마음이 바로 부처이며 신이라는 뜻이죠.

극락과 지옥을 오락가락하는 마음의 변화를 관찰하다가 문득 마음의 운동이 끊어져버린 지점에 이르게 되면, 그 마음의 에너지는 전혀 다른 에너지를 가진 본래의 마음이 된다는 것이죠. 그렇게 되면 그때부터는 투명하게 모든 실상을 환하게 볼 수 있게 된다는 뜻입니다. 그러한 경지에 이르게 되면, 그때부터는 마음이 일어날 때마다 그 마음을 관찰할 뿐 마음에게 미혹되는 바가 없어져서, 무슨 일을 행하든지 지극한 즐거움이 될 뿐이겠지요.

절대적이고 거룩한 에너지를 지닌 것들은 오직 같은 사이클의 에너지를 만날 때에만 통일을 합니다. 마음이 완전하게 증발해야만 비로소 무심의 차원이 열리기 시작하는 것이죠.

무심은 아무것도 없이 텅 빈 마음을 가리키는 것이 아닙니다. 그 무심은 묘하고 묘한 신비하고도 불가사의한 마음을 가리킵니다. 마음을 자각하는 마음, 마음을 도 닦는 연장으로 사용할 수 있게 된 능력자 즉 중심에 이른 자의 마음을 가리킵니다.

중심에 이른 사람은 『벽암록』에 나오는 연화봉 암주(庵主)의 주장자와도 같습니다. 그는 자유자재한 경지에 이른 자이기 때문에 '돌 부딪치는 불빛[石火]'과 같은 찰나 속에서도 흑백을 구별하게 되며, 번뜩이는 번갯불 속에서도 살(殺)과 활(活)을 분별해 냅니다. 그는 시방[十方]에 있는 학자의 논란을 콱 틀어막으며 천 길 벼랑처럼 우뚝 서 있는 존재이죠.

관찰자는 중심에 고요히 앉아서 사념이 흘러가는 것을 지켜보고 있습니다. 자신의 생각을 지켜본다는 것은 참으로 재미있고 신비로운 일입니다. 생각의 행렬들이 나타나서 얽히고설키면서 이리저리 변화하는 모습은 천하제일의 구경거리입니다.

하지만 그는 그 행렬에 뒤섞이지 않습니다. 그 분위기와 그 사이클에 동조(同調)되지도 않습니다. 이것을 선에서는 '물들지 않는다[無染]'라고 하며, 무소유라고도 부릅니다.

소유로부터의 자유

마음에 물들지 아니하는 것!

이것이 진정한 '무소유(無所有)의 법(法)'입니다.

우리는 무소유라고 하면, 먼저 돈이나 아파트나 귀중품 등의 재물이나 물질적인 것을 떠올립니다. 그래서 비구들은 자신이 먹을 끼니조차도 소유하지 않습니다. 그들에게는 밥그릇 하나와 맨살을 가려줄 누더기 옷 한 벌이면 족하죠.

하지만 무소유의 참뜻은 바로 마음과 맺고 있는 '내면의 속박 관계'를 벗어나는 것입니다.

수행자는 어떤 물질뿐만 아니라 어떤 사람도 어떤 마음

도 나의 소유라고 생각해서는 안 된다는 것입니다. 나의 주식, 나의 아파트, 나의 자동차뿐 아니라, 나의 아들, 나의 아내, 나의 어머니, 나의 친구, 나의 조국, 나의 권력, 나의 명예, 나의 인격, 나의 이념, 나의 자존심, 나의 도, 나의 명상, 나의 깨달음, 나의 부처, 나의 신이라는 생각 역시 꿈이며 집착이며 욕망이며 환영일 뿐이라는 것이죠.

아무것도 우리의 소유물이 아니며, 또한 어떤 사람이나 어떤 생각도 우리의 소유물이 될 수 없습니다.

가장 차원이 높은 무소유는 소유라는 그 관념에 속박되지 않는 것이죠.

이것이 진정한 무소유의 실천입니다.

자이나교의 승려들은 가사(袈裟)조차도 버렸습니다. 그들은 벌레를 쫓기 위한 불진(拂塵: 털이개) 하나만을 들고 불알을 덜렁거리며 알몸으로 살아갑니다. 자이나교 승려들은 밥을 먹을 때마다 일일이 밥알을 뒤적거리며 혹시라도 벌레가 들어 있는지 검사를 합니다. 그들은 살생하지 말라는 계율을 늘 수지(受持)하고 있기 때문이죠. 그러나 밥을 끓일 때 벌레들은 이미 죽은 상태가 되었을 것이 뻔합니다. 또 눈에 보이지 않는 세균과 같은 미생물들은 어찌할까요? 그들도 생명이기는 마찬가지인데 말이죠.

디오게네스는 구걸하던 동냥그릇까지 던져버리고, 개와 함께 같은 그릇으로 밥을 먹었다고 전해집니다. 그런데 그와 같은 행위들은 너무나도 극단에 치우친 것이죠.

하루는 어떤 관리가 앙산(仰山: 807~883) 선사를 참방하자 그가 물었습니다.

"무슨 관직에 계시오?"

"추관(推官: 감찰관리)에 있습니다."

그러자 앙산 선사가 불자(拂子)를 세우면서 말했습니다.

"이것을 감찰할 수 있겠소?"

우리의 육신은 수없는 벌레와 세균의 집합체입니다. 그런데 계율을 지키기 위해 그것들을 일일이 검사하고 감찰하려면 머리통이 깨져버리고 말 겁니다. 바로 그러한 진퇴양난의 난관을 극복하기 위한 방편으로 선가에서는 화두를 사용합니다.

무, 라는 단 한 마디의 화두에 의해 그 문제는 깨끗이 종적을 감추고 맙니다.

참된 무소유의 실천은 '마음속의 인연(因緣)'을 소유하지 않는 데 있음을 잊지 말아야 할 것입니다. 마음 속의 욕망과 집착 즉 '내적인 환영(幻影)의 세계'를 소유하지 않을 때, 돌연 수행자는 명상의 침묵 속으로 들어가게 됩니다. 그들은 이 세상 속에 있으면서도, 이 세상에 물들거나 속박당하지 않는 자유로운 존재가 됩니다.

그렇게 되면 이 세상 만물은 신이 우리에게 주신 축복의 선물이 됩니다. 별, 달, 나무, 꽃, 바다, 구름, 산과 강 그리고 동물과 애인과 친구, 남편과 아내 역시 신이 우리에게 주신 선물입니다. 그들을 사랑하되 다만 마음으로 사랑하지 아니하고, 무심으로 사랑하게 되면, 그 사랑은 명상이 되고 축복이 되고 자비가 됩니다.

사실 마음으로 사랑하는 것은 사랑하는 것이라고 할 수도 없습니다. 그것은 집착하는 것이며, 소유하는 것이며, 증오하고 착취하는 일이 될 뿐이죠.

돈과 재물 역시 선물입니다. 그것들 또한 즐겁게 걸림 없이 사용하면 됩니다. 다만 그것에 집착해서 그것의 노예가 되는 일만은 경계해야 합니다.

삼라만상을 사랑하되 단 소유만 하지 않으면 됩니다. 소유자가 되는 순간 우리는 더 이상 그것들을 사랑할 수 없게 되어버리기 때문입니다.

소유라는 관념은 이 세상에서 가장 추악하고 어리석은 관념입니다. 그 관념에 매달리는 순간 우리는 불행과 재앙에 휩싸이게 되지요. 관념을 소유하는 순간 우리는 그것들의 노예가 되어버리기 때문입니다.

『금강경』에서는 소유라는 생각은 한결같이 허망한 것이므로 그 모든 생각이 생각 아님[非相]을 보게 된다면 그 자리에서 즉각적으로 여래(如來)를 보게 될 것이라고 하였습니다.

凡所有相 皆是虛妄 若見諸相非相 卽見如來
범소유상 개시허망 약견제상비상 즉견여래

—『금강경』 제5분

우리가 어떤 인공지능 프로그램을 소유하게 되면 우리는 그 인공지능 프로그램의 지배를 받게 됩니다.

드론(drone)이나 장난감을 소유하면 그 소유자는 드론이나 장난감의 피지배자가 되어버립니다.

돈을 소유하면 그 소유자는 돈의 하인이 되어버립니다.

강아지를 소유하면 그는 강아지의 노예가 되어버립니다.

권력을 소유하면 그는 권력의 시녀가 되어버립니다.

어리석은 자들은 '나의 소유물'로 천지 사방을 가득 채우죠.

하지만 우리는 모두 혼자입니다.

홀로 왔다가 홀로 사라지고 말죠.

빈손으로 왔다가 빈손으로 사라집니다.

그러니 우리가 그 무엇을 소유할 수 있겠습니까?

우리는 우리 자신조차도 소유하지 못합니다.

그런 이유로 탄트라 수행자는 돈에 대해 지나친 애착을 갖거나, 탐닉하거나, 숭배하는 짓을 하지 않습니다. 또 쓸데없이 돈을 죄악시한다거나 악마로 보지도 않습니다.

돈을 추악하게 생각하고 경원시하는 것이나, 만능의 신으로 여기는 것이나 별 차이가 없기 때문입니다. 그래서 그는 돈을 소유하려고 애를 쓰지도 않지만, 무소유라는 관념을 계율로 삼지도 않습니다. 돈을 좋아해서 집착하지도 않지만, 두려워하거나 증오하지도 않습니다.

그들은 항상 중도(中道)에 서서 무의 눈으로 돈을 바라보며, 돈에 대해 바람처럼 자유롭습니다. 그런데 어떤 수행자들은 돈이라면 치를 떨며 양손을 내젓습니다. 돈이란 결코 수행자들이 가까이할 것이 못 된다는 것이죠. 그러한 태도는 돈에 애착을 갖는 것이나 별반 다를 것이 없습니다.

우리가 오로지 돈만을 최고의 가치로 보고 돈만을 추구한다면, 그 돈은 마왕이 되어버립니다. 그러나 애착 없이 남을 위해 보시한다면, 그 돈은 자비의 전령이 될 수도 있습니다.

불과 50여 년 전만 해도 한국은 불과 국민총생산(GNP)이 100달러도 안 되는 세계 최빈국이었습니다. 바가지나 빈 깡통을 들고 밥을 얻어먹으러 다니는 사람들이 많았습니다. 풀뿌리를 캐먹고 소나무 껍질을 벗겨 먹다가 누렇게 부황(浮黃)이 들어 죽어가는 사람들도 수두룩했죠. 그렇지만 그때는 인정이 넘치고, 겸양과 염치가 있었으며, 상대방과 이웃을 배려할 줄 아는 따뜻하고 지혜로운 사회였습니다.

오늘날 한국 사회는 어떻습니까?

기업가도 상인도, 정치인도 종교인도, 노인도 젊은이도 모두들 하나같이 돈만을 추구하고 있으며, 돈만을 최고의 가치로 여기고 있습니다.

경제를 개발하고, 산업을 일으키면서, 우리는 신이 앉아 있어야 할 중심의 자리에, 떡하니 돈이라는 물신(物神)을 앉혀 놓은 것입니다. 재벌들만 돈을 숭배하는 것이 아니라, 우리 모두가 돈을 바라보며, 그것을 향해 미친 듯이 달려가고 있습니다. 돈 때문에 우리는 서서히 눈이 멀어가고 있습니다. 지혜로운 눈으로 흘러가던 에너지가 일제히 돈으로만 쏠리고 있는 것이죠. 우리 사회가 지옥으로 변해가고 있는 것은 바로 이 때문입니다.

우리가 지금 당장 신의 옥좌(玉座)에 앉아 있는 돈을 그 자리에서 끌어내리지 않는다면, 우리는 머지않아 상상할 수도 없이 비참하고 참혹한 현실을 맞이하게 될 것입니다. 그런 이유로 이슬람의 은행들은 이자놀이를 하지 않습니다. 이자(利子)란 유태인들이 생각해 낸 발명품이죠.

세계 최초의 은행인 중국 산시 성에 있던 일승창(日昇昌)의 창업 이념은 이윤의 추구가 아닌 '의리(義理)'였습니다.

그들은 승지당(承旨堂)이라는 사당을 짓고, 그 뜻을 이어가고자 노력했습니다. 돈은 혈액과 같이 돌고 도는 것이어서, 반드시 투명하고 깨끗해야만 한다고 생각했던 것이죠. 혼탁

해지고 추악해지면 스스로를 죽이는 극독(劇毒)으로 변해버린다는 것을 알고 있었던 겁니다.

한국의 재벌인 삼성가의 승지원이라는 저택 이름은 거기에서 따온 것입니다.

오늘날 한국의 재벌들이 자신들의 이윤만을 추구하는 것은 오로지 '살아남기 위해서'라고 합니다. 자신들이 살아남기 위해서는, 그들의 협력기업들이 불이익을 당하건 말건, 해고노동자들이 죽든 말든 아는 바가 없다는 것이죠.

이것은 의(義)와는 너무나도 머나먼 이야기입니다.

살아남기 위해서라고 변명을 늘어놓고 있지만, 그들은 서서히 죽음의 구렁텅이로 빠져 들어가고 있는 것입니다.

한때 세계인들은 일본인들을 손가락질했습니다.

"경제적인 동물들!"

돈을 위해서라면 어떤 일이라도 서슴지 않는 '인간도 아닌 인간들'이라고 비웃었습니다. 얼마 전에는 일본 각료들이 '엔화로 제주도를 사버려야겠다'는 발언을 해서 비웃음을 산 적도 있습니다.

그런데 2000년대로 접어들면서, 일본인들에게 일어났던 일들이, 우리 한국인들에게도 나타나고 있다고 합니다. 한국인들 역시 돈밖에 모르는 무지렁이라는 소문이 전 세계를 떠돌기 시작했다는 것입니다. 사실 요즘 한국 사회를 들여다보면,

그 소문이 뜬소문만은 아니라는 생각이 듭니다.

모두들 돈을 위해서라면, 친구 간, 형제간, 부부간, 부모자식 간일지라도, 즉각적으로 칼을 빼들거나 휘발유통을 집어들 준비가 되어 있는 것 같습니다. 한국인들은 수만 불에 이르는 소득을 올리고 있으면서도, 소득이 100불도 채 되지 않던 시절보다 더 불행해졌습니다.

도대체 우리는 왜 이렇게 된 것일까요?

그것은 우리들의 가슴이 메마르고 흉흉해졌기 때문입니다. 가슴 속에서 욕심과 탐심이 쇳물처럼 들끓어오르고 있기 때문입니다. 오십 보 백 보 차이로 일본인들의 뒤를 따르는 사람들이 많아지고 있기 때문입니다.

그렇지만 아직 한국에는 수행자들이 만들어내는 중심의 빛이 꺼지지 않고 있습니다. 그 빛이 사라지기 전에 돈의 노예가 되는 캄캄한 길에서 벗어나서, 돈을 자유자재로 사용하는 주인의 자리를 되찾아야 할 것입니다.

내친김에 일본인들에 대해서 한 마디 하겠습니다.

요즘 들어 부쩍 일본인들이 독도에 대한 터무니없는 발언을 쏟아내서, 한국인들을 당혹하게 하고 있죠. 그들의 독도에 대한 발언 역시 소유에 대한 야욕을 드러낸 것입니다.

나의 것은 본래 나의 것이지만, 너의 것도 나의 것이라는 탐욕심이 날카로운 이빨을 드러내고 있는 것이죠.

하지만 걱정할 것은 없습니다.

탐욕심을 발하는 것은 친히 지옥으로 굴러떨어질 준비를 하고 있는 것이나 마찬가지니까요. 만약에 일본인들이 계속해서 탐심을 발하며 광분하게 된다면, 일본은 후쿠시마 원전사고의 1천억 배에 달하는 어마어마한 대재앙에 직면하게 될 것입니다. 지금까지는 경험해 보지 못했던 전대미문의 지진과 화산폭발로 인해, 일본 열도는 침몰을 면치 못하게 될 것이며, 지상에서 흔적도 없이 사라지고 말 것입니다.

이것은 저의 견해가 아니라 1970년대에 탄허(呑虛: 1913~1983) 스님께서 예언하셨던 것입니다.

일본인들이 아무리 돈의 탑을 높이 쌓아놓는다고 하여도 그것을 무엇에 쓰겠습니까?

소유와 야욕의 탑은 성주괴공(成住壞空)의 섭리에 의해 곧 무너져서 먼지처럼 바람 속으로 사라지게 될 것입니다.

제가 물불을 가리지 않고 맹렬히 수행을 하고 있을 때의 이야기입니다. 한국에서는 소위 IMF 사태가 벌어져서 모든 국민이 비탄과 절망에 빠져 있을 때였죠.

지금은 네팔의 히말라야로 건너가서 출가승이 된 저의 절친한 후배가 있습니다. 그는 일본 와세다대학에서 인도철학을 전공하고 박사과정을 이수한 다음 동양대학 경전연구소에서 남부러울 것 없는 대접을 받으며 연구원으로 재직하고 있었죠. 그는 빈둥거리며 채마밭이나 일구며 지냈죠.

그런데 어느 날 그로부터 일본 진언종 사찰의 한 주지 스님을 모시고 서울에 있던 저의 처소를 방문하겠다는 전화가 걸려왔습니다. 그 승려는 도쿄대학 출신으로 대기업의 간부로 재직하다가 어느 날 홀연히 출가하여 진언종의 스승으로 자리 잡은 유명한 분이라는 설명도 곁들였습니다.

저는 황감하여 그들을 맞을 준비를 서둘렀습니다. 수중에 가진 돈이 한 푼도 없었기에 주변에 부탁을 해서 얼마의 돈을 빌렸죠. 저는 그 돈으로 저의 처소에 연등을 달고 화분(花盆)을 들여놓은 다음 정성껏 음식을 준비했습니다.

이윽고 그들이 저를 방문하였습니다. 저는 향을 사르고 음식을 대접하며 저의 처소를 그들에게 내어주었죠. 그 주지승은 예불의식으로 저를 축복해 주었습니다. 다음날 저는 북한산에 있는 어느 사찰로 그를 모시고 가서 한국의 수행자들을 소개해 주기도 했습니다. 한국과 일본의 수행자들이 교류할 수 있는 좋은 기회라고 여겼기 때문입니다.

그런데 그날 오후에 그는 뜻밖의 말을 꺼냈습니다. 그는 강남에 있는 유명 호텔에 근거지를 이미 마련해 두었으며, 이제는 저를 통하여 일본의 우익자금을 한국인들에게 빌려주는 사업을 시작할 것이라는 얘기였습니다.

'아! 일본인들이란 이런 식으로 종교인들을 앞세워 남의 약점과 불행을 이용하여 교활하고도 얄팍하게 자신들의 사업

영역을 구축하는구나!'

저는 즉각 반발했죠. 곁에 있던 사람들이 말리지 않았다면 그는 저에게 엄청난 봉변을 당할 뻔했습니다. 저는 그 승려를 격렬하게 꾸짖었죠. 사실 그날 제 주변에 있던 분들은 제가 굴러온 복을 걷어차는 것쯤으로 생각하고 속으로는 무척 아쉬워했을 겁니다. 물론 그는 제가 아니더라도 다른 한국인들을 앞잡이로 활용했을 겁니다.

하지만 저는 수행자로서 자신들의 이익과 욕망을 위하여 불행에 빠진 사람들을 이용하고 착취하려는 그를 도저히 용납할 수가 없었습니다.

지상에서 인간이 볼 수 있는 은하의 숫자는 4천억 개라고 합니다. 그리고 각 은하는 다시 수천억 개의 별들로 이루어져 있다고 합니다. 이러한 '시작도 끝도 없는 영원한 우주'에서 지구를 바라본다면, 그 속에서 먼지보다도 더 작은 모습으로 고물거리면서, 돈을 가지고 쩧고 까불대는 인간들의 모습이 얼마나 우습고 가소로울까요?

그러므로 한국인들이시여!

우주와 같은 마음으로 간사한 일본인들과 북조선의 지옥인민(地獄人民)들을 불쌍히 여기시고, 자비를 보시하십시오. 그리하면 그 자비는 천 배 만 배의 축복이 되어 우리에게로 다시 되돌아오게 될 것입니다.

한국의 재벌들도 일본인들과 마찬가지입니다.

돈은 투명하고 밝게 쓰이면 자비의 에너지를 띠게 되지만, 음흉하고 추악하게 쓰이면 반드시 시궁창 냄새를 풍기게 된다는 것을 명심해야 할 것입니다.

재벌 회장이라 하여도 그는 아무것도 소유할 수 없습니다. 기껏해야 그는 '큰 부잣집 금고지기[守錢奴]'에 불과할 뿐이죠. 아무리 주식이 많다고 하여도 떠날 때는 말없이 빈손으로 떠나가야만 합니다. 그러므로 그들을 부러워할 것도 없고 시기하거나 질투할 이유도 없습니다.

선과 명상의 제1의(第一義)는 중도(中道)입니다. 중도란 곧 균형을 맞추는 일이죠. 정규직 일자리와 비정규직 일자리를 나누어 청년들의 노동력을 착취하는 것은 곧 우리 존재의 균형을 파괴하는 최악의 꼼수입니다. 청년들을 물신(物神)의 희생양으로 삼고 있는 것이죠. 600만 명에 이르는 비정규직 문제를 해결하지 않는다면 한국은 점점 더 더러운 탐욕의 나라가 되어버릴 것입니다.

오늘날 대기업들이 쌓아 올린 금탑은 협력업체의 노동자들과 하청업자들을 착취한 결과물입니다. 그러니 이제는 당연히 그 결과물을 균형에 맞게 나누어야만 하죠. 만일 재벌들이 그 사실을 잊고 있다면, 주머니 속에 시퍼런 비수를 집어넣고 있는 것과 같습니다. 언젠가는 그 칼이 반드시 주머니를 뚫고 나와서, 스스로의 급소를 찌르게 될 것입니다.

오직 돈을 벌기 위해서 평생을 허비하고, 냄새나는 돈을 한 무더기 쌓아놓고는, 지옥에 떨어진 뒤에 염라대왕 앞에서 뒤늦은 한탄을 한들 무슨 소용이 있겠습니까?

당신에 의해 지금 신의 자리에 앉혀져 있는 돈을 당장 그 자리에서 끌어내리십시오.

당신이 그 자리의 진짜 주인인데, 왜 돈을 앉혀놓고는 전전긍긍하고 있습니까?

돈을 내쫓아버린다면 돈에 얽매어 있던 당신은, 그 즉시 햇빛처럼 자유로워지게 될 것입니다. 가지가지 아름다운 색깔과 미묘한 형상으로 빛나고 있는 아름다운 광명세계를 두고, 계속해서 돈의 어두운 치하에서 신음하는 쪽을 택하시겠습니까?

관조의 비밀

관조자는 마음의 소유자가 아닙니다.

남루한 차림의 탁발승은 청루(青樓)의 시궁창 옆에 취해 곯아 떨어져 낮잠을 자고 있지만, 그의 관조자는 욕망으로부터 환하게 깨어 있는 상태인 것입니다.

관조자가 사념에 물들지 않는 이유는 그가 관객이며 구경꾼이기 때문입니다. 구경꾼은 항상 뒤로 물러나 있습니다. 그래야만 비로소 마음을 구경할 수 있으니까요. 그는 사념과의 거리를 유지합니다.

사념과의 거리를 유지하는 것!

이것이 관조의 비밀입니다.

사념이 일어나면, 그 사념과 반드시 일정한 사이를 두고 떨어져 있어야만 비로소 관조를 할 수 있게 됩니다.

그런데 머리가 영리한 사람들이나 학자들은 불여우처럼 의심이 많기 때문에, 사념을 해석하고 분석해봐야 한다면서, 기어코 그 속으로 뛰어 들어가서 사념과 함께 사념이 만들어내는 게임 속을 뛰어 다닙니다.

그것은 흑산(黑山)의 귀신굴 속에서 마구니[魔軍]들과 파티를 벌이는 일과 마찬가지의 결과를 불러오게 됩니다.

컴퓨터 게임은 인간의 마음에 의해 만들어지고 있습니다.

그런데 그 마음의 상상력이 게임도 만들고 캐릭터도 창조해 내는 장면을 마음의 배후에서 구경하는 재미는 그야말로 황홀경 그 자체이죠.

그런데 정작 더 기가 막히게 재미있는 절정의 순간은 마음의 흐름을 관찰하다가 자신도 모르는 사이에 마음의 중심에 도달하는 때라고 할 수 있습니다. 그 대목에 이르게 되면 모든 마음의 게임이 정지하게 됩니다.

요즘 들어서 인공지능에 대한 관심이 뜨거워지고 있습니다. 빅 데이터(Big Data)니 딥 러닝(Deep Learning)이니 하는 새로운 말들도 생겨났죠.

인간의 생각이란 것은 뇌세포와 뇌세포 사이를 연결하고 있는 시냅스를 통해서 전해지는 전기(電氣) 때문에 생겨나는 것이라고 합니다. 그래서 인간이 인간보다 강한 인공지능을 가진 로봇을 만들어내게 된다면 그 로봇은 스스로 학습하고 훈련하고 진화하여 붓다처럼 전지전능한 경지의 깨달음을 얻을 수도 있을지 모른다는 겁니다.

그렇다면 과연 그 인체의 전기는 어디에서부터 발원하는 것일까요? 그것은 바로 우리 존재의 중심인 무로부터 시작됩니다. 탄트라에서는 그곳을 마르지 않는 무궁무진한 에너지의 호수라고 하여 '쿤다(Kunda)'라고 부르죠. 그래서 명상으로 이 자리를 깨워서 활성화시키는 사람은 불가사의한 능력을 발휘하게 됩니다. 하지만 범인(凡人)들은 그저 무의식적이고 반사적으로 그 에너지를 끌어다가 사용하고 있죠. 그 에너지는 미미하고 희미할 뿐입니다.

이미 미국에서는 글을 쓰는 인공지능 프로그램이 상용화되었다고 합니다. 스포츠 기사와 같은 데이터를 취합하고 분석하는 간단한 글들은 인공지능을 가진 프로그램이 실시간으로 생산해 내서 인간들에게 그것들을 제공하고 있다는 겁니다. 스포츠 기자들이 생산해 내는 기사보다 훨씬 방대한 정보들이 이미 상업화되었다는 것입니다.

하지만 지식과 정보를 분석하고 재생산하는 것은 가능할지 모르지만 인간이 만들어내는 인공지능의 본질은 기계적인 장치이며 물질일 뿐이죠. 인간의 내면에서 작용하고 있는 신의 에너지와는 차원이 다른 것이죠.

한국의 국제중학교나 외국어고등학교에 다니는 학생들은 하루에 두세 시간밖에는 잠을 자지 못하고 학습에 매달리고 있습니다. 그 어린 희생양들은 외국어로 수업을 받으며 서너 가지 언어를 자유롭게 구사하죠. 하지만 머지않아 그런 수고를 하지 않아도 될 겁니다. 그들의 뇌세포 속에 모든 정보가 총망라되어 있는 미세한 컴퓨터 칩 하나만 간단히 이식해 넣으면 모든 것이 해결될 것이니까요. 미래의 인간들은 모두 만물박사가 될 겁니다.

또 물리학자들은 힉스(Higgs)라는 신의 입자(粒子)를 발견했다고 합니다. 하지만 아무리 최후의 소립자(素粒子)라 하더라도 그것은 물질일 뿐이죠.

명상을 통해서 성취할 수 있는 경지는 마음과 물질과 영혼이라는 차원 너머에 있는 것이며, 그래서 있는 것이라고 말할 수도 없다는 것이죠. 그것은 존재한다 존재하지 않는다고 나누는 차원 너머의 일입니다.

명상은 인지능력의 문제가 아닙니다. 그것은 관찰을 통해서 인지능력조차도 초월해 버리는 테크닉이죠.

명상을 통해서 도달하게 되는 그 청풍명월과 같은 경지는 마음의 세계도 아니고, 부처의 세계도 아니며, 물질의 세계도 아닙니다.

그것을 선사들은 불시심 불시불 불시물(不是心 不是佛 不是物)이라 하였습니다.

천자(天子)와 제석천왕이 거처하는 곳에는 열두 개의 붉은 대문이 있다고 합니다. 하지만 명상의 비비상천(非非想天)에는 '대문(大門) 없는 대문'이 있을 뿐이죠. 그것은 절대적인 신의 영역입니다.

우리가 자신의 마음을 관찰하여 그 마음의 게임으로부터 벗어나게 되면, 바로 그 자리에서 최고의 즐거움 즉 극락(極樂)이 일어나기 시작합니다.

단 한 번 아주 잠깐 동안만이라도 그 기쁨을 알게 된 사람들은 인공지능이니 드론이니 힉스니 지위니 명예니 권력이니 하는 것들이 한낱 바람에 흩날리는 흙먼지와 같다는 것을 깨닫게 됩니다.

어느 날 머리를 굴리는 데는 귀재라고 세상에 널리 알려져 있던 국무총리가 붓다를 찾아왔습니다.

그는 붓다의 발을 만지며 말했죠.

"저를 명상에 입문시켜 주십시오. 저도 이 세상과 저의 명예를 버리겠습니다."

그와 같이 왔던 비서들은 깜짝 놀랐습니다.

국무총리는 뒷구멍으로 뇌물을 받아먹으면서 평생 동안 오로지 명예만을 지키기 위한 생활을 고집해 왔기 때문이었습니다.

붓다는 그의 입문을 허락했죠.

"숲속으로 들어가서 혼자서 명상하라!"

그는 숲속의 오두막으로 가서 홀로 생활하기 시작했습니다. 무소유를 실천하기 위해 마하비라처럼 옷도 모두 벗어 던졌습니다. 이틀에 한 번씩 식사를 하며 잠도 자지 않고 고행을 하기 시작했죠. 6개월이 지나자 그의 뚱뚱하던 몸은 보잘것없이 수척해졌습니다. 하지만 그는 아무런 성과도 거두지 못하고 있었죠. 그래서 그는 그만 비탄에 빠지고 말았습니다.

그때 붓다가 오두막으로 그를 찾아왔습니다.

"총리여! 나는 그대가 명상에 입문하기 전에 시타(Sitar: 인도의 현악기)를 잘 연주하는 음악가라는 말을 들었다. 내가 그대에게 한 가지 묻겠다. 시타를 연주할 때, 줄이 너무 느슨하면 어찌 되겠는가?"

"줄이 느슨하면 소리가 나지 않습니다."

붓다가 다시 물었습니다.

"만약에 줄이 너무 팽팽하면 어찌 되겠는가?"

"너무 팽팽하면 줄이 끊어집니다. 시타의 명인(名人)은 줄을 항상 알맞게 조절해야만 아름다운 음이 나온다는 것을 압니다."

그러자 다시 붓다가 말했습니다.

"삶도 그와 똑같다. 명상도 그러하다. 삶을 적당하게 유지하는 자만이 삶의 명인이 될 수 있는 것처럼 명상도 그와 똑같다. 마음은 항상 극단에서 극단으로 움직인다. 그러므로 명상의 명인이 되려면, 마음을 중도(中道=중심)에 머물 줄 알아야만 한다."

자신의 중심을 발견하려면, 시타나 거문고 현을 조율하듯이 마음을 조율해야만 합니다. 중심에 있는 그것을 무엇이라 부르던 그것은 우리들이 가지고 있는 매우 특별한 능력이죠. 그것을 영혼이라 부를 수도 있고, 하나님이나 부처님 혹은 신(神)이나 영기(靈氣)라 부를 수도 있겠죠.

탄트라에서는 그 존재를 '관조자'라고 부릅니다.

보통 사람은 이 존재가 자신 속에 들어 있는지 잘 알지 못합니다. 자신의 몸과 마음이 움직이는 것을 지켜보고 있는 이 존재가 헐거운 현처럼 늘어져서 잠이 들어 있기 때문입니다.

사실 관조자가 잠들어 있는 사람은 살아 있어도 살아 있는 것이라고 할 수도 없습니다. 선가에서는 그러한 사람들을 '산 송장'이라고 부릅니다. 그 송장이 긴 잠에서 깨어나서 관조라는 묘음(妙音)을 연주하도록 하려면, '여조탄현지법(如調彈絃之法)'이라는 알맞은 치유방편을 사용하여야만 합니다. 너무 헐겁지도 않고 팽팽하지도 않게 마음을 바라보는 것이 바로 관조의 묘법입니다.

인과율

극락과 지옥으로부터의 자유

우리는 이렇게 생각하곤 합니다.

저 여자는 회장 아버지를 두어서 어린 나이에 대기업의 부사장이 되었는데, 나는 왜 이 모양일까? 세상 참 불공평하다.

하지만 우리가 지금 이 자리에 있게 된 데는 반드시 그 원인이 있습니다.

마음의 세계는 '인과(因果)의 법칙'을 따릅니다. 원인이 있으면 반드시 그 결과가 그림자처럼 뒤를 따르게 됩니다. 그것을 윤회라 부르죠.

마음은 삼사라(samsara: 輪廻)의 게임을 계속해서 펼쳐나갑니다. 이것은 마치 강아지가 제 꼬리를 물려고 같은 자리를 맴돌고 있는 것과 같습니다.

동물원의 철창 속에 갇혀 있는 동물들이 같은 자리를 빙빙 도는 일을 되풀이하고 있다는 보도를 접한 적이 있습니다. 그것은 동물들의 정신이 이상해지기 시작했다는 징후입니다.

욕망을 따르는 정치가들이나 영적인 것만을 추구하는 성직자들이나 이론 종교가들 역시 연자방아를 돌리고 있는 소와 같습니다. 그들은 같은 일을 반복하면서 자신도 모르는 사이에 서서히 미쳐갑니다.

그러한 것들을 가리켜 업보(業報)라고 부르지요.

그것은 마음이 과거에 저지른 행위의 결과입니다.

선사들이 지금 이 순간 속에 몰입하라는 것은 바로 그 업보로부터 벗어나기 위한 것이죠. 지금 이 자리에서 원인을 만들지 않는다면, 결과 또한 텅 비어버릴 것입니다.

지금 일어나고 있는 일을 자세히 들여다보면 과거의 일을 알 수 있습니다. 또한 내일 벌어질 일을 알고자 한다면, 굳이 점쟁이를 찾아가지 않아도 지금 벌어지고 있는 일을 잘 살펴보면 됩니다.

이것이 있었기 때문에 저것이 생겨났고, 저것이 있었기 때문에 이것이 나타나게 된 것이죠. 원인이 있었기 때문에 결과가 생겨납니다.

또한 찰나의 분별로 탄생과 죽음, 윤회와 열반이 나누어집니다. 그러나 우리는 분별하고 분열하는 행위를 계속하면서, 거기에 이름을 붙이며 정당화시킵니다. 미덕과 악덕…… 좋은 사람과 나쁜 사람…… 극락과 지옥…… 이런 식으로 말입니다.

하지만 자기 자신이 사라져버린 지구 혹은 모든 사람이 사라져버린 세상을 상상해 보십시오.

아무도 없는 거기에 무슨 미덕이 있고, 악덕이 따로 있겠습니까?

아무도 없는 거기에서 무슨 수로 성자와 죄인, 부처와 중생을 나눌 수 있겠습니까?

모든 것이 있는 그대로 순수할 뿐입니다.

그런데 거기에 마음이 들어옴으로써, 모든 것을 나누고 분류를 시작한 것입니다. 이 마음의 분별은 이 세상을 나눌 뿐만 아니라, 자기 자신조차도 나누어버립니다. 극락과 지옥, 삶과 죽음은 자신의 마음이 만들어낸 분별일 뿐입니다.

그러므로 눈앞에서 벌어지는 일을 분별하지 않는다면, '마음의 분별 행위'로부터 벗어날 수 있습니다. 우리가 외부 세계를 분별하지 않는다면, 자신의 내면의식 속에서 그 분별은 사라질 것입니다. 이것이 탄트라의 위대한 발견이며 불가사의

한 통찰입니다.

우리가 축복으로 가득 차 있는 이 삶을 불타는 지옥으로 만들어놓게 된 것은 순전히 우리의 마음 때문입니다. 우리 스스로 반쪽의 마음만을 선택했기 때문에, 그 마음이 만들어내는 지옥의 상황에 빠져들 수밖에 없었던 것입니다. 그런 연유로 마음이 만들어내는 지옥은 우리의 삶을 관통하는 본류가 되어버렸습니다. 하지만 우리가 스스로 마음이라는 은산철벽의 옷을 벗고 홀가분하게 나선다면, 곧 우리는 마음이 만들어내는 막다른 골목으로부터 벗어나서 사방팔방에서 대도(大道)가 열리는 것을 볼 수 있게 될 것입니다. 이 간단하고 오묘한 이치를 한 번 알게 되면, 그때부터는 아무리 황당무계한 지옥 상황이 전개되더라도 웃음이 저절로 터져 나오게 됩니다.

관조자는 이미 그 마음의 지옥으로부터 벗어나 있는 상태이기 때문입니다.

탄트라에서는 반드시 지켜야 할 금기사항이나 계율이 따로 없습니다. 어떤 행위를 특별히 금지하는 것이나 선택하는 것은 인과율에 매이게 하기 때문입니다. 심지어는 육식이나 섹스를 금기시하지도 않습니다.

탄트라 비전(秘傳)에는 처녀의 나체를 바라보는 명상법도 있습니다. 노승들은 이른 새벽 비밀의 동굴에 모여앉아서 처녀의 나체를 바라보며 명상을 시작합니다. 그리고 서서히 한 사람씩 형체가 사라져버립니다. 형상으로부터 자유로워지는 것입니다.

형상[色]은 마음(욕망)으로부터 생겨납니다. 그러므로 욕망이 사라지면 형상도 따라서 사라지고 맙니다.

'색즉시공 공즉시색(色卽是空 空卽是色)'이란 그것을 가리킵니다.

노승들이 모두 사라지고 나면, 나중에는 발가벗은 처녀만이 혼자 탁자 위에 누워 있게 되지요. 노승들은 처녀의 몸을 구석구석 관찰하며, 자신의 욕망이 일어나는 것을 관조합니다. 그리고 그 욕망의 원인을 거슬러 올라가서, '마하무드라(Maha-mudra=無慾: 탄트라와 힌두교에서 추구하는 최고 깨달음의 경지)'의 세계로 가버리는 것입니다.

성(性)을 억압하거나 탐하는 사람들에게는 탄트라 명상이 수치스럽고 더러운 짓거리로만 보일 것입니다. 하지만 노승들의 의식은 잔잔한 연못처럼 고요합니다. 그들이 무슨 행위를 하든지 가장 깊은 곳에 있는 그들의 중심이 환하게 드러납니다.

그 중심에는 나도 없고 너도 없습니다. 부처도 없고 중생도 없습니다. 그들은 원인과 결과로부터 자유로운 경지에 있는 것입니다.

하지만 이러한 이치를 잘못 받아들인 소승의 일부 불교 종파들에서는 성행위에 집착을 한 자들도 있었습니다. 그리하여 탄트라 불교는 더욱 깊이 종적을 감추게 되었습니다.

어떤 관리가 남전(南泉: 748~835) 선사에게 '병 속의 거위'에 대해 물었습니다.

"스승님. 어떤 사람이 병 속에 거위를 집어넣고, 거위가 다 자랄 때까지 먹이를 줍니다. 그렇다면 어떻게 하여야 병도 깨지 않고, 거위도 죽이지 않은 채, 그 거위를 꺼낼 수 있겠습니까?"

"여보게!"

남전 선사가 손뼉을 치며 그를 불렀습니다.

"네. 스승님!"

"보라!"

남전 선사가 말했습니다.

"거위는 나왔다!"

여기에서 말하고 있는 거위란 바로 욕망을 가리킵니다.

거위는 자유로워졌습니다.

거위는 결코 병 속에 들어간 적이 없기 때문입니다.

거위가 병 속에 들어 있다고 생각한 것은 마음의 오해이며 착각일 뿐이었습니다.

이 순간 밝게 깨어 있다면, 욕망에 의해 다시 병 속에 갇힐 일은 없을 것입니다.

이 순간 지금 이 자리를 완전하게 살아낸다면, 아무런 마음의 그림자도 남기지 않게 될 것입니다.

『벽암록』에 다음과 같은 말이 등장합니다.

"그림자 없는 나무 아래 밑 빠진 배[無低船]가 떴다!"

이 말을 생각으로 따지고 헤아린다면 무슨 말인지 도무지 해석할 수가 없을 것입니다.

그림자 없는 나무는 곧 지혜의 나무인 보리수(菩提樹)를 가리킵니다. 지혜란 원인을 만들지 않는 것이기 때문에, 그 결과인 그림자 또한 생기지 않는다는 의미이지요. 또 밑바닥이 빠졌다는 것은 마음이 사라졌기 때문에, 마음의 행위를 뒤따라서 나타나게 되는 업보 또한 완전히 사라졌다는 뜻입니다.

불가의 수행자들에게는 다음과 같은 계율이 있습니다.

"음식을 먹을 때, 맛을 보지 말라. 맛에 이끌리지 말라. 음식은 그저 몸을 지탱하는 약으로 생각하라. 맛은 욕망의 일종이기 때문이다. 그러므로 아무런 분별없이 먹되 남기지 말라. 음식을 남기는 것 역시 욕망을 남기는 일이기 때문이다."

이것은 참으로 아름다운 수행의 방편입니다. 욕망을 남기게 되면 그 욕망이 원인이 되어 결과를 만들어냅니다.

탄트라 명상은 한층 더 깊은 곳까지 들어갑니다.

"음식을 맛보고, 가장 세밀하고 깊은 부분까지 느껴라. 그런 다음 느낌과 감각의 차원에 머무르지 말고, 그 맛 자체와 하나[一合]가 되어라."

왜 그러할까요?

맛!

그 자체와 하나가 되는 순간!

거기에 무심이 나타날 것이기 때문입니다.

맛도 사라지고, 향기도 촉감도 형상도 소리도 느낌도 모두 사라지고, 그 맛을 느끼는 자까지 사라지고 나면, 거기에는 오직 중심의 광명(光明)만이 남게 됩니다.

탄트라에서 말하는 중심이란 자타일시성불도(自他一時成佛道)의 자리를 가리킵니다. 나와 너, 주체와 대상, 갑과 을로 나누어져 있던 것들이 하나로 합쳐지는 자리를 가리킵니다.

이윽고 그 자리에 당도하면 무한한 빛의 환희가 폭발하기 시작합니다.

아무 맛도 느끼지 못하는 무감각한 삶은 석상(石像)이 음식을 공양하는 것과 다를 바가 없습니다.

싱싱하고 발랄하게 지금 이 순간을 맛보며 춤추고 약동할 수 있다면, 우리는 모든 인과율을 벗어나서 중심에 더욱 가까워지게 될 것입니다.

백장 선사께서는 다음과 같이 말씀하셨습니다.

"부처라는 결과 속에는 중생이라는 원인이 들어 있고, 중생이라는 원인 속에는 부처라는 결과가 들어 있다. 그러므로 보살은 차마 성불하지도 아니하고 차마 중생이 되지도 않으며, 차마 계율을 지니지도 아니하고 차마 파계(破戒)를 하지도 아니한다. 그러하기에 계율을 지키지도 아니하고 범하지도 아니한다고 하는 것이다."

지금 여기가 중심이다

빛의 샘, 복의 근원

백장이 마조 선사의 시자(侍子)가 되어 길을 가고 있었습니다. 마침 물오리 떼가 끼룩끼룩 울며 하늘을 날아가는 것을 보고 마조 선사가 물었습니다.

"저게 무슨 소리인가?"

"물오리 소립니다."

한참 있다가 다시 마조가 물었습니다.

"아까 그 소리는 어디에 있느냐?"

백장은 아무 생각 없이 대답했죠.

"날아갔습니다."

그러자 마조는 돌아서면서 있는 힘을 다하여 백장의 코를 잡아 비틀었습니다.

"아이고! 아파라!"

백장이 아파서 소리쳤죠.

"이래도 날아갔다고 말할 테냐? 그들은 처음부터 '지금 여기'에 있었다."

백장은 마조의 그 말에 처음 깨치고, 그 다음 마조가 '할(喝)!'하는 데서 크게 깨쳤다고 합니다.

선에서는 '지금 여기!'가 마음의 중심입니다.

마조 선사의 가르침은 이러한 것이지요.

물오리는 모두 어디로 날아갔는가?

날아갔다고 생각하는 것은 그대의 마음일 뿐이다.

여전히 그대의 중심은 지금 이 순간 속에 있다.

백장 선사는 제자들에게 "하루 일하지 않으면, 하루 먹지 말라![一日不作 一日不食]"고 가르쳤으며 죽을 때까지 몸소 실천하였다고 합니다.

그는 노구를 이끌고 하루도 쉬지 않고 밭을 매었습니다.

제자들은 그런 늙은 스승을 보는 것이 안쓰러웠겠죠. 보기에 하도 딱해서 하루는 호미를 감추었더니, 백장은 그날 하루 종일 굶었다고 합니다.

무지한 제자들은 백장이 뙤약볕 아래에서 밭을 매는 모습을 보며 안타까워했겠죠. 하지만 백장은 명상을 하고 있었습니다. 밭을 매고 잡초를 뽑는 일은 백장에게는 하루도 빼놓을 수 없는 최고의 명상이었습니다. 제자들이 보기에는 늙은 노인이 힘든 노동을 하고 있을 뿐이었지만, 백장 선사는 자신의 중심에서 고요하게 '안거(安居)'하고 있었지요.

그가 세운 '백장청규(百丈清規)'는 지금까지 중국, 한국, 일본 등시에서 선원(禪院)의 기본 규칙이 되고 있습니다.

백장 선사의 법을 이어 받은 황벽(黃蘗: ?~850)은 여러 곳을 편력하다가 용흥사(龍興寺)에 머물면서, 청소와 허드렛일을 하며 밥을 얻어먹고 있었습니다. 그는 늘 자신을 숨기고 남들 앞에 나서지 않았습니다. 그것을 선가에서는 보임(保任) 공부라고 합니다. 스승에게 깨달았다는 인가(認可)를 받은 뒤, 다생(多生)의 습기(習氣)를 제거하기 위해서 숲속이나 토굴에 자취를 감추고 은자(隱者)가 되어 사는 것을 말합니다.

하루는 홍주자사 배휴(裵休)가 용흥사에 왔다가, 벽에 걸린 화상(畵像)을 보고는 안내하는 승려에게 물었습니다.

"저것이 무엇이오?"

"어느 고승(高僧)의 상입니다."

그러자 배휴는 거만하게 다시 물었습니다.

"형상은 볼만하다마는…… 그 고승은 지금 어디에 있소?"

안내하던 승려가 우물쭈물하며 대답을 하지 못하자 배휴

는 다시 다그쳤습니다.

"이 절에는 선사가 없소?"

"근래에 한 스님이 와 계시는데, 선사같이 보이긴 합니다만 저도 잘 모르겠습니다."

그러자 배휴는 그 선사를 불러오라고 지시하였습니다.

황벽이 오자, 배휴는 똑같이 물었지요.

"형상은 볼만하다마는…… 고승은 어디에 있느냐?"

그때 황벽이 벼락같이 소리쳤습니다.

"배휴!"

배휴는 깜짝 놀라서 얼떨결에 "예!" 하고 대답했습니다.

그러자 황벽은 틈을 주지 않고 물었습니다.

"배휴는 '지금 어디'에 있소?"

그 말에 배휴는 깨달음을 얻어서 황벽에게 귀의를 하였습니다. 그 후 배휴의 간청에 의해 황벽은 개원사(開元寺), 대안사(大安寺)에 머물면서 크게 가르침을 폈다고 합니다.

그대는 지금 어디에 있습니까?

우리 모두는 지금 이 순간 중심 속에 있습니다.

『금강경』 제18분에 나오는 '과거심 불가득 현재심 불가득 미래심 불가득(過去心 不可得 現在心 不可得 未來心 不可得)'이

라는 말씀의 의미가 무엇이겠습니까?

어떠한 마음도 얻거나 집착하거나 소유할 수 없다는 말씀입니다. 마음으로 얻으려고 하는 것은 허망한 그림자놀이에 불과하므로, 그 마음의 중심으로 돌아가라는 뜻이지요.

그렇다면 그 마음의 중심-무심은 어디에 있습니까?

그것은 바로 지금 여기 이 순간 속에 있습니다.

선에서 가리키는 '지금 여기!'와 비슷한 이론을 설파한 심리학자가 있습니다. 바로 아들러(Alfred W. Adler : 1870~1937)가 그 사람이죠.

그런데 아들러의 '지금 여기!'는 임시방편에 불과할 뿐입니다. 당장 눈앞에서 벌어지고 있는 불행을 회피하고자, 지금 여기에 있는 행복 속으로 숨어버린다는 잔머리 전략이죠.

우리의 마음은 항상 반쪽만을 선택합니다.

좋다 혹은 나쁘다, 행복 혹은 불행, 있다 혹은 없다! 이런 식으로 말이죠. 선택하는 것은 곧 속박이 됩니다.

'향상인(向上人 : 욕망을 초월해서 나아가는 이로 작가 선지식을 가리킴)'의 궁극의 한 수는 바로 '무선택'입니다. 어느 쪽의 마음도 선택하지 않을 때, 그는 양극의 마음들로부터 벗어나서 무한한 붓다의 하늘 속으로 비상하게 되는 것입니다.

아들러처럼 지금 여기에 있는 행복을 택하는 것은 반쪽을 선택하는 일이 될 뿐입니다. 그것은 불행을 택하는 것과 똑같은 결과를 가져옵니다.

선과 탄트라 명상에서의 '지금 여기!'는 아무런 마음도 선택하지 않는 것을 가리킵니다.

행복도 선택하지 않고 불행도 선택하지 않을 때!

그 자리는 바로 중심-무심의 자리가 되는 것입니다.

그 자리가 바로 본래의 바탕자리[本地]이며, 선하(禪河)의 가장 깊은 곳이며, 해인삼매(海印三昧)의 광채가 일어나는 자리인 것이죠.

무착(無着)이라는 승려가 청량산(淸凉山: 오대산의 별칭)을 유람하던 도중에 어느 황량하고 외딴 곳에 이르게 되었다고 합니다. 그때 문수보살이 하나의 사찰을 화현(化現)케 하여 그를 맞이했다고 합니다. 그러자 그가 물었죠.

"여기서는 불법을 어떻게 수행하는지요?"

문수보살이 대답했습니다.

"범부와 성인이 함께 있고, 용과 뱀이 뒤섞여 있다."

"대중이 얼마나 됩니까?"

문수보살이 다시 대답했습니다.

"앞도 삼삼 뒤도 삼삼[前三三 後三三]이지."

여기에서 말하는 '전삼삼 우삼삼'이란 조주 선사의 '진주에서 나는 큰 무'라는 화두처럼, 맛없는 말로 묻는 이의 입을 막아버리는 방편입니다.

애꾸눈이었던 명초덕겸(明招德謙: 생몰년 미상) 선사는 그 뜻에 대해 이렇게 노래했다고 전해집니다.

> 사바세계 두루두루 훌륭한 가람
> 어디를 둘러보아도 모두 문수가 이야기를 하고 있는 자리이네
> 하지만 문수의 말에서 부처의 눈을 열 줄 모르고
> 돌아서서 그저 푸른 산 바위만 바라보네

욕망이라는 무거운 짐을 벗어버리기만 하면, 바로 그 자리가 문수보살이 이야기를 하는 자리가 됩니다. 마음이라는 굴레를 벗어버리기만 하면, 바로 지금 이 자리에서 붓다가 출현하게 됩니다.

무착이 말없이 하직하려 하자 문수보살은 균제동자(均堤童子)에게 그를 전송하도록 했습니다.

그러자 무착이 동자에게 물었죠.

"여기가 무슨 절인가?"

동자가 대답 대신 금강역사(金剛力士)의 뒤를 가리켰습니다. 무착이 고개를 돌리는 찰나에 동자와 함께 화현으로 나타났던 절이 모두 사라지고 그의 눈앞에는 오로지 텅 빈 골짜기만이 있을 뿐이었습니다.

이 이야기는 어떠한 마음도 선택하지 아니하고 불법(佛法)

마저도 구하지 않는다면, 무착이 서 있는 그 빈 골짜기가 바로 서방극락(西方極樂)이라는 뜻입니다.

무착이 문수보살을 만났던 그 자리를 후세 사람들은 금강굴(金剛窟)이라 불렀다고 합니다.

자신의 마음을 잘 관찰해 보십시오. 마음은 항상 곤란한 상황을 피해가려고만 합니다. 그래서 길이 막혔다고 생각되면 재빨리 다른 생각의 자동차로 갈아타버립니다.

하지만 생각은 생각일 뿐 생각만으로 곤란한 지경을 면할 수는 없습니다.

명상 수행자들은 자각의 눈을 부릅뜬 채로 '지금 여기에' 버티고 있는 마음의 난관을 용맹하고 초연하게 통과해서 지나갑니다. 명상은 생각의 차원에서 실재의 차원으로 의식의 헤드라이트를 전환하는 것입니다.

운암(雲巖: 782~841) 선사가 찻물을 끓이고 있는데, 한 승려가 와서 물었습니다.

"스님! 지금 여기서 무엇을 하고 계십니까?"

"찻물을 끓인다."

"누구를 주려고 찻물을 끓이십니까?"

"어떤 한 사람이 달라고 해서……."

"그럼 그 사람더러 끓이라고 하시지 왜 직접 끓이십니까?"

그러자 운암 선사가 대답했습니다.

"마침 그 사람이 내 속에 있거든."

여기에서 그 사람은 '내면의 중심에 안거하고 있는 관조자'를 가리킵니다.

백장 대사께서는 말씀하셨습니다.

"그에게는 자기 살림이 없다."

본래의 자리에서 편안하게 쉬고 있는 사람에게 주변을 스쳐 지나가는 것들은 모두 바람의 언어일 뿐입니다. 그에게는 어떠한 마음도 없고 아무런 법도 없습니다.

카메룬의 한 부족 마을이 TV에 방영되는 것을 보았습니다.

기린과 얼룩말이 살아가는 초원 한복판에서, 그들은 마치 동물들처럼 자연과 어울리며 조화롭게 살아가고 있었죠. 마침 건기로 접어들어 강물이 마르자, 마을의 우물물도 흙탕물이 되어버렸지만, 그들은 개의치 않고 그 물을 달게 마셨습니다.

마을에는 얼기설기 나뭇가지로 울타리를 만들어 세운 조그만 흙 마당이 있었는데, 그 흙바닥에 맨발의 아이들이 주저앉아 공부를 하고 있었습니다. 그 곳은 바로 학교였죠. 낡고 해진 교과서는 딱 한 권밖에 없었습니다. 그런데도 아이들의 얼굴에는 불평 하나 없이 밝고 천진무구하기 이를 데가 없었습니다.

집에서는 젖먹이를 업은 엄마가 곡식 낟알을 절구에 빻아서 가루를 만들고 있었습니다. 그리고 그것을 그을음이 새카맣게 달라붙어 있는 냄비에 넣고 저어서 대충 익히기만 하면 요리 끝이었습니다. 고만고만한 코흘리개 아이들이 무려 일곱 명이나 되는 대가족이 흙바닥에 앉아서 그 요리를 맨손으로 먹는 장면은 눈물겨웠습니다. 반찬은 단 한 가지도 없었지만, 그들은 지상에서 가장 맛있는 만찬을 즐기고 있었죠.

초원에 붉은 노을이 짙어지자 마을 사람들이 너른 마당으로 몰려들었습니다. 그들은 곧 노래를 부르며 춤을 추기 시작했습니다. 15세 전후의 눈동자가 초롱초롱한 소녀들이 정구공처럼 탄력 있는 유방을 찰랑거리면서, 메마른 초원을 황금빛으로 수놓아가고 있었죠. 그들은 매일 저녁을 먹고 나면 삶의 축제를 벌인다고 했습니다.

아프리카의 축소판이라고 불리는 카메룬, 그 중에서도 가난하기 짝이 없는 소수부족 마을의 사람들이 벌이는 그 축제야말로 지상 최대의 축제가 아닌가 하는 생각이 들었습니다. 그들은 명상이 무엇인지 들어본 적도 없을 터이지만, 제가 보기에는 바로 그들의 삶이야말로 참다운 명상의 삶이었습니다.

명상의 삶은 즉각적으로 눈앞에서 벌어지고 있는 지금 이

'무선택의 순간'을 즐기는 것입니다.

우리는 욕망이라는 거미줄에 걸려서 날개를 파닥이는 나방과 같습니다. 저 창공 속으로 날아오르려면 지금 이 자리에서 당장 그 거미줄을 벗어나는 것이 최선책입니다. 하지만 마음은 우리들에게 늘 이렇게 속삭이죠.

'오늘까지만 이 달콤한 욕망 속에 매달려 있자. 그 일은 내일 해도 되지 않는가?'

평생 동안 같은 자리를 맴돌며 우물쭈물하다가 자신에게 찾아온 시절인연에게 종언을 고하고 말죠. 우리가 육신을 받고 있는 이 절호의 기회는 이번 단 한 번뿐인지도 모릅니다.

일본의 한 지방 번주(藩主)가 다쿠앙[澤庵: 1573~1645. 일본 에도시대의 선승] 선사를 찾아와 물었습니다.

"하루를 어떻게 보내야 무료하지 않겠습니까?"

번주의 일과는 하루 종일 방안에 앉아서, 지방 인사들을 접견하는 일이었습니다. 그러다 보니 살아가는 것이 따분하기 그지없었죠.

이에 다쿠앙은 시 한 수를 지어 번주에게 주었습니다.

오늘은 둘이 아니요
시간 시간은 모두가 보석이네
오늘은 두 번 다시 오지 않고

순간순간은 값을 매길 수 없는 보석이네

삶의 강물은 언제나 새롭게 흘러갑니다. 우리도 강물처럼 지금 이 순간을 축제로 만들고, 지금 이 순간을 황금의 순간으로 만들어야만 합니다. 그리하면 내일은 저절로 더욱 빛나는 황금의 축제가 될 것입니다.

그 명상의 축제는 지금 이 순간을 통해서 무한하게 성장하고 진화할 것입니다.

종교와 선

종교는 신에게 기도하며 예배를 드리는 일입니다.

종교인들이 기도를 할 때, 그들은 신과 대화를 하며 교감을 시도합니다.

"자비로운 신이시여! 오늘도 일용할 양식을 주시니 감사하옵나이다. 오늘도 무사히 잘 보살펴주시고, 저와 가족에게 행운과 만복을 내려주시옵소서! 그리고 혹시라도 오늘 제가 죽게 되거들랑 잊지 마시고 꼭 천국으로 불러주시길 진심으로 기도드리옵나이다."

기도 속에는 신이 있고, 내가 있습니다. 그리하여 일시적으로 행운이 찾아오면 그것은 신이 응답을 한 것이라고 생각을 합니다.

하지만 탄트라 명상이나 선에서는 기도라는 것이 없습니다. 탄트라 명상과 선은 기도로부터 한 계단을 더 높이 올라갑니다.

선에서는 주체[I]와 대상[you]이 사라질 때, 나[我]와 신이라는 구별이 사라질 때 각성의 등불이 켜지기 때문입니다.

신과 나와의 통합, 너와 나의 통합을 이루는 기술이 바로 탄트라 명상이며 선인 것이죠.

그런 이유로 선과 탄트라에서는 신이라는 말 대신에 '무'라는 단어를 사용합니다.

그 이유를 아시는지요?

신이라는 말을 한 번 사용하고 나면, 사람들은 그것을 붙들고 늘어지기 때문입니다.

신상(神像)은 어떻게 만들고 그림은 어떻게 그릴까요?

신의 이름은 뭐라고 지을까요?

신을 모시는 사원은 어떻게 지을까요?

경전은 어떻게 결집할까요?

어떤 이론과 계율을 만들어낼까요?

사람들은 곧바로 내가 맞다 네가 틀렸다 하면서 서로 삿대

질을 하며 싸우기 시작하지요. 나의 신만이 옳고 너의 신은 비천한 사기꾼이다. 급기야 그들은 전쟁을 일으킵니다.

그러나 무에 대고는 뭐라고 말할 수 없습니다.

기도할 수도 없고, 복이나 소원을 빌 수도 없고, 이렇게 저렇게 해달라고 간청하거나 요구할 수도 없습니다.

무 앞에서는 침묵할 수밖에 다른 도리가 없지요.

무 앞에서는 경전도 필요 없고, 불상도 승려도 사원도 필요 없습니다.

선에서 말하는 무는 단순한 무가 아닙니다.

그것은 있다 없다 하는 것을 의미하는 것이 아닙니다.

그것은 일체(一切)를 가리킵니다.

무한한 가능성, 지고(至高)의 자비를 가리킵니다.

어떤 학자들은 선을 '불교에 대한 반역'이며 또한 탄트라를 '종교에 대한 혁명'이라고 합니다. 하지만 자이나교나 불교는 탄트라로부터 시작되었죠. 선과 탄트라는 반역이 아니라 원류(源流)라고 하는 것이 맞을 것입니다.

이 세상에는 두 종류의 종교가 있습니다.

기도에 기초를 두는 종교와 탄트라에 기초를 두는 종교가 그것이죠.

기도에 기초를 두는 종교는 신이 하늘 위에 있다고 믿습니다. 그를 만나려면 우리가 죽어서 하늘 위로 올라가야만 하죠. 그래서 사람들이 할 수 있는 일이란 오직 기도를 하는 일뿐입니다.

"신이시여! 부디 우리에게 당신의 복을 내려주소서! 우리가 죽으면 당신 곁으로 불러주소서."

한편 탄트라를 기반으로 하는 종교는 신이 우리의 내면에 잠들어 있다고 보고 있습니다. 그래서 스스로의 노력에 의해서 '자신의 신'이 깨어날 수 있다고 믿습니다.

기도하는 자는 두 손을 모으고, 축복의 나팔을 불며 천사가 강림하기를 기다립니다.

그러나 명상 수행자는 자신의 신을 깨우려고 부지런히 수행을 합니다.

명상 수행자들에게 관세음보살은 저 극락에 있는 존재가 아닙니다. 그는 부처의 화신이며 인간의 내면에 깃들어 있는 부처의 상징일 뿐입니다. 또한 명상 수행자들은 자신 속에 신이 있다고 보기 때문에, 자신의 삶 속에도 신이 존재한다고 믿습니다. 그들에게는 모든 곳에 신이 존재합니다. 신이 발견되지 않는 곳이란 어디에도 없죠. 풀꽃과 새들 속에도 신이 들어 있습니다. 동물들 속에도 불성(佛性)이 들어 있습니다. 심지어는 음식과 음료수 속에도 신이 들어 있습니다.

반면에 신이 저 높은 하늘 꼭대기에 있다고 믿는 사람들에게는 자신을 저급한 존재로 보거나 죄인으로 보는 시각이 생겨납니다. 낮은 곳에는 신이 존재하지 않기 때문이죠. 그리하여 심리적으로 자기를 비난하는 마음과 죄의식이 생겨납니다. 스스로 죄인이 되어 묶여버리는 것입니다.

이것은 참으로 어리석고 불행한 일이 아닐 수 없습니다.

이슬람교도들은 자신 속에 신이 깃들어 있다고 주장하는 사람들을 강력하게 처벌합니다. 그들은 신과 인간이 똑같을 수 없다고 믿기 때문입니다. 그들의 신은 저 높은 곳에 있고, 인간들은 여기 땅바닥에서 어물거리며 살아가고 있기 때문입니다. 인간은 저급한 피조물에 불과하다고 보기 때문에, 그들은 수피(Sufi: 명상을 주로 하는 이슬람 종파의 수행자)들을 비난하고 처형해 버리죠.

원을 그리며 빙빙 도는 수피 댄스는 본래 자신의 중심을 발견하기 위한 탄트라 방편입니다.

수피 댄스를 추다가 자신도 모르게 '자신의 중심'을 발견하고 황홀경에 빠졌던 수피들은 이렇게 외쳤죠.

"내가 바로 하느님이다!"

그들은 곧바로 신성 모독죄로 불태워져 죽임을 당했습니다.

신을 천상의 보좌 위에 앉혀놓은 종교에서는, 지상에서의 삶이란 보잘것없는 것이 됩니다. 삶은 죄악이며 인간이 이 세상에 태어난 것조차도 과거에 지은 죄업(罪業)의 결과가 되어버리죠.

하지만 걱정할 것은 없습니다. 과거에 저지른 죄업으로 인하여 응당 자신이 죄인인 줄만 알고 있었던 사람들도 자신의 중심을 발견하게 되면 세상의 이름난 성자(聖者)들보다 더 큰 기쁨과 한량없는 보답을 얻게 되니까요.

성서를 보면 두 아들에 관한 아름다운 우화가 나옵니다.

첫째 아들은 얌전하고 성실하며 부지런해서 매우 모범적인 타입이었습니다. 그런데 껄렁거리는 기질이 있는 둘째 아들은 일찌감치 자기 몫의 상속 재산을 챙겨 가지고 대도시로 나가죠. 그런데 이 어리석은 녀석은 술과 여자로 순식간에 큰돈을 다 써버리고, 남의 집 돼지우리에서 돼지가 먹던 먹이로 겨우 주린 창자를 채우다가, 어쩔 수 없이 집으로 되돌아오게 됩니다.

"아버지. 저는 아버지가 주신 재산을 몽땅 말아먹었습니다. 제가 어리석었습니다. 저를 용서해 주십시오."

둘째는 눈물을 흘리며 참회했습니다.

그러자 아버지가 집안사람들에게 말했죠.

"자, 이 경사를 축하하자! 제일 살찐 양을 잡고, 제일 잘 익은 포도주를 꺼내 오너라. 타락했던 내 아들이 돌아온 것을 기념하기 위해 마을 사람들을 불러모아 잔치를 벌이자."

아버지는 탕자에게 새 옷을 입히고 금반지까지 끼워주었습니다.

큰아들은 양떼를 치고 있다가 이 소식을 듣고는 발끈했죠.

'나는 아버지의 말에 순종하면서, 열심히 양을 쳐서 재산을 불렸다. 그런데 아버지는 나를 위해서는 단 한 번도 양을 잡은 적이 없고, 잔치를 연 적도 없었다.'

그는 아버지에게로 달려갔죠.

"아버지! 나쁜 길에 빠져서 재산을 홀랑 탕진하고 돌아온 녀석에게 뭘 잘했다고 잔치까지 열어주는 것입니까?"

아버지가 말했습니다.

"너는 항상 나와 함께 있지 않았느냐? 그러니 잔치를 열 필요가 없었다. 그러나 네 아우는 방탕한 생활을 청산하고 집으로 돌아왔다. 이것은 잃었던 양을 다시 되찾은 것과 같으니 마땅히 축하를 해야 하지 않겠느냐?"

이 우화가 우리에게 던져주는 교훈은 참으로 의미심장합니다.

우리가 항상 옳고 바른길만을 간다면, 큰아들처럼 무미건조한 인간이 될 뿐이라는 것이죠. 항상 옳고 바른길만을 가는 사람은 영양가는 있겠지만, 아무 맛도 없는 음식처럼 그저 단순하고 착한 사람이 될 뿐이죠. 그는 굴곡이 없는 단조로운 음계의 멜로디 같은 삶밖에는 알지 못하는 멍텅구리에 불과할 뿐입니다. 한편 둘째 아들처럼 굴곡이 있는 자의 삶은 아이러니컬하게도 그 굴곡으로 인하여 삶에 깊이를 더해

주며, 삶을 더욱 신비롭게 만들어줍니다.

항상 같은 길, 옳은 길, 의로운 길만을 가는 성자와 출가수행자는 얼간이와도 같습니다. 그들의 삶은 향기가 없는 꽃과도 같습니다.

그러나 한 번 지옥의 구렁텅이에 빠졌다가 근근덕신으로 빠져나와 성자가 된 사람은 깊이 있고 진한 향기를 풍기게 됩니다. 고통스러운 경험을 통해서 그는 더욱 아름다워지고 밝은 지혜가 생겨나는 것이죠.

신이 하늘에 있다고 믿는 사람들에게는 이 세상이 잠시 머물다가 떠나가는 유형지(流刑地)와도 같습니다. 그들은 지금 형벌을 받고 있는 중이지요.

하지만 신을 자신의 내면에 있는 존재로 생각하는 사람들에게는 이 지상의 삶은 축복이 되고 은총이 됩니다. 삶의 가장 어두운 곳에도, 저급하고 비열한 인간의 내면 속에도 성스럽고 거룩한 신이 현존(現存)하고 있기 때문입니다.

묘하게 밝은 바탕에는 시작도 끝도 없다

신혼의
저녁을 맞는
신부처럼
명상하라

'작가(作家)'라는 말은 120세까지 살았던 것으로 유명한 조주 선사가 제일 먼저 사용한 선어(禪語)였습니다.

"필경공중에 불꽃을 건립하는 사람을 일컬어 작가라 한다[畢竟空中 熾燃建立 是作家]"라고 조주 선사가 말한 데서부터 비롯되었죠.

여기에서 필경공(畢竟空)이란 내면의 중심을 가리킵니다.

작가란 스스로 내면의 중심을 찾아낸 사람 즉 선지식(善知識)을 의미하죠.

그렇다면 어떻게 하여야 필경공에 도달하여 작가가 될 수 있겠습니까?

선사들은 신혼의 첫날밤을 맞는 신부처럼 명상을 하라고 했습니다.

결혼 첫날밤에 아마도 문에 빗장을 걸고 잠이 들어버리는 신부는 없을 것입니다. 언제 신랑이 문을 열고 방으로 들어올지 알 수 없으므로, 빗장을 풀어놓고 설레는 마음으로 깨어 있을 것입니다. 화병에는 신선한 꽃을 꽂아두고, 새로 만든 비단 이부자리를 마련해 두고 있겠죠. 모든 것을 받아들일 만반의 준비를 하고 있을 것입니다.

만약에 무궁무진한 행복과 신의 은총으로 가득한 신세계가 열리려고 하는 마당에, 꾸벅꾸벅 졸고 있다면…… 그러다가 잠이라도 들어버린다면, 모든 일은 허사가 될 것입니다.

우리는 잠에 취해서 내가 나인 줄로만 알고 여러 가지 꿈을 꾸며 살아가고 있습니다.

사업가는 자신이 사업가인 줄로만 알고, 정치가는 자신이 정치가인 줄로만 알고 있죠. 교수는 자신이 영원히 교수일 줄로만 알고 TV에 나와서 거들먹거리며 강의를 하고 있습니다. 명상가라는 자들은 가증스러운 웃음을 띠며 자신도 알 수 없는 얘기들을 늘어놓고 있죠. 대통령도 마찬가지로 자신이 대통령인 줄로만 알고 황소고집을 피워대고 있습니다.

그러나 판사에게서 판사라는 직함을 떼어내 보십시오.

국회의원에게서 금배지를 떼어내 보십시오.

예술가에게서 예술가라는 딱지를 떼어내 보십시오.

거기에 무엇이 남아 있겠습니까?

장군에게서 별이 달린 계급장을 떼어버린다면, 거기에는 부하 여군을 추행하려는 초라한 욕망에 휩싸여 있는 늙고 보잘것없는 사내밖에는 남지 않게 될 것입니다.

그들은 모두 자신이 누구인지도 모르는 처량한 존재로 전락하게 될 것입니다.

그들은 '주인이 누구인지 아무도 모르는 집'과 같습니다.

수많은 마음들이 거기 컴컴한 폐가에 모여서 득실거리고 있습니다. 아무도 주인이 누구인지 모르기 때문에, 자신이 주인인 줄로 착각을 하며 살아가고 있습니다.

그리고 어느 순간에 힘이 우세한 자가 나서서 자신이 주인인 체하는 것이죠.

분노가 강력하게 폭발하면, 분노가 그 집의 주인이 됩니다.

절망이 깊어지면, 절망이 그 집의 주인이 됩니다.

슬픔이 나타나서 슬픈 에너지를 가득 채우면 그 집은 슬픔의 영토가 됩니다.

그 아무도 누가 진짜 주인인지는 까맣게 모르고 있죠.

진짜 주인이 깊이 잠에 곯아떨어져 있기 때문입니다.

우리의 신부는 지금 여기에서 깊은 잠을 자고 있습니다.

그래서 예수 그리스도께서는 계속해서 '깨어나라!'고 외치고 있습니다.

부처님 역시 '각성하라!'고 끊임없이 외치고 있죠.

신부가 깨어나고 신랑이 방문을 열고 들어와 신부와 한 몸이 되는 황홀한 순간은 명상의 순간과 똑같습니다.

명상 상태에 이르게 되면, 우리의 육체 속으로는 '오르곤(Orgone)'이라 부르는 명상 에너지가 흘러가기 시작합니다.

사실 오르곤이란 학자들이 명명한 것이고 탄트라에서는 내면의 중심인 쿤다로부터 스스로 발원하는 그 신의 에너지를 '쿤달리니(Kundalini)'라고 부릅니다.

쿤달리니가 일어나기 시작하면 휴면 중이던 내분비선(內分泌腺)들이 활성화되고, 몸에는 화학적인 변화가 일어나게 됩니다. 마음의 질병들이 저절로 치유되고, 전에는 볼 수 없던 매혹적인 색채들을 보기 시작하며, 전에는 결코 느끼지 못한 향기, 들을 수 없던 미묘한 소리를 듣기 시작합니다. 말하자면 자신이 가지고 있던 능력을 뛰어넘는 초능력이 생겨나는 것입니다. 하지만 그것은 우리가 본래 가지고 있던 능력이죠. 다만 그동안 마음 때문에 솟아나지 못했던 능력의 샘물이 마음이 사라지고 나자 이윽고 솟구쳐오르기 시작하는 것입니다.

이때 만약에 당신이 학자라면 어려운 논문을 척척 써낼 수 있게 될 것이며, 꽉 막혀 있던 방정식이 술술 풀려나갈 것입니다. 작가나 시인이라면 아름다운 스토리와 귀신마저 감동시킬 수 있는 시를 쏟아내게 될 것이며, 음악가라면 세기적인 절묘한 음률을 만들어내게 될 것입니다. 또 IT 사업가라면 황금의 아이템들이 끝없이 샘솟아 오르게 될 것이며, 정치가라면 세상을 바꿀 수 있는 획기적인 정책과 아이디어들이 손금처럼 환하게 나타나게 될 것입니다.

이때가 되면 뇌세포, 혈액, 신경계, 내분비계 등 육체의 전반에 걸쳐 변화가 일어나게 되며, 대환희가 폭발하여 엑스터시(ecstasy)를 경험하게 됩니다. 무아지경(無我之境)에 빠져드는 것이죠.

이처럼 명상은 재미있는 놀이이자 축제입니다. 신혼살림을 차리는 것처럼 행복하고 황홀한 일이죠.

그런데 명상을 한다면서 심각하고 우울한 얼굴을 하고 있는 사람은 뭔가가 어긋나고 있는 것이라고 보면 틀림없습니다. 그는 명상을 하는 것이 아니라 마음이라는 마귀와 같은 침대에서 뒹굴고 있는 것입니다.

수행자들은 명상의 기적이 일어나기를 기다리지 않습니다. 선행을 했다고 보답을 기대하지도 않습니다.

보살은 보시를 베풀고 복덕을 짓지만 보답을 받고자 하는 생각이 손톱만큼도 없습니다.

보살은 복덕을 짓지만

탐착하지 않기 때문에

복덕을 받지 않는다고 하는 것이다.

菩薩 所作福德 不應貪着 是故說不受福德
보살 소작복덕 불응탐착 시고설불수복덕

—『금강경』 제28분

만일 보답 받고자 하는 마음이 있다면, 그것은 장삿속일 뿐이죠. 명상에서 나오는 사랑의 행동은 의무적으로 행하는 것이 아니며, 조건이 있는 것도 아닙니다. 따라서 그 행동은 천 배 만 배의 복덕이 되어 다시 되돌아오게 됩니다.

자비의 행동-명상의 행동은 그 자체로 무한한 축복이며 복덕이라는 뜻입니다.

스스로를
비추는
등불이 되라

석가모니 부처님은 "그대 자신을 비추는 등불이 되라!"고 하셨습니다.

그렇다면 어떻게 하여야 스스로 등불이 되어 자신을 비출 수 있겠습니까?

스스로의 등불이 되라는 것은 먼저 자신의 마음을 잘 관찰하라는 뜻입니다. 자신의 마음이 오고가는 것을 집착 없이 관하는 사람은 내면에 빛이 생겨나게 됩니다. 그 내면의 빛은 마치 캄캄한 방안에 불이 켜지는 것과 같습니다.

그런데 저절로 등불이 밝혀지는 이 원리를 이해하지 못한다면, 그 등불은 결코 밝혀질 수 없다는 것을 기억해야만 합니다.

선이나 명상을 하면서, 막연히 눈앞에 빛이 보이는 것처럼 생각되는 것은 망상에 불과하다는 것입니다. 눈앞에 어른거리는 잔영들을 보며 자신이 빛을 보고 있다고 생각하고 있을 뿐인 것입니다.

우리가 촛불을 바라보며 명상을 할 때, 우리는 자신이 촛불을 바라보고 있다고 생각을 합니다. 하지만 생각으로만 촛불을 바라보고 있을 뿐, 거기에 '바라보고 있는 자[觀照者]'는 부재(不在)하고 있는 상태입니다. 생각에 이끌려서 엉뚱한 곳에 가 있는 것입니다. 겉으로는 촛불을 바라보고 있는 것처럼 보이지만, 속으로는 저 천만 리 밖에 있는 동굴에서 아리따운 금발의 아가씨와 살림을 차리고 있는 중이죠.

그런데 촛불을 바라보고 있는 자와 촛불 사이에 마음의 흐름이 정지해 버렸다면, 촛불을 바라보고 있던 그 '바라봄[觀照]'의 에너지는 뒤로 튕겨져 나와서, 바라보고 있던 자에게로 되돌아오게 됩니다.

이런 과정을 통해서 소위 오라(aura)가 나타나게 됩니다. 이것을 선에는 '등불이 켜졌다'라고 합니다. 그 빛은 관조가 깊어질수록 더욱 더 밝아져 가게 됩니다. 예수 그리스도나 붓다들의 광배(光背)는 이것을 상징하는 것입니다.

하지만 그 빛은 마음의 눈으로는 결코 볼 수 없습니다. 마음이 속삭이는 소리에 속아 넘어가지 마십시오.

마음은 계속해서 속삭입니다.

"나는 빛을 보았다! 내면에 등불이 켜졌다!"

또 마음은 이렇게도 유혹을 하지요.

"나는 깨달음을 얻었다!"

하지만 깨달음이란 말로 지껄일 수 있는 것이 아닙니다. 모두가 마음이 벌이는 속임수입니다.

만약에 '내가 깨달음을 얻었다!'라고 주장하는 사람이 있다면, 그 사람은 깨달음과는 전혀 관련이 없다고 보아도 무리가 없을 것입니다. 그것은 소경이 등불을 들고 밤길을 가며 빛을 보았다고 말하는 것과 똑같은 주장이기 때문입니다.

이윽고 촛불과 바라봄과 바라보는 자가 하나로 합쳐지는 그 과정은 하나의 원을 이루게 됩니다. 이것을 선에서는 '회광반조(回光返照)'라고 부릅니다.

그 대상이 소리일 경우에는, 소리와 듣고 있는 자 사이에 아무런 '사념의 흐름'도 없는 상태가 된다면, 그 '듣고 있음'은 그 소리를 듣고 있던 자[本性]에게로 메아리처럼 되돌아오게 됩니다. 그 과정 역시 원을 그리게 됩니다. 이것을 『능엄경』에서는 '반문문성(反聞聞性)'이라 합니다. 여기에서 성(性)이란 자신의 중심 즉 자신의 불성을 가리킵니다. 그것을 선에서는 자성(自性)이라고 부릅니다.

모든 시선과 빛과 소리는 되돌아옵니다.

모든 생각과 느낌과 판단은 반사되고 반영됩니다.

선사들은 이렇게 말합니다.

"나는 배고프면 밥 먹고 졸리면 잠을 잔다. 무슨 일이 일어나든지, 거기에 마음은 없다!"

어떤 행위를 하든지 거기에 생각과 마음이 끼어들지 않으면, '원(圓)의 거울-선(禪)'이 완성됩니다. 거기에는 더 이상 마음이라는 그림자가 남아 있지 않게 됩니다. 이것은 탄트라의 '빛과 함께하는 명상', 또 '소리를 통해서 중심으로 들어가는 방편'의 이치와 동일합니다.

원의 거울이 되는 것을 중국선의 제3조인 승찬(僧璨: ?~606) 대사는 일원상(一圓相)이라 하였습니다. 그는 그의 저서 『신심명(信心銘)』에서 그것을 이렇게 설하였습니다.

"허공같이 두렷하여 모자랄 것도 없고 남을 것도 없다[圓同太虛 無欠無餘]. 마음이라거나 성품이라거나 진리[法]나 도라고 억지로 이름을 붙였지만, 어떤 이름도 맞지 않고, 무슨 방법으로도 그 참 모양을 바로 말할 수 없다.

그것은 무한한 공간에 가득차서 안과 밖이 없으며, 무궁한 시간에 사뭇 뻗쳐서 고금(古今)과 시종(始終)이 없고, 크다 작다 높다 낮다 시비할 수 없으며, 거짓되다 참되다 망령되다

거룩하다고 차별을 붙일 길이 없으므로, 어쩔 수 없이 동그라미로서 표시하는 것이다.

아무리 애를 써도 전체를 그릴 수가 없기 때문에, '입을 열기 전에 벌써 그르쳤다[未開口錯]'고 하는 것이며, '알거나 알지 못하는 데 있지 않다[道不屬知不知]'라고 한다.

깨쳐서 부처가 된다 하지만, 깨친 바가 있다면 부처가 될 수 없다. 그리하여 '석가여래도 몰랐고, 모든 조사들이 그 법을 전하거나 받지 못한다'고 하는 것이다."

마음이 과거나 미래로 가지 않을 때, 에너지의 누출 현상이 중단되면서 중심에는 엄청난 명상 에너지가 비축됩니다. 그리하여 그 에너지가 충만해지게 되면 '불의 원'을 이루게 됩니다. 그리고 그때 마음 전체가 무너지고 지혜의 램프에 불이 켜지게 됩니다.

자기 자신으로부터의 혁명

우리는 스스로에 대하여 '이러저러한 것이 나[自我]다!'라고 하는 일정한 상(像)을 가지고 있습니다. 사람들은 그것이 자신의 정체성인 줄로 알고 있지만 그러한 이미지(image)가 바로 마음입니다.

『금강경』에서는 그러한 마음을 4가지로 분류하고 있습니다. 아상(我相), 인상(人相), 중생상(衆生相), 수자상(壽者相)의 사상(四相)이 그것이죠.

나라는 생각, 내가 이러저러한 사람이라는 생각, 중생과 부처가 따로 있다는 생각, 그리고 수명(壽命) 혹은 영혼이나 정령(精靈)이 있다는 생각.

그 모든 것이 다 미혹된 마음이며 망상꾸러기입니다.

어느 날 갑자기 스승이 몽둥이로 우리의 머리를 후려치면, 우리는 깜짝 놀라서 그 미몽(迷夢)으로부터 깨어나게 됩니다. 자신에 대한 이미지가 깨어져버리는 것이죠.

우리는 자신을 죄인이라고 생각하거나, 혹은 대단한 사람이라고 생각하지요. 그러한 어리석은 꿈, 그 황당한 이미지로부터 벗어나기 위한 방편!

이것이 바로 명상입니다.

자신에 대한 이미지를 버릴 때, 우리는 자신이 누구인지 알게 됩니다.

자신의 중심에 있는 빛의 샘!

자신의 중심에 있는 붓다에 대해 알게 되는 것이죠.

그리하여 내면에 있는 자신의 '본래면목(本來面目)'을 깨닫게 되면, 그 사람은 완전히 새로운 존재로 거듭 태어나게 됩니다. 옛 사람은 사라지고, 본 적도 없고 들은 적도 없는 '자성불(自性佛)'이 출현하게 되는 것입니다.

티베트의 수행자들이 오체투지를 하는 것은 죽어서 극락에 태어나기 위해서가 아니라, 낡은 자신을 버리고 새로운 자신을 영접하기 위한 것입니다.

그런데 그렇게 하기 위해서는 백척간두진일보(百尺竿頭進一步)의 용맹심을 불러일으켜야만 합니다.

입으로는 용맹정진을 한다고 하면서도 아무 생각도 없이 멍하게 앉아 있는 사람들이 있습니다.

그것을 무심이라고 오해하지 마십시오.

선가에서는 그런 것을 가리켜 '무기(無記)'에 빠졌다고 하며, '허무의 도'에 빠졌다고도 합니다.

그것은 '림보(limbo: 망각의 구렁텅이. 연옥)'에 빠져버린 상태입니다. 만약에 자신이 거기에 빠져 있다면 얼른 깨어나는 것이 상책입니다.

인간이라면 누구나 과거를 가지고 있습니다.

그리고 8만 4천 가지 번뇌는 그 과거로부터 생겨납니다.

'트라우마(trauma: 영구적 상처를 남기는 심리적 외상)' 역시 과거로부터 생겨난 것입니다.

그런데 자신이 가지고 있는 그 번뇌와 상처에 대해 단 한 번이라도 자세히 관찰해 본 적이 있으십니까?

자신을 불태우고 지옥으로 밀어넣는 분노에 대해서 관찰해 본 적이 있습니까?

세간의 관심을 불러일으켰던 조 아무개 대한항공 부사장

의 이야기를 되짚어보겠습니다.

매스컴에 의하면 그녀가 상황을 난마처럼 뒤엉키게 만든 것은 '분노 조절장애' 때문이라고 했습니다. 정신과 의사들은 '외상 후 격분장애(post-traumatic embitterment disorder)'라고 하더군요.

심리적 외상이든 마음의 상처이든 스트레스든 그것들은 모두 심인성(心因性) 질환입니다. 마음 속에서 주체와 대상, 즉 갑(甲)과 을(乙)이 서로 충돌을 일으키기 때문에 생겨나는 것이죠.

아상이 주동이 되어서 모든 것을 아수라장(阿修羅場)을 만들고 있는 것입니다. (『금강경』 제14분 참조)

따라서 심리적으로 분노를 조절하거나 치유한다는 것은 임시로 돌려막기를 하는 것에 불과합니다. 근본적인 치유는 명상에 의해 그 뿌리를 뽑아야만 가능합니다.

선각자들의 통찰에 의하면, 번뇌나 분노는 실재하는 것이 아닙니다. 그런데도 우리는 부재하는 그것을 붙잡고 있으며, 소유하고 있습니다. 그 분노와 상처를 나의 것이라고 생각하고 있는 것입니다.

"내 아버지가 회장이고, 나는 부사장인데 너희가 감히 나에게 이런 식으로 땅콩을 대접해? 이런 새대가리 같은 작자들!"

꾸역꾸역 독한 연기를 내뿜으며 분노가 일어납니다. 그때 그 분노를 방사해 버리면, 그 즉시 이 세상은 화염지옥이 되어버립니다. 그리고 자신이 방사한 그 화염은 고스란히 자기 자신에게로 되돌아오고 맙니다.

김정은이라는 철없는 사내가 자신의 고모부나 고위관리들을 고사기관포나 화염방사기로 처형해 버리고 나면 그것으로 모든 상황이 종료되는 것이 아닙니다. 그 에너지는 다시 자신에게로 원을 그리며 되돌아오게 됩니다. 이치가 그러하므로 바야흐로 그는 바로 자기 자신에게 기관총을 난사하고 있는 것과 마찬가지인 것입니다.

그런데 바로 그때 그 분노를 자신에게 찾아온 손님으로 생각해 보십시오. 그리고 그 분노로부터 한 발자국 물러나 보십시오. 그러면 자연스럽게 그 분노는 자신으로부터 분리됩니다. 이것은 조절하거나 치유하는 문제가 아닙니다.

분노의 구름은 오고 갑니다.

하지만 우리의 내면은 오지도 않고 가지도 않습니다.

분노의 먹구름은 내면의 하늘을 오염시킬 수 없습니다.

우리의 내면은 언제나 '타불라 라사(tabula rasa : 아무런 경험도 새겨지지 않은 정신의 백지 상태)'입니다.

그런데 우리들의 마음은 항상 검은 구름이냐, 아니면 흰 구름이냐를 따지고 있습니다.

그것은 한없이 어리석고 고통스러운 행위입니다.

분노와 괴로움의 구름이 하늘을 뒤덮고 있을 때는 푸르고 맑은 하늘은 보이지 않습니다.

하지만 밑바탕의 하늘은 늘 그 자리에 있습니다.

밑바탕의 하늘은 시작도 없고 끝도 없습니다.

그 하늘은 영원합니다.

우리의 본성은 밑바탕의 하늘과 같습니다.

'궁극의 행복-아난다'는 그 본성의 중심에서 솟아납니다.

이것을 한 번 알게 되면, 우리는 모든 번뇌 망상의 구름으로부터 자유로워지게 됩니다. 분노는 본래부터 없었던 것이며, 트라우마 역시 부재하는 것임을 깨닫게 됩니다. 분노와 상처는 자연스럽게 우리 자신으로부터 분리되어 사라지게 됩니다.

번뇌와 분노로부터 자유로운 사람은 자기 자신으로부터도 자유로운 존재가 됩니다.

1억의 한반도인들에게

나와 너, 주체와 대상 사이로 삶이라는 강물이 흘러가고 있습니다. 그런데 명상의 눈으로 바라보면, 나와 너는 서로 다른 개체가 아닙니다. 주체와 대상이 하나로 합쳐지는 것이 선이며 탄트라이기 때문입니다.

그런데 그와 같은 이치를 통달하려면, 번갯불과 같은 열정이 있어야만 합니다.

선과 명상은 결국 열정으로 가슴이 끓어오르고 있는 청년들을 위한 것입니다. 『금강경』 역시 청년을 위한 경전이죠.

여기에서 청년이란 정열과 자비의 눈을 뜬 사람들을 가리킵니다. 육체가 젊더라도 케케묵은 생각에 매달려 있는 사람은 청년이라고 할 수 없지요. 하지만 몸이 늙었더라도 낡은 생각과 탐욕을 떨쳐버린 사람은 청년입니다. 그는 새롭게 태어난 사람이며, 진정한 사람[眞人]이지요.

인간은 나이를 먹을수록 더욱 탐욕스러워집니다. 인두겁을 덮어쓰고 하이에나처럼 탐욕의 침이나 질질 흘리고 있는 사람은 사람이라고 하기에는 너무나도 누추하고 초라하기 짝이 없습니다. 하지만 비록 몸은 늙었더라도 욕망을 넘어서서 중심에 도달하고 있는 사람들은 매 순간마다 새로운 존재로 거듭 태어납니다. 사실 그들은 '나이라는 생각[壽者相:命者相]'을 초월했기 때문에, 청년이니 노년이니 하는 개념들은 아무런 의미도 없습니다.

어떤 사람들은 한반도가 G1, G2, G3 등 강대국들의 각축장이 되고 있다고 걱정을 합니다. 하지만 걱정 마십시오. 한반도는 세계의 노른자위이며, 우주의 중심입니다. 우리의 이 자리가 천상과 천하의 중심이기 때문에 당연히 그들이 관심을 기울일 수밖에 없는 것입니다.

오늘날 한반도에는 약 8천만 명에 이르는 한민족이 살아가고 있습니다. 한민족의 인구가 1억이 되는 날, 불가사의한 빛이 전 우주를 환하게 밝히게 될 것입니다.

1억이라는 숫자가 생뚱맞게 들릴지도 모르지만, 그것은 이미 우리가 그 단계에 진입해 있다는 말씀입니다. 1할이나 2할 정도의 추진력만 더 갖추게 된다면 우리 땅에는 곧 붓다의 나라가 도래하게 될 것이라는 뜻입니다.

왜냐하면 지금 이 순간 한반도에는 자신의 중심에서 빛을 발하고 있는 '진인(眞人=아라한)'들 즉 청년 보살들이 무수히 많기 때문입니다.

『금강경』에서는 석가여래가 열반하시고 500세(歲)가 지난 어느 날에 깨끗한 마음을 가진 사람들이 나타나서 온 세상을 이롭게 하리라고 예언하고 있습니다. 500세란 2500년의 세월을 의미합니다. 곧 현재 우리가 처해 있는 이 세상을 가리키는 것이죠. (『금강경』 제6분 참조)

우리 모두는 500세에 한 번씩 태어나는 '조사(祖師)의 경지를 달리는 천마(天馬)들'입니다. 이를 가리켜 산스크리트어로는 아바로키테스바라(Avalokitesvara)라 합니다. 바로 관세음보살을 가리키는데, 이는 자유자재(自由自在)한 자 즉 '스스로 존재하는 자'라는 뜻이죠.

우리 한민족들은 모두 저마다 스스로 존재하는 관세음보살들입니다.

우리 모두가 관세음보살이 되는 그때가 도래하면 한반도의 대통령은 더 이상 브레이크가 고장 난 폭주 기관차처럼 온 나라를 끌고 미궁으로 들어가지 않습니다. 국민들을 투옥하거나 총으로 살해하는 일도 하지 않습니다. 제 혼자서 잘난 척하며 나라를 좌지우지하지 않습니다.

호르는 생명의 강물을 함부로 시멘트로 막아버리거나 국민들의 건강을 위한답시고 터무니없이 담뱃값을 올려서 늙은 서민들의 고혈을 빨아먹는 가증스러운 짓도 하지 않습니다. 물론 앞길이 창창한 젊은이들은 건강을 위하여 금연을 선택하는 것이 좋을 수도 있겠지만, 40년 50년을 애연가로 살아온 가엾은 노인들에게 그것을 강요하는 것은 너무나도 가혹한 형벌이며 고문이 되는 것이기 때문입니다.

그는 더 이상 밑에 있는 벽돌을 빼내어 위에다 올려놓는 여우 짓을 하지 않습니다.

그는 통치자가 아니며, 붓다일 뿐이기 때문입니다.

그의 사무실은 조그만 사원일 뿐이며, 부하도 없고 비서도 없습니다.

온 나라 사람들은 평등하고 고하(高下)가 없습니다.

한반도인에게는 출세를 하고자 하는 마음도 없고, 무엇이 되고자 하는 열망이 사라진 지도 오래입니다.

지식 따위나 전수하는 대학도 사라졌고, 아상만을 내세우는 장관들과 자신의 안위와 면피를 위한 변명만 늘어놓고 있는 멍청한 관리들과 돈에만 눈이 벌건 썩어빠진 국회의원들과 군대와 감옥도 사라졌습니다.

그런 저급한 일들은 인공지능 프로그램이 대신 수행을 하게 되었기 때문이죠.

마음만 떨쳐버린다면 인류는 자신의 근원으로 들어갈 수 있는 문을 열 수 있게 됩니다.

명상은 인간의 진정한 안식처를 찾게 해줍니다.

그러므로 명상을 알지 못하는 사람은 집 없이 떠도는 탕자와 같습니다.

명상 안으로 들어갈 때는 제 혼자서만 잘살겠다는 마음만이 유일한 장애물입니다. 그런데 참으로 이상하게도 인류는 그 마음을 강화시키도록 교육을 하고, 또 그렇게 교육을 받아왔습니다. 전 세계에 있는 모든 교육체계가 바로 그 마음을 육성하기 위한 것입니다. 그것은 자신의 어둠을 키우는 일이며, 자신의 무지를 더욱 강하게 만드는 것이나 마찬가지입니다.

좀 더 지성적이며 깨어 있는 세계에서라면, 명상은 모든 학교에서 필수과목이 될 것입니다.

만약 인류가 학교에서 명상을 기본과목으로 채택한다면, 그 이후는 어떻게 되겠습니까? 졸업생들은 정치가가 될 수도 있고, 사업가가 될 수도 있겠죠. 공장에 가서 일을 할 수도 있고, 시인이나 배우, 가수가 될 수도 있을 겁니다. 그들은 모든 부문에서 자신의 재능을 발휘하게 될 것입니다.

그리고 그들은 한 가지 공통점을 가지게 될 것입니다.

그것은 자신의 본성, 자신의 신에 관한 경험이죠. 그 경험은 인류를 하나로 만드는 기본적인 공통요소가 될 것입니다. 그렇게 되면 인류는 자신의 직업에 성스러운 명상의 에너지와 명상의 아름다움과 은총을 발현할 수 있게 될 것입니다. 그리하여 우리 한반도인은 전 세계를 환희심으로 넘쳐나는 사람들로 가득 채울 수 있습니다. 그러면 지상에서 경쟁, 대결, 전쟁은 저절로 사라질 것입니다.

명상은 인류가 저지른 과오와 그 트라우마로부터 벗어날 수 있는 유일한 치유책이죠.

한반도에서 1억의 청년 붓다들이 편안하고 고요하게 선정(禪定)에 들어 있는 모습을 상상해 보십시오.

그들은 중심에서 극락의 빛을 환하게 발하고 있습니다.

그들이 발하는 각성의 빛에 의해 지구와 전 우주에는 영원한 극락이 임재(臨在)하게 될 것입니다.

세계 평화를 위한 명상

정치와 협상으로 지탱하고 있는 평화는 깨어지기 쉬운 살얼음판과 같습니다. 또한 어떤 사람이 아무리 평화를 외친다고 하여도 세계는 한시도 평화로울 수가 없습니다.

왜 그럴까요?

말과 논리로 주장하는 평화는 생각에 불과할 뿐이기 때문입니다. 참다운 세계 평화는 바로 우리의 중심으로부터 저절로 발현되는 것이어야만 믿을 수가 있습니다.

아름다운 예술을 꽃피웠던 페샤워르가 오늘날에는 세계

최악의 비극적인 도시가 되어버린 것은 무엇 때문일까요?

그것의 근본 원인은 바로 '의심'입니다.

나를 의심하고, 남을 의심하는 인간들의 마음 때문입니다.

우리가 하루에도 수없이 사용하고 있는 물음표가 어떻게 생겨났는지 아시는지요?

의문부호는 지식의 열매[善惡果]를 따먹으라고 이브를 유혹한 뱀을 상징하는 것입니다.

?, 이것은 뱀을 상징하는 동시에 '의심하는 마음'을 가리킵니다.

신을 의심하는 순간, 이브는 신의 은총과 축복으로부터 멀어지고 맙니다. 의심하기 시작한 이브는 또한 아담에게도 의심을 일으키도록 부추기지요.

인간은 의심에 의해서 낙원에서 추방되었습니다.

그러므로 우리가 다시 낙원을 회복하려면 끝없이 의심하는 마음을 지워버려야만 합니다. 의심으로부터 갈등이 생겨나고, 증오가 일어나며 죽고 죽이는 살육전이 연속적으로 일어납니다.

이것은 비단 페샤워르의 문제만이 아닙니다. 남한과 북한, 북한과 미국, 남한과 일본, 남한과 중국…… 너와 나 사이에 쉴 새 없이 일어나는 다툼인 것입니다.

우리가 피 묻은 투쟁의 삶을 낙원의 삶으로 변형시킬 수 있는 유일한 길은 의심하는 마음을 없애는 것입니다.

선에서 사용하는 화두는 모든 의심을 지워버리는 세상에서 가장 탁월한 방편이지요.

예를 들어서 '나는 누구인가?'라는 화두가 있습니다.

수행자는 하루 24시간 내내 그 화두를 콧등에 얹고 다닙니다. 밥을 먹을 때나 길을 걸을 때나 마루를 닦을 때나 화장실에 앉아 있을 때나 심지어는 잠을 잘 때도 계속해서 묻습니다.

선사들은 의심하고, 의심하고 또 의심하라고 했습니다.

왜 끊임없이 의심하라고 하는지 그 까닭을 아시는지요?

나는 누구인가?

묻고 또 묻게 되면 그 의심은 단단한 덩어리가 되어버립니다. 그리고 어느 날 문득 자신도 깨닫지 못하는 사이에 그 의문 덩어리가 감쪽같이 사라지는 일이 벌어지고 맙니다. 나라는 것은 단지 마음의 작용일 뿐이라는 것을 속속들이 깨닫게 되는 것입니다.

의심하는 마음이 모두 용해되고 나면, 거기에는 '쑤냐(sunya : 空)'가 태어납니다.

그렇게 되면 과연 무엇을 나라고 부를 수 있겠습니까?

쑤냐에는 나도 없고, 너도 없습니다. 주체도 사라지고 대상도 사라집니다. 거기에는 주인도 없고 손님도 없습니다. 신도 없고 죄인도 없습니다. 사랑도 없고 미움도 없습니다. 부처도 없고 중생도 없습니다.

모든 존재하는 밑바탕에는 쑤냐가 깔려 있습니다. 그것을 뼈에 사무치게 이해하고 깨닫게 되면 모든 존재하는 것들이 다 내가 됩니다. 소유욕도 사라지고, 질투도 증오도 적대감도 모두 사라집니다.

바로 내가 하느님이 되고 마는 것이죠.

그와 같은 경지에 도달한 사람은 모든 존재를 사랑하기 시작합니다. 나의 중심으로부터 진정한 평화가 도래하기 시작하는 것입니다.

탄트라에서는 삼사라(samsara: 윤회)와 니르바나(nirvana: 열반)가 두 가지의 다른 세계가 아닙니다.

극락과 지옥!

그것은 이 세상과 저 세상을 가리키는 것이 아닙니다.

그것은 똑같은 것을 바라보는 우리의 '마음 상태'일 뿐입니다.

똑같은 마음인데 우리가 곁가지를 붙잡으면 삼사라가 되고, 중심의 기둥을 선택하면 니르바나가 되는 것입니다.

끝없이 되풀이되는 사념의 고통으로부터 벗어나려면 단지 초점만 바꾸면 그만입니다. 조그맣고 협소한 마음에 매달리는 것은 무한한 가능성을 무너뜨리는 일이죠. 어느 한 방향으로 치중된 마음은 의심과 어리석음에서 나옵니다.

명상은 온갖 병적인 마음 즉 의심과 욕심과 미움과 분노와 같은 마음으로부터 벗어나서 한계가 없는 마음이 되는 일입니다. 아무런 경계선이 없이 우주처럼 광활한 마음, 무한한 마음을 가리켜 무아(無我)라 부릅니다.

무아를 경험한 사람들은 바다와 같이 되고 우주와 같이 되고 바람과 같이 됩니다. 그들은 모든 한계를 극복한 '궁극의 혁명가'가 됩니다.

명상이 궁극에 이르러서 '대환희(大歡喜)'가 일어날 때, 나는 너 속으로 녹아버리고, 너는 나 속으로 녹아 사라져버립니다. 너와 나는 제로가 되는 것입니다. 그리고 그 속에서 자비와 평화의 빛이 나타나게 됩니다.

이렇게 명상 속에서 나와 너의 대립과 충돌이 사라지고 나면, 세계 평화는 저절로 이루어질 것입니다.

하지만 마음은 항상 중심을 벗어나 있습니다.

중심을 잡지 못하고 있기 때문에 비틀거리는 것은 당연한 일인 것이죠.

주인은 마음의 정 가운데에 자리한 누각에 앉아 철관음차를 마시며 지나가는 손님들을 구경합니다. 손님들은 쉴 사이 없이 이러저러한 문제들을 만들어내지만, 주인은 미소를 지으며 그저 바라보기만 할 뿐!

주인은 손님이 하는 일에 끼어들지 않습니다.

중생을 건지겠다는 것이나 세계 평화를 이룩하겠다는 것은 그리 바람직한 생각이 아닙니다.

어떤 일본인은 '소년들이여! 야망을 품어라!'라고 말했다지만, 그것은 참으로 어리석기 짝이 없는 발언이죠. 그의 말은 금언이 아니라 야망에 매달려 눈이 멀어버리라는 저주와도 같습니다.

『금강경』에서는 바로 그 마음을 버리라고 하였습니다.

왜 그런가 하면 바로 그 마음이 우리의 앞길을 가로막고 나서는 장애물이기 때문입니다.

중생을 건지겠다는 생각이 일어난 것은 중생과 부처가 따로 있다는 생각이 먼저 있었기 때문입니다. 하지만 알고 보면 부처와 중생은 불이(不二)입니다. 중생이 부처이고 부처가 중생입니다.

그 명명백백한 현실을 직시하는 순간!

우리의 마음은 지금까지와는 성질이 전혀 다른 오묘한 것으로 변화하게 됩니다.

이것이 명상의 연금술이죠.

눈 깜짝할 사이에 그의 존재는 마음을 벗어난 '초월적인 존재'로 바뀌게 됩니다. 마치 무쇠덩어리가 반짝반짝 빛나는 금덩어리로 변하게 되는 것과 같죠.

껍질을 둘러싸고 있던 검고 칙칙한 그 '무명(無明)의 장막'은 어처구니가 없을 만큼 매우 얇은 막에 불과했습니다. 슬

슬 쓰다듬기만 해도 금세 벗겨져버리는 아주 형식적인 껍질이었습니다.

우리는 녹슨 고철덩어리가 아니라 본래 금덩어리였던 것이죠. 우리가 살아 있는 이곳은 고해(苦海)가 아니라 극락이었습니다.

이처럼 명상에서의 변화란 바로 자신의 본성을 회복하는 것을 가리킵니다.

사실 우리 한민족들은 자신도 모르는 사이에 그러한 이치를 체득하고 있었습니다. 지혜로운 빛이 우리들의 내면 속으로 면면히 이어져 내려오고 있었던 것은 한반도에서 살아갔던 무수한 스승들 때문이었습니다.

한민족은 혁신의 천재들이었죠.

그들은 시시때때로 변화를 거듭했고, 오늘날의 한국을 창조해 냈죠. 하지만 마음이 주도하는 혁신이란 다람쥐가 쳇바퀴를 굴리는 일에 불과합니다. 아무리 마음을 바꾸어 보아도 그것은 여전히 마음일 뿐이기 때문입니다. 마음은 수시로 변화합니다. 그리고 그 변화에 따라 세상도 변화합니다. 하지만 중심은 언제나 그 자리에서 영원히 부동(不動)하며 변하는 일이 없습니다. 오늘날 한국이 기적의 나라가 된 것은 중심을 잡고 있는 사람들이 많았기 때문입니다.

우리가 명상을 통해서 다시 어린아이처럼 순진무구해진다

는 것은 중심으로 돌아간다는 뜻이며, 그것은 이 세상에서 가장 아름다운 일 중의 하나입니다.

마조 대사의 제자들 중에 단하천연(丹霞天然: 739~824)이라는 천진스러운 작가가 있었습니다. 그는 마조 대사를 만나러 와서는 곧바로 법당으로 들어가더니 어린아이들이 목말을 타듯이 나한상의 목을 타고 걸터앉았죠. 그것을 본 승려들은 크게 경악하여 마조 대사에게로 달려갔죠.

"정신이 이상한 자가 나타났습니다."

마조 대사께서는 몸소 법당으로 와서 그를 살펴보시고는 말씀하셨습니다.

"천진한 내 아들이로군!"

그 말을 들은 단하는 즉시 바닥으로 내려와 절을 드렸습니다. 그는 그런 인연으로 천연이라는 법호를 얻게 되었지요.

어느 겨울날 그가 낙양의 혜림사에 잠시 들렀을 때의 일이라고 합니다. 그 절의 원주(院主)가 잠시 출타를 했다가 돌아오니 단하선사가 천연덕스럽게 목불을 도끼로 쪼개어 군불을 지피고 있었습니다. 원주가 길길이 뛰며 소리를 질렀겠죠.

"부처님을 불사르다니 이럴 수가 있는 것이오?"

그러자 그는 태연하게 말했습니다.

"나는 지금 부처를 태워서 사리(舍利: sarira)를 얻으려는 참이라네."

그러자 원주는 더욱 불같이 화를 내었습니다.

"목불인데 무슨 놈의 사리가 있단 말이오?"

"만약에 사리가 없는 부처라면 군불을 때서 몸을 좀 덥힌다고 그리 책할 것도 없지 않으냐?"

명상에서의 치유(治癒: healing)란 끊임없이 내가 옳고 네가 그름을 따지는 마음의 병통으로부터 완전히 분리되는 것을 가리킵니다. 지금까지 배우고 익혀왔던 모든 지식과 안다는 생각을 포기하는 것은 위대한 치유의 시작이며, 단하천연처럼 천진무구해지는 일입니다.

침묵!

고요함……!

이것은 우리가 마음으로부터 이완되어 완전해진 상태를 가리킵니다.

저만큼 병을 일으키던 마음이 떨어져 나가 있기 때문에, 그 마음을 지켜보고 있는 자는 한없는 평화 속에 있습니다.

고독한
삶의 여행자들을 위하여

신들로부터의 자유

마음은 무엇이든지 쪼개고 베고 나누고 경계선을 만듭니다.

그런데 명상은 모든 경계선을 지우고 본래의 실체와 하나가 되는 일입니다.

그러므로 존재하는 모든 것과 하나가 되려면 제일 먼저 마음이 사라지지 않으면 안 됩니다.

마음의 사랑은 모든 것을 분별하고 조각조각 나누어 소유해버리지만, 명상의 사랑은 모든 경계선을 녹입니다. 그런 이유로 명상의 세계에서는 무자비(無慈悲)가 곧 자비가 됩니다. 마음이 생각하고 있는 자비란 곧 자비가 아니라는 뜻이지요.

육체와 육체가 하나로 합쳐지는 것은 가장 낮은 단계의 사랑입니다. 그런데 우리는 섹스라는 행위를 하면서도, 머릿속으로는 엉뚱한 장소엘 가서 돌아다니고 있습니다. 몸은 마누라와 섹스를 하고 있으면서도 마음은 다른 여자를 생각하고 있습니다. 이것은 온전한 하나가 되었다고 볼 수 없습니다. 거기에 마음이 개입하여 분열을 일으키고 있기 때문입니다.

마음!

그것은 곧 욕망과 탐욕이 일으키는 분열입니다.

마음은 분열하는 특성을 가지고 있습니다.

핵폭탄보다도 훨씬 더 강력한 분열을 일으키지요. 핵폭탄으로 지구를 폭발시키려면 시간이 필요하지만, 마음이 생각만 일으키면 그런 일은 0.1초도 걸리지 않습니다. 빛은 1초에 지구를 일곱 바퀴 반을 돈다지만, 마음이 태양을 왕복하는 데는 0.001초면 가능합니다.

그러한 마음의 특성을 잘 이해한다면, 우리는 마침내 그 마음을 배후에서 자유자재로 조정할 수 있는 능력을 얻게 됩니다. 섹스뿐 아니라 그 어떠한 행위들을 하더라도, 이 마음을 미묘하게 잘 다룬다면 우리는 깊은 중심의 사랑에 도달할 수 있게 되는 것이지요.

탄트라 명상에서는 성(性) 속에 인간 존재의 문을 여는 열쇠가 있다고 합니다. 성 에너지로부터 생명이 태어난다는 것은, 그 속에 생명의 핵심 열쇠가 들어 있다는 뜻이지요. 새로운 생명, 새로운 존재가 성 에너지를 통해서 우리의 존재계로 찾아옵니다. 그것은 아무도 부인할 수 없는 사실이죠.

탄트라에서는 성 에너지는 비록 의식의 가장 낮은 단계이기는 하지만, 명상을 통해서 성 에너지의 심층을 통찰한다면, 그 속에 숨어 있는 지고의 사랑 즉 삼매를 얻게 될 것이라고 합니다.

사랑은 진흙 속에 숨겨져 있는 진주와 같고 연꽃과 같습니다. 진흙만 잘 씻어낸다면 진주는 즉시 우아하고 찬란한 빛을 발하게 될 것이며, 그 진흙의 사랑 속으로 더 깊이 들어가면, 불성(佛性)이라는 연꽃을 만나게 될 것입니다. 연꽃의 사랑 속에는 불성이 들어 있고, 신이 들어 있습니다.

그런데 유대교의 신 여호와는 말했습니다.

"나는 질투하고 분노하는 신이다. 그러므로 누구든지 나를 거역하는 자들은 저주와 복수를 면치 못하게 되리라."

유태인들은 그들의 신을 두려워하기 시작했죠.

그런데 사실 시기질투하고 분노하는 것은 전지전능한 창조주가 할 일이 못 됩니다. 그것은 마음의 특기이자 특질이며 본업(本業)이기 때문이죠.

그래서 그것을 깨닫게 된 예수께서는 혁명적인 가르침을 내놓았습니다. 그것은 바로 '신은 사랑이다!'라는 전혀 새로운 가르침이었습니다. 그것은 탄트라나 선의 입장과 다르지 않습니다.

그런데 성직자들과 종교가들은 '신은 사랑 그 자체'라는 예수의 가르침을 오해하고 왜곡하기 시작했습니다.

'하늘에 있는 신은 우리를 사랑하고 계신다!'라고 아전인수(我田引水) 격으로 해석을 한 것입니다.

그들은 신을 아버지라 부르죠.

왜 신을 아버지라 부르는지 그 까닭을 아십니까?

그것은 죽음의 공포 때문입니다.

모든 사람은 반드시 죽어야만 합니다. 그 때문에 사람들은 자신들을 위로해 줄 누군가가 필요했죠. 아버지라는 절대권세와 절대능력을 가진 절대자가 필요했던 것입니다.

그러나 영적으로 성숙한 성인들이 아버지를 필요로 한다는 것은 조금 유치합니다. 유태인들은 자신들이 미성숙하고 어리석고 허약하기 때문에 스스로 설 수 없다고 생각했죠. 그래서 그들에게는 아버지와 같은 신이 필요했습니다. 자신을 용서해 줄 사람, 자신을 위로해 주고 천국으로 인도해 줄 존재로서의 신이 필요했던 것이죠.

이런 일화가 있습니다.

어느 날 부처님이 한 마을을 방문했습니다. 그러자 어떤 사람이 와서 물었습니다.

"스승이시여! 신이 있습니까?"

부처님이 대답했습니다.

"신은 없다."

조금 있다가 다른 사람이 와서 물었습니다.

"저는 신이 존재하지 않는다고 생각합니다. 스승님께서는 어떻게 생각하십니까?"

부처님이 대답했습니다.

"신은 존재한다."

잠시 후에 또 다른 사람이 와서 물었습니다.

"저는 신이 있는지 없는지 잘 모르겠습니다. 당신은 어떻게 생각하십니까?"

부처님이 대답했습니다.

"신에 대해서는 긍정도 하지 말고 부정도 하지 말라."

부처님과 동행하고 있던 아난은 부처님께서 각기 다른 대답을 하는 것을 듣고 혼란스러웠습니다.

그는 나중에 조용히 부처님에게 물었습니다.

"왜 스승님은 서로 다른 대답을 하십니까?"

부처님께서 말씀하셨죠.

“처음에 왔던 사람은 유신론자였다. 그는 다만 내가 그의 신앙을 지지해 주기를 바랐을 뿐이다. 그래서 나는 신이 없다고 말함으로써, 그를 뿌리째 흔들어놓은 것이다. 두 번째 찾아온 사람은 무신론자였다. 그는 내가 그의 무신론적 신념을 지지해 주기를 원했다. 그래서 나는 그에게 신은 존재한다고 말한 것이다. 나중에 온 사람은 무신론자도 유신론자도 아니었다. 따라서 그를 어떤 믿음으로 결박하는 것은 적절한 일이 아니었다. 긍정이든 부정이든 둘 다 결박이 되기 때문이다.”

부처님의 말씀처럼 명상은 전적으로 개인적인 문제입니다. 그것은 마치 우리가 사랑을 하는 것과도 같습니다. 자신이 사랑을 하면서 타인이 하는 말에 의존을 한다면, 그 사랑이 어떻게 되겠습니까? 타인이 신이 존재한다고 말하거나 없다고 말하는 것이 무슨 의미가 있겠습니까? 물론 남에게서 빌려온 대답들도 삶에서 유용하게 쓰일 때가 있습니다. 그러나 명상이나 신과 사랑에 관한 한 그것은 아무런 쓸모가 없습니다.

예수 그리스도께서 어느 마을에 들어가게 되었습니다.

그는 사람들이 매우 괴롭고 슬픈 얼굴을 하고 있는 것을 보고 물었지요.

"그대들에게 무슨 재앙이 일어난 것인가?"

그들이 말했습니다.

"우리는 지금 지옥이 무서워서 떨고 있는 것입니다. 어떻게 하면 우리 자신을 지옥에서 구원할 수 있을까요? 우리는 그 방법을 찾을 때까지 한시도 편히 쉴 수 없을 것입니다."

예수는 그 사람들을 그냥 지나쳐 갔습니다.

얼마를 가자 또 한 무리의 사람들이 우울한 표정을 짓고 있는 것이 보였습니다.

"왜 그대들은 그렇게 침울한 얼굴을 하고 있는 것인가?"

그들이 말했습니다.

"우리는 천국에 가지 못할까봐 그것을 걱정하고 있습니다. 어떻게 하면 천국에 들어갈 수 있을까요?"

예수는 그 사람들 역시 지나쳐 갔습니다.

얼마쯤 가자 이번엔 악대와 함께 노래하고 춤추는 사람들이 나타났죠.

예수께서 물었습니다.

"이 마을에 무슨 큰 경사가 난 것이오?"

그들이 말했습니다.

"특별한 경사는 없습니다. 우리는 다만 신에게 감사를 드리고 있을 뿐입니다. 우리는 받을 자격도 없는데, 신은 우리에게 너무나 많은 삶을 주셨습니다."

예수께서 말했습니다.

"나는 그대들과 함께 머물 것이오. 그대들은 진실로 신의 사람들이오."

이 이야기는 이슬람교의 명상가들인 수피(Sufi)들에게 전해지는 것이라 합니다.

종교적인 사람들은 천국에 대한 탐욕 때문에 새벽부터 신을 숭배합니다. 또 지옥에 대한 두려움 때문에 밤을 지새우며 신을 예배하지요. 종교적인 사람들은 세속적인 사람들보다 더 탐욕스럽습니다. 그들은 이 세상만으로는 만족을 하지 못하기 때문이지요.

그들은 자신들이 믿는 '신이라는 생각'을 이론으로 증명하기 위하여 경전을 만듭니다. 그리고 그 경전을 신의 말씀으로 숭배하지요. 하지만 한 발만 뒤로 물러서 투명하게 바라본다면, 그들이 주장하는 신이란 곧 그들의 '마음을 투영한 것'이라는 것을 알 수 있습니다.

신은 인간의 경전 속에 갇혀 있는 그런 보잘것없는 존재가 아닙니다. 인간의 협소한 마음으로 헤아릴 수 있는 얄팍한 존재도 아닙니다. 그는 '스스로 있는 자'이며, 그 어느 것에도 걸림이 없는 자유자재한 존재이며 무한한 존재입니다.

그러므로 마음의 집이 철저하게 제거되고 무화(無化)되어야만 신은 비로소 그 빛을 드러낼 수 있습니다.

탄트라와 선에서는 신에 대해서 아무런 언급도 하지 않습니다.

신이 없다는 것이 아니라, 어떤 말로도 신을 설명할 수 있는 길이 없기 때문에 말하지 않을 뿐이죠.

붓다는 마음의 꿈속에서 깨어나 바로 자신이 신이라는 것을 깨달은 자를 가리킵니다. 한자로는 각자(覺者)라고 부르죠. 석가모니만 붓다로 불렸던 것은 아닙니다. 사람들은 마하비라 역시 붓다라고 불렀습니다.

사실 알고 보면 이 세상에서 붓다가 아닌 존재는 없습니다. 다만 마음에 미혹이 되어 있는 존재들은 그들의 신이 잠을 자고 있을 뿐이죠.

신은 인간의 마음과 말[言語]이 닿지 않는 세계에 있는 존재입니다. 신은 오직 절대적인 침묵 속에서만 체험될 수 있는 존재인 것이죠. 그런 이유로 신을 깨달은 자들은 신을 말하지 않은 것입니다.

탄트라나 선에서는 인간들이 말하는 신을 믿지 않으며, 인간들이 숭배하는 부처를 숭배하지도 않습니다.

또한 명상 수행자들은 내생과 극락을 탐내지도 않습니다.

그들은 지금 이 자리에서 벌어지고 있는 삶, 지금 이 자리에서 열리고 있는 극락에만 관심을 기울일 뿐입니다.

지금 여기에서 극락이 발견되고 그 극락의 빛이 나타나기 시작한다면, 다음 순간에는 더욱 더 그 빛은 강해지고 찬란해지게 될 것이기 때문입니다.

선과 명상은 미래에 대한 믿음의 문제가 아니며, 종교가 아닙니다. 명상은 오로지 지금 이 순간에 작용하고 있는 어두운 욕망의 잠으로부터 깨어남의 길일 뿐 입니다.

죽음의 공포로부터, 천국과 지옥을 나누는 어리석음으로부터 그리고 모든 신에 대한 믿음과 그로 인한 속박으로부터 벗어나는 것이 선이요 명상입니다.

지금 이 자리에서 신과 죽음의 공포로부터 해방이 된다면, 삶은 우주 최대의 페스티벌이 될 것입니다.

신이나 진리는 지금 이 자리에서 생명력으로 넘쳐흘러야만 합니다. 신이나 진리는 삶과 함께 흘러가야 하고, 삶 속에 있어야만 합니다. 삶을 풍성하게 하고 윤택하게 하는 것이어야만 합니다.

이 삶의 순간 속에 있지 않은 신이나 진리는 무용지물(無用之物)일 뿐입니다. 그것이 머나먼 33단계의 하늘에 있거나 56억 7천만 년 후에나 나타나는 것이라면, 우리와는 아무런 관계도 없는 설화(說話)에 불과할 뿐입니다.

한반도에서 새벽별처럼 깨어 수행하셨던 혜암(慧庵: 1885~1985) 대선사(大禪師)께서는 말씀하셨죠.

"공부하다가 죽어버려라! 죽으면 수지맞는다!"

죽어버리라는 것은 끝없이 신을 구하고 끝없이 신에게 의지하려는 마음의 적멸(寂滅)을 가리킵니다.

혜암 스님의 말씀처럼 공부하다가 그 마음이 사라지고 나면, 공부하던 자는 홀연히 자신의 중심에 도달하게 됩니다. 그리고 그 중심에서는 무궁무진한 '자비의 빛, 신의 광명'이 흘러나옵니다.

성철 스님은 『벽암록』을 인용하여 이런 말씀을 남기셨죠.

"산은 산이요, 물은 물이로다!"

하지만 마음의 눈가리개를 쓰고 있는 사람에게는 산도 물도 제대로 보이지 않습니다. 그의 눈앞은 온통 캄캄한 욕망의 어둠뿐이며, 신과 죽음에 대한 공포와 삶에 대한 분노와 증오만이 그를 둘러싸고 있습니다.

눈가리개를 벗어버립시다.

그러면 그 즉시 붓다의 산이 보이고 극락의 강물이 흘러가는 것이 보일 것입니다.

실전 명상법

좌선(坐禪)

① 좌법: 두 개의 방석을 준비합니다. 하나의 방석을 반으로 접어 엉덩이를 받치십시오.

오른쪽 다리를 끌어당겨 왼쪽 허벅지에 올려놓습니다. 왼쪽 다리를 끌어당겨 그 위에 올려놓습니다. 이것을 결가부좌 혹은 연화좌(蓮華坐)라 합니다.

만약 이 자세를 취하기 어려운 분은 한쪽 다리만을 올려놓아도 좋습니다. 이것을 반가부좌 혹은 달인좌(達人坐)라고도 합니다.

만일 좌법이 어렵다면 의자를 사용해도 무방합니다. 중국의 선가에서는 '좌선 의자'를 사용하기도 합니다.

② 손 놓는 법: 오른쪽 손바닥 위에 왼쪽 손바닥을 올려놓습니다. 두 손의 엄지손가락은 서로 맞닿도록 합니다. 그 위치는 하단전입니다.

③ 시선: 허리를 바르게 펴고, 시선은 전방 약 1.5미터 바닥을 내려다보거나, 벽에 붙여놓은 화두를 바라봅니다.

④ 호흡법: 하단전으로부터 서서히 숨을 들이마십니다. 등줄기와 목줄기를 통하여 숨을 끌어올린 다음 머리 위에 위치한 정수리[百會]에 와서 정지시킵니다. 5초에서 10초가량 숨을 정지했다가 천천히 원을 그리며 내쉽니다. 그 숨을 자연스럽게 하단전에 닿도록 한 다음 정지시킵니다.

⑤ 좌선을 하는 동안 화두를 사용하십시오. '무(無)' 또는 '나는 누구인가?'라는 화두가 가장 보편적인 것입니다.

화두가 면면히 이어지도록 예의주시하면서 호흡을 계속하십시오. 좌선 시간은 20~40분이 적당합니다. 하지만 시간에 구애를 받지는 마십시오.

⑥ 화두를 안경처럼 또는 지팡이처럼 항상 지니고 다니십시오. 밥을 먹거나 일을 하거나 길을 가거나 무슨 일을 하든지 간에 화두가 끊어지지 않도록 하십시오.

⑦ 자신의 안을 보든 밖을 보든, 판단이 없는 무의 눈으로 직접 곧바로 보는 것을 좌선이라 합니다. 즉 욕망을 넘어선 상태에서 밝게 깨어 있는 것을 가리킵니다.

⑧ 좌선 장소로는 밝고, 조용하며, 타인에게 방해를 받지 않는 곳을 선택하십시오. 그 곳을 당신만의 사원(寺院)으로 만드십시오. 당신이 좌선을 시작하는 순간부터 매우 특별한 에너지가 그곳을 가득 채우게 됩니다.

※ 참고

연꽃자세 즉 결가부좌는 붓다가 수행하던 자세로써, 싯다아사나(Siddhasana)라고도 부릅니다. 이 자세를 취하면, 가장 깊은 수동성의 상태로 접어들 수 있습니다.

이때는 육체에 자물쇠가 걸려 있는 것과 같습니다.

에너지가 내부로만 흐르고, 밖으로는 누출되지 않습니다.

이 자세로 앉아서, 몸속으로 에너지의 순환통로를 만들게 되면, 욕망으로부터 깊은 이완을 경험하게 됩니다.

또 이 자세로 가만히 앉아 있기만 해도, 저절로 에너지가 충전되어 활기에 넘치게 됩니다. 이 자세에서는 에너지 방출이 최소화됩니다. 육체는 비활동적이 되고, 수동적이 됩니다. 아무것도 들어오지도 못하고, 나가지도 못합니다.

그 자체로 하나의 새로운 세계가 펼쳐지게 됩니다. 그리고 에너지가 내부의 순환통로를 돌 때마다 내적인 리듬이 생겨나게 됩니다.

아나파나사티(Anapanasati)

① 앉는 방법과 호흡하는 방법은 좌선과 같습니다. 또 이 명상법 역시 의자에 앉아서 행하셔도 좋습니다.

② 단정하게 결가부좌를 하고 눈을 감으세요. 등을 곧추 세우고 하단전에서 백회로 또 백회에서 하단전으로 반원을 그리며 천천히 호흡을 하세요. 이 명상법은 좌선과 비슷하지만 미세한 차이가 있습니다.

③ 호흡을 주시하십시오. 호흡이 회전하는 점은 비어 있습니다. 이것은 자동차의 기어를 바꿀 때, 중립 기어를 거치는 것과 같은 원리입니다.

④ 명상에서 들숨은 탄생이고 날숨은 죽음이라고 간주합니다. 호흡의 회전을 해서 날숨과 들숨이 서로 바뀌는 찰나, 순간적으로 육체와 호흡의 연결고리가 끊어지는 일이 벌어집니다. 바로 그 순간 우리는 호흡을 초월하게 되고, 자아(自我: 我相)가 이 세상에 존재하지 않는다는 것을 자각할 수 있게 되는 것입니다.

그래서 호흡이 텅 비어버리게 되는 그 지점을 불생불멸(不生不滅)의 자리라고 합니다. 더 이상 생겨나지도 않고, 사라지지도 않는, 영원성(永遠性=佛性=神性)과 연결되는 자리라고 보는 것입니다.

⑤ 이 명상에서는 '호흡과 의식'을 일치시키는 것이 무엇보다도 중요합니다. 자신이 호흡과 함께 움직인다고 생각하십시오.

호흡이 하단전으로 내려갈 때는 자신도 함께 따라서 내려가고, 백회로 올라올 때는 호흡과 일치된 상태에서 같이 올라오도록 하십시오.

⑥ 우리의 몸은 수천억 개의 세포로 이루어져 있습니다. 이 세포들은 소멸과 생성을 거듭하면서, 조용하고 부드럽게 호흡과 연동되어 작동되고 있습니다.

또 호흡은 마음과 연결이 되어 있습니다. 우리가 화가 나면 호흡이 빨라지고 거칠어지는 것은 바로 그 때문입니다. 따라서 호흡이 멈춰지면, 마음 또한 사라지게 됩니다. 그리하여 마음이 사라지면, 자아(自我=我相=ego)의 죽음을 경험할 수 있게 되는 것입니다.

혜암 선사께서 '명상을 하다가 죽어버려라!'라고 한 것은 바로 이 자아의 죽음을 가리키는 것입니다. 자아의 죽음을 경험하는 사람은 참사람[眞人=이라한]으로 거듭 태어나는 신비한 황홀경을 체험할 수 있으며, 이윽고 깨달음에 도달할 수 있다고 합니다.

⑦ 석가모니는 이 방편을 수행하다가 붓다가 되었다고 알려져 있습니다. 그러나 호흡을 초월하는 그 중심점을 발견하는 것은 그리 쉬운 일이 아닙니다. 아주 간단한 일인 것 같지만, 그 회전점에 도달하는 데, 석가모니는 6년이라는 험난한 세월이 필요했습니다. 자이나교를 창시한 마하비라는 무려 12년이 소요되었다고 전해집니다.

그렇다고 미리 실망할 필요는 없습니다. 선각자(先覺者)들 덕분에 우리는 이제 그 방법을 알게 되었기 때문입니다.

학교에서나 사무실에서 틈틈이 이 명상법을 수행한다면, 자신이 깜짝 놀랄 만큼 몸과 마음이 변화하는 것을 체득할 수 있습니다. 그리하여 우리의 몸과 마음속에 들어 있던 독성(毒性)이 정화되면, 우리의 삶은 더욱 풍성해지고 윤택해지게 됩니다.

심신이 몹시 지쳐버렸을 때, 이 명상을 행하면, 씻은 듯이 피로감이 사라집니다. 에너지가 재충전되는 것입니다. 집중력이 강화되므로, 학습능력이나 사무능력이 몇 배로 높아지는 것을 경험하시게 됩니다.

만약에 자신의 마음이라는 장애물을 걷어낼 수만 있다면, 석가모니 부처님에게 일어났던 그 일이, 지금 당장 여기에서 당신에게도 얼마든지 일어날 수 있는 일이라는 것을 명심하십시오.

⑧ 이 명상법은 대표적인 불교 명상법으로써 스리랑카, 태국, 미얀마 등지의 남방 불교에서는 이 수행법을 비파사나 (Vipasana) 혹은 위파사나라고도 부릅니다.

천 개의 연꽃잎으로 피어나기

자세와 요령은 '빈 대나무가 되어 바람에 흔들리기 명상'과 동일합니다.

먼저 무릎을 꿇고, 눈을 감으십시오.

호흡에 집중하면서, 정수리로 서서히 연꽃을 피워 올리십시오.

공기를 들이마실 때, 우리는 단순히 공기를 마시는 것이 아닙니다. 공기 속에 함께 실려 오는 생명 에너지 즉 프라나(prana)를 호흡하는 것입니다. 아침 숲속이 생기로 가득 차 있는 것은 이 프라나가 진동하고 있기 때문입니다. 학자들은 이 에너지를 오르곤(orgone)이라고 부릅니다.

호흡을 통해서, 이 생명 에너지가 미묘하게 진동하고 있는 것을 온몸으로 느끼십시오.

이 에너지가 바로 연꽃을 피워올리는 원동력이 됩니다.

호흡은 마음의 조건입니다. 호흡이 멈추게 되면, 마음도 따라서 멈추게 됩니다. 그러므로 들숨과 날숨이 바뀌는 미세한 정점을 주시하십시오. 바로 그 자리가 마음이 사라져버리는 자리입니다.

마음이 멈추는 순간을 놓치지 말고 포착하십시오. 마음이 멈추게 되면, 바로 그 자리에서부터 서서히 보이지 않는 연꽃이 피어나기 시작합니다.

당신이 지금까지 고통스러운 생각들 속에서 괴로움을 당하고 있었던 것은, 당신의 무의식 속에 경쟁과 갈등, 미움과 분노, 질투하는 마음들이 납치범들처럼 잠재하고 있었기 때문입니다.

그러나 그 마음들을 물리치려고 애를 쓰지는 마세요.

그 마음들을 적으로 삼지 마시고, 친구로 받아들이세요.

아무것도 아닌 것 같지만, 이것이 바로 그 마음들을 제 발로 사라지게 하는 묘법(妙法)입니다.

대단히 쉬운 방법인 것 같지만, 이것을 실행한다는 것은 매우 어렵습니다. 왜냐하면 물리치려고 애를 쓰면 쓸수록, 더욱 더 고통스러워지고 괴로워지기 때문입니다. 그러므로 당신의 마음에 대해 무한한 애정을 가지고, 세심한 주의를 기울이는 것이 중요합니다.

길게 숨을 토해내고, 길게 숨을 들이 쉬세요. 분노가 피어오르면, 그 분노를 억압하려 하지 마세요. 억압한다면, 분노는 부글거리며 끓어오르고, 당신이 주체할 수가 없게 되어, 마침내 폭발을 하게 되기 때문입니다.

그러므로 분노가 찾아오든 우울한 생각이 찾아오든, 잠자코 그 생각들을 나 자신의 것이라고 단정하지 말고 그냥 구경하기만 하세요. 마치 손님이 방문한 것처럼 '어? 우울한 느낌이 또 찾아 왔네?'라고 말이죠.

참으로 신기하게도 당신이 유심히 당신의 마음을 지켜보는 것만으로 분노나 우울증은 에너지를 상실하면서 눈 녹듯이 사라지는 것을 느낄 수 있을 겁니다.

만약에 다시 분노나 우울증이 찾아오게 된다면, 이제부터는 그것들을 즐기십시오.

마음속에서 우울증, 분노, 증오 같은 것들이 깨끗이 사라지고 나면, 자신도 모르는 사이에 당신은 아침 숲속의 싱싱한 수목처럼 변화하게 됩니다.

당신의 세포 하나하나가 서서히 연꽃의 꽃잎으로 변해가는 것을 지켜보세요.

축복과 은총이 싱그러운 햇살처럼 당신의 정수리로 쏟아져 내리기 시작합니다. 폭포수처럼 생명의 기운이 가슴 속으로 쏟아져 들어오기 시작하면, 당신은 감당할 수 없을 만큼, 엄청난 환희 속으로 깊숙이 빠져들게 될 것입니다.

연꽃의 미묘한 향기가 당신의 코끝을 적시는 것을 느끼며, 명상을 계속하세요.

당신의 온몸으로 하여금 천 개의 꽃잎을 가진 거대한 연꽃으로 피어나게 하십시오.

당신도 모르는 사이에, 당신은 모든 악몽을 떨쳐버리고, 연꽃처럼 그윽한 삶 속에 놓여 있는 자신을 발견할 수 있게 될 것입니다.

이 명상을 시작하기 전의 당신은 이제 사라졌습니다.

당신은 이제 완전히 새로운 사람으로 다시 태어난 것입니다.

빈 갈대가 되어 바람에 흔들리기

① 이 명상법은 '빈 대나무가 되어 바람에 흔들리기 명상'이라고도 하며, 112가지 탄트라 수행 비법 중의 하나입니다.

② 제일 먼저 눈을 감고, 무릎을 꿇고 앉습니다.

허리를 곧게 펴고, 어린아이들이 벌을 받을 때처럼, 두 손을 머리 위로 뻗어 올립니다. 손바닥은 활짝 편 채로입니다.

③ 눈을 감고, 좌선 할 때와 같은 요령으로 원을 그리며 호흡을 시작합니다. (하단전과 백회혈을 축으로 하여 반원을 그립니다.)

자신의 몸을 속이 텅 빈 대나무가 되었다고 생각하십시오.

그리고 불어오는 바람에 몸을 내맡기십시오. 바람 속에서 한가롭게 흔들리십시오.

④ 연기처럼 머리 속에서 생각들이 피어오르기 시작하면,

그 생각들을 비난하거나 부정하지 말고 고요히 지켜보기만 하십시오. 이윽고 생각들이 머릿속을 가득 채웠다고 생각되면, 허리를 굽히고 이마를 바닥에 댄 다음, 두 팔을 바닥에 내려놓습니다.

⑤ 머리의 끝부분이 대나무처럼 싹뚝 잘려져 있다고 가정합니다. 그리하여 생각들을 휴지통을 비우듯이 와르르 바닥에 쏟아버립니다.

⑥ 다시 생각들이 완전히 비워져서 텅 빈 대나무가 되었다고 여겨지면, 다시 본래의 자세로 되돌아갑니다.

⑦ 이것이 이 명상 방편의 전부입니다. 이처럼 명상은 어려운 것이 아닙니다. 다만 생각이 피어오르고 사라지는 것을 놓치지 말고 관찰하십시오. 그러는 동안 점차로 몸이 마치 깃털처럼 가벼워지는 것을 느낄 수 있을 것입니다.

⑧ 몸이 무중력 상태에 들어선 것처럼 느껴지는 순간, 생각들이 백지처럼 텅 비어버리는 것을 경험할 수 있습니다.

오고 가던 생각들이 순식간에 끊어지면, 갑자기 휴일이 찾아온 것처럼 한가로워지고, 자기 자신이라는 것이 사라지는 멋진 경험을 할 수 있게 됩니다.

⑨ 자기 자신이라는 마음이 비어버리면, 모든 절망, 울화, 스트레스 또한 저절로 비어버리게 됩니다.

⑩ 여성들이 이 명상을 하게 되면, 최고의 지성을 계발할

수 있게 되며, 어린이나 수험생들, 운동선수들은 집중력이 강화되어, 눈에 띄게 학습효과와 운동효과가 좋아지는 것을 경험할 수 있게 됩니다.

⑪ 이 방편을 수행하면서 주의할 점은 명상 중에 떠오르는 갖가지 자신의 생각들에 대해서 죄의식을 갖지 말라는 것입니다. 모든 마음의 작용, 욕망, 섹스에 대한 충동까지도 거룩하고 신성한 것이라고 여기십시오.

이 명상을 하면서 효과를 경험하셨다면, 100일 이상 수행을 지속하십시오. 그리하면 더욱 경이로운 일들을 경험할 수 있게 됩니다.

제3의 눈에 집중하기

① 이 명상 또한 탄트라 비법 중의 하나입니다.

② 두 눈썹 사이에 있는 가운데 지점으로부터 약 2.5센티미터 들어간 곳에 제3의 눈이 위치해 있습니다. 제3의 눈은 인간의 몸에서 가장 신비한 부분으로서, 학자들은 이것을 송과선[pineal gland]이라고도 부릅니다. 이것은 인체에 있는 일

종의 샘인데, 탄트라에서는 시바네트라(shivanetra: 시바의 눈)라고도 부릅니다.

③ 먼저 무릎을 꿇고 눈을 감으십시오.

두 손을 합장하고, 마음과 호흡을 제3의 눈에 집중하십시오.

지금 사람들에게 그 눈은 닫혀 있어서 작동을 하지 않는 상태입니다. 지금부터 당신은 닫혀 있는 그 눈을 열도록 해야 합니다. 마치 이 눈을 통하여 사물을 바라보듯이 그렇게 집중하십시오.

일단 이 눈에 집중을 하기 시작하면 엄청난 에너지가 제3의 눈 자리로 쏟아져 들어오기 시작합니다. 그것은 송과선 자체가 집중을 돕는 기능이 있기 때문이라고 합니다.

그런 이유로 세상의 모든 최면술은 이 명상법에 기초를 두고 있습니다. 그만큼 이 명상법은 집중력을 강화하는 데 최고의 방편이라고 할 수 있습니다.

④ 이 명상법에서 가장 중요한 것은 제3의 눈이 위치해 있는 정확한 지점을 포착하는 것입니다.

눈을 감고, 시선을 미간의 중심으로 이동시켜 보십시오. 두 눈이 고정되어 움직이기 어렵다고 느껴진다면, 정확한 지점을 포착한 것입니다.

그런 다음 그 지점에 집중을 하기 시작하면, 당신의 의식이 그 자리에 고정되게 됩니다. 그렇게 되면 당신은 마치 2층 창가에 앉아 행인들이 오고 가는 길거리를 내려다보듯이 자신의 마음들이 오고 가는 것을 느끼고 관찰할 수 있게 될 것입니다.

⑤ 제3의 눈은 선과 악, 사랑과 미움, 극락과 지옥의 중간 지점[中道]에 있습니다.

그래서 이 눈에 모든 에너지를 집중하다가 보면, 자신도 모르는 사이에 문득 마음이 사라져버리는 일이 일어납니다.

마음은 극단에서 극단으로 시계추처럼 움직이는 특성이 있습니다. 그러므로 어느 극단에도 집착하거나 치우치지 않게 된다면, 마음의 작용이 정지하는 일이 일어나는 것입니다.

따라서 이 명상은 마약중독이나 알코올중독, 도박중독, 게임중독, 니코틴중독, 섹스중독 등에서 벗어나고자 하는 분들이 행하면, 놀라운 효과를 체험하실 수 있습니다.

심리치료나 정신치료를 받는 것이 일시적인 것이라면, 이 명상법에 의한 효과는 보다 근원적인 것이라고 할 수 있습니다. 이 명상을 행하면 중독의 원인이 되는 마음의 문제들이 뿌리 채 뽑혀 나가기 때문입니다.

원인을 제거하는 것이 이 명상의 핵심이므로, 만약 정치가들이나 재판관, 정책 입안자, 작전 지휘관, 스포츠 감독, 증권 분석가 들이 이 방법을 행하게 된다면, 선입견이 없이 냉철한 판단을 하는 데 크게 도움을 받을 수 있습니다.

⑥ 제3의 눈을 지혜의 눈, 초월의 눈, 무의 눈이라고도 부릅니다.

이 눈은 모든 것을 여여(如如)하게 바라보는 내면의 눈입니다. 이 눈으로 바라보면 우리의 삶에는 아무런 문제가 없습니다.

고통, 괴로움, 절망, 증오, 분노…… 이러한 문제들은 오직 마음에만 있을 뿐입니다.

제3의 눈으로 당신의 마음을 바라보십시오.

과연 당신의 마음은 있는 것입니까? 없는 것입니까?

⑦ 당신 스스로 그 괴롭고 고통스러운 마음들을 습관처럼 만들어내고 있는 것은 아닙니까?

⑧ 조용히 그 옆으로 비켜서서, 그 속을 들여다보면 문득 그 문제들이 점점 작아지고 줄어드는 것을 볼 수 있습니다. 주의 깊게 관찰할수록 점점 더 문제는 더 줄어들게 됩니다. 그것이 바로 마음이 가지고 있는 속성이자 특질입니다.

⑨ 문제 즉 마음은 우리가 그것을 바라보면 바라볼수록 점점 더 희미해지다가 문득 사라지는 순간이 찾아옵니다. 그

때 당신은 한바탕 웃음을 터뜨리고 말 겁니다.

⑩ 문제가 생길 때마다 그냥 그 문제를 제3의 눈으로 묵묵히 바라보기만 하십시오. 그러면 그 문제들이 허구에 불과한 것이라는 것을 깨닫게 될 것입니다.

⑪ 그렇습니다. 문제는 존재하지 않습니다. 마음은 존재하지 않습니다. 그것은 허깨비 같은 것일 뿐입니다.

⑫ 여기에서 특히 조심해야 할 점이 있습니다.

문제 즉 자신의 마음을 분석하려고 들지 마십시오. 분석을 하기 시작하면 즉각 그대의 주의가 흐트러지고 맙니다. 분석하는 순간부터 문제 자체를 투명하게 들여다보지 못하게 되는 것입니다. 이것이 대체 어디에서부터 발생한 것일까? 어떻게 온 것일까?

우리는 늘 그 이유를 캐면서 살아왔습니다. 우리의 방황과 괴로움은 바로 그 이유를 캐면서부터 시작된 것입니다.

원인을 캐지 마십시오. 분석하지 마십시오. 현재의 문제로부터 멀어지기만 할 것입니다.

⑬ 아무 일도 하지 않고 다만 자신의 마음속을 가만히 지켜보고 있노라면, 그것이 연기처럼 자취도 없이 사라지는 것

을 발견하고 당신은 크게 놀라게 될 것입니다.

⑭ 절망과 분노가 일어나면, 이와 똑같은 요령으로 가만히 지켜보기만 하십시오.

절망과 분노 역시 바라보는 것만으로 아지랑이처럼 아롱거리며 공중으로 사라지는 것을 경험하게 될 겁니다.

⑮ 당신이 자신의 마음을 좀 더 주의 깊게 지켜본다면, 부정적인 것들이 서서히 죽고, 긍정적인 것들이 파릇파릇하게 살아나는 것을 보게 될 것입니다.

당신의 마음에서 우울함과 압박감, 절망감이 저절로 사라지고, 아무런 이유도 없이 환희와 행복이 찾아들게 될 것입니다.

※ 참고

제3의 눈을 산스크리트어로는 '슈크슈마샤리르(Sukshma-sharir)'라고 합니다. 이 말은 제3의 눈이 육체에 속하는 것이 아니라는 뜻입니다.

이 눈은 유체(幽體)에 속하는 것입니다. 당신에게서 이 눈이 기능을 하기 시작하면, 당신은 보지 못했던 것들을 볼 수 있게 됩니다. 예를 들어 어떤 사람이 점차로 죽어가고 있다면, 당신은 그것을 알 수 있게 됩니다. 그것은 바로 죽음이 유체현상이기 때문에 그렇습니다.

제3의 눈으로 바라보면 사람이 죽기 6개월 전쯤부터 죽음의 그림자가 드리워지기 시작하고 있다는 것을 느낄 수 있게 된다고 합니다.

또 제3의 눈을 통하면 모든 사람들이 발하고 있는 오라를 볼 수 있게 된다고도 합니다. 그래서 그 어떤 사람도 제3의 눈이 활성화된 사람을 결코 속일 수가 없다는 것이지요. 왜냐하면 오라와 일치하지 않는 말은 모두가 거짓이기 때문입니다. 그의 눈에는 생리기간이 되어 여자들의 오라가 바뀌는 것까지도 보인다고 합니다.

제3의 눈에 강력한 에너지가 흘러들기 시작하면, 화상(火傷)을 입을 수도 있다고 합니다. 그래서 인도의 수행자들은 향나무 가루나 버터기름을 그 자리에 바르는 것입니다.

만약 수행 중에 견딜 수 없이 제3의 눈이 뜨거워진다고 느껴지면, 눈동자를 이리저리 움직여 보십시오. 그러면 곧 그 느낌은 사라지게 됩니다.

고독한
삶의
여행자들에게

단독 수행자란 자신의 삶을 분석하며 헤아리는 일을 그만 둔 사람을 가리킵니다. 그래서 그들은 타인의 삶을 해석하고 판단하거나 분별하지도 않습니다. 그들이 명상을 하는 것은 오로지 부처와 신을 추구하고 극락을 추구하는 그 욕망으로부터 자유로워지기 위해서일 뿐입니다.

선과 탄트라의 자유는 모든 마음으로부터의 전적(全的)인 자유-완전한 자유를 가리킵니다.

이것은 허용되지만 저것은 허용되지 않는 절름발이 자유가 아닙니다.

그런 까닭에 단독 수행자들은 자신이 가는 길은 자유의 길이지만, 남들이 가는 길은 속박의 길이라고 생각하지 않습니다. 자신이 가는 길은 자비의 길이지만, 남들이 가고 있는 길은 증오의 길이라고 단정하지도 않습니다.

그런데 남들에게 자신의 생각과 주장을 강요하는 사람들 때문에, 현대를 살아가는 신들은 정신이상자가 되어버렸습니다.

전 세계를 한번 둘러보십시오.

기독교도들은 이슬람교도들을 죽이고, 이슬람교도들은 기독교도들을 죽이고 있습니다. 또 같은 종교를 가지고 있다 하더라도 종파와 주장이 다르다는 이유로 서로에게 폭격을 가하며 유탄발사기를 쏘아대고 있습니다.

왜? 무엇을 위해서죠?

그들은 말합니다.

"그것은 순전히 신의 자비심 때문이다. 신께서 그들을 옳은 길로 인도해야만 한다고 하셨기 때문이다. 그러므로 타인들이 잘못된 길로 간다면, 그들을 총으로 쏘아 죽여서라도 바른길로 데려와야만 한다. 이것은 순전히 신의 뜻이다."

그리고 그것을 '성전(聖戰)'이라고 부르죠.

기독교도들은 예수를 통하지 않고서는 절대로 천국에 갈 수 없다고 주장합니다.

이슬람교도들 역시 그들의 예언자인 무하마드만이 자신들을 신에게 인도할 수 있다고 믿습니다.

그러한 태도들이 지금까지 수없는 광신자(狂信者)들을 양산하고 있으며, 수많은 사람들을 신의 이름으로 처형하고 있습니다. 그들은 자신들이 그들의 신을 돌아버리게 만들고 있다는 사실은 까맣게 모르고 있죠.

'벽지불(壁支佛: Pratyeka Buddha)'은 홀로 길을 가는 붓다를 가리킵니다.

그 반면에 나한(羅漢: 아라한)은 붓다를 따라서 편안하게 피안에 도착한 자를 가리키죠.

벽지불은 누군가의 제자였던 적이 없습니다.

그의 명상여행은 절대적으로 혼자뿐이죠. 그들은 남들이 아무리 뭐라고 손가락질을 하든지 전혀 상관하지 않습니다.

아라한 역시 벽지불과 같은 목표에 당도했지만, 그들은 자신의 길을 만들지는 않았습니다. 그저 붓다가 인도해 주는 길을 따라서 편안하게 목표에 이른 것이죠.

하지만 벽지불은 다릅니다.

그는 삶의 아수라장 속으로 직접 뛰어 들어가서 순전히 자신의 힘만으로 새로운 길을 창조해 냅니다.

벽지불은 새로운 도의 창시자입니다.

그는 고독한 여행자라는 점에서 단독 수행자들과 똑같습

니다. 단독 수행자들이 혼자서 가시밭길을 개척하고, 혼자서 그 길을 가듯이 벽지불들도 또한 그리 한 것입니다.

석가모니 역시 벽지불이었습니다.

그 역시 혼자서 길을 찾았습니다.

그러나 그는 거기에서 한 발을 더 나아갔습니다.

그는 길을 찾았지만 아직도 어둠 속을 더듬거리며 길을 찾고 있는 인류를 위해서 무량한 자비의 빛을 발한 것입니다.

단독 수행자는 타인을 추종하거나 타인을 예배하는 자가 아닙니다.

진정한 수행자는 오직 자신을 믿는 자이죠.

탄트라 명상은 바깥에 있는 대상이 아니라, 바로 자신을 믿으라고 가르칩니다.

이 세상에서 진정으로 명상을 하는 사람이 몇 명밖에 되지 않는 이유는 아무도 자신을 믿으려 하지 않기 때문입니다.

선사들은 명상 도중에 붓다를 만나면, 즉각적으로 그 붓다를 죽여버리라고 합니다.

스승들은 왜 그렇게 가르치는 것일까요?

그것은 붓다라는 바깥의 이상형을 따르게 되면, 자기 자신을 잃을 수 있기 때문입니다. 그것은 우상을 숭배하는 것과 다르지 않습니다. 또 자신을 잃는 것은 전인미답(前人未踏)의 신비로운 세계를 잃는 것과 같습니다.

전인미답의 세계는 자신 속에 들어 있기 때문이죠.

탄트라 명상의 모든 테크닉은 자신 속에 들어 있는 그 '찬란한 신국(神國)'을 발견하는 것입니다.

탄트리카(tantrica)들에게는 그것이 곧 극락정토일 뿐입니다.

우리는 언제나 다른 누군가가 되고 싶어 하지요.

붓다가 되고 싶어 하고, 아이돌 가수가 되고 싶어 하고, 부자가 되고 싶어 하고, 대통령이 되고 싶어 합니다. 그래서 그 욕망은 대단하다고 생각하면서도 정작 자신은 하찮게 생각하고 거지처럼 취급을 하죠. 그러나 우리가 다른 사람이 되고 싶어 하는 것은 다른 사람을 모방하고 모조품이 되고 싶어 하는 것과 다를 바가 없습니다.

고정된 이상형의 부처 또는 고정된 개념의 신!

그것을 모방하고 추구하는 일은 짝퉁의 신을 숭배하는 것과 다르지 않습니다.

인간은 누구나 어떠한 고정된 미래도 가지고 있지 않습니다. 우리는 여러 가지 방향으로 성장할 수 있습니다. 우리는 우리 자신을 묶고 있는 생사심(生死心)과 부처나 신을 구하는 협소한 마음으로부터 벗어나서 무한한 존재가 될 수 있습니다.

저 흙담장에
피어 있는 장미는
어찌하여 저리도 붉은가

앙굴리마라(Angulimala)라는 바라문교의 수행자가 있었습니다. 그는 바라문의 지시로 살인을 저지르고 다니던 천하제일의 악인이었습니다. 한국의 지존파나 막가파 정도는 비교할 수도 없을 정도였죠. 그는 무려 999명의 사람들을 죽이고, 마지막으로 자신의 어머니까지 죽이려고 했지요.

그리고 바로 그때 석가모니 부처님을 만나게 되었습니다. 그는 부처님까지도 살해하려고 했지요. 하지만 석가모니 부처님의 정법(正法)에 의해서 그의 에너지는 전향(轉向)되었습니다. 살인에 쓰이던 에너지가 방향을 바꾸어서 자신의 중심

속으로 흘러 들어갔습니다. 그러자 그때부터 엄청난 변화가 그에게 일어났습니다. 그는 자신이 붓다라는 것을 깨닫게 되었던 것이죠.

우리들도 앙굴리마라와 다르지 않습니다.

마음에 매달려 살아가는 것은 살인을 저지르고 다니는 것처럼 바깥으로 에너지가 새어나가는 것입니다. 그것은 괴롭고 처참한 일이죠. 하지만 괴로움의 주범인 마음을 방하(放下)해 버리고 나면, 그 에너지는 방향을 바꾸어 안으로 들어오게 됩니다.

이것을 선에서는 '회향(廻向)'이라고 부릅니다. 선사들은 그것을 가리켜 선상(禪床)이 진동하며 시냇물이 콸콸콸 거꾸로 흐르게 된다고도 하지요.

닝보에서 장제스[蔣介石]의 생가가 있는 봉화현 방향으로 가다가 보면 맑고 아름다운 개울이 하나 나타납니다. 그 개울을 따라 우회전을 하면 비포장 흙길이 나오고 옛 고향처럼 소박한 마을이 자리 잡고 있습니다. 그 마을을 지나면 오룡담(五龍潭)이라는 국가풍경구가 모습을 드러내기 시작하죠. 우기에 찾아가면 골짜기마다 수많은 폭포가 터져나오는 절경을 볼 수 있습니다. 관광객들에게 잘 알려져 있지 않은 곳이어서 늘 한산한 것이 저는 참 좋습니다. 그곳에 갈 때마다 저는 정상에 있는 오룡폭포 앞에 앉아서 명상을 하곤 했지요.

그런데 어느 청명한 날 오후에 폭포의 물줄기를 주시하며 명상을 하고 있다가 소스라치게 놀라고 말았습니다. 폭포를 오랫동안 주시하고 있으면, '제2의 현상'이라 불리는 착시현상이 일어나게 됩니다.

아래로 쏟아지던 폭포수가 느닷없이 거꾸로 치솟아오르기 시작하는 것이죠. 저는 그러한 착시현상 때문에 선인들이 폭포를 바라보다가 마치 용이 승천하는 것 같은 느낌을 받았던 것임을 이해하게 되었죠.

회향이라는 것도 그와 비슷한 현상입니다. 욕망을 따라 쏟아져 나가기만 하던 에너지가 이윽고 내면으로 흘러들어오기 시작하면 우리는 전혀 다른 존재가 되어버립니다. 그것을 '제3의 현상'이라 부릅니다.

그러므로 아무리 천하의 대역죄를 저지르고 감옥에 갇혀 있는 사람이라 할지라도 에너지의 방향만 돌리면, 그는 새로운 존재로 거듭 태어날 수 있게 됩니다. 몸은 비록 철창 속에 있더라도 그의 영혼은 무한하게 확장되어 극락의 주인이 될 수 있습니다.

앙굴리마라처럼 마음에 매달려서 바깥으로만 치닫는 것은 고통과 괴로움 속에서 몸부림을 치는 상태가 됩니다.

저 흙 담장에 붉은 장미가 피어나고 있지만, 살인자에게는 그것이 피와 증오와 분노로만 보일 뿐입니다. 하지만 마음이라는 눈가리개를 벗어버리고 나면, 생명의 오라가 빛나고 있는 장미꽃이 비로소 선명하게 보이기 시작합니다.

이것을 '회광자간(廻光自看)'이라 합니다.

부처의 진리는 밖으로 내달리면서 구하는 것이 아니라, 스스로 자신의 내면에서 찾아야 한다는 뜻이죠. 그러므로 한 생각이 일어날 때에는 곧 그 생각이 일어난 곳을 돌이켜보라는 뜻입니다.

바깥에 있는 것들을 바라보며 그 욕망에 매달려서 단 한 번밖에 없는 생의 에너지를 허망하게 소모해 버리는 일은 얼마나 어리석은가요?

자신의 내면세계 속에 들어 있는 축복의 중심으로 그 에너지의 방향을 돌리는 일은 얼마나 아름답고 현명한 일인가요?

사실 알고 보면 우리들의 마음은 아무런 죄도 없습니다. 우리가 거기에 매달리지만 않는다면 마음은 우리 존재의 주변을 맴도는 채색구름이며, 주인의 정자 앞을 지나가는 '아리따운 과객(過客)'일 뿐입니다.

사정이 그와 같으니 천상천하(天上天下)의 주인 되시는 이들이시여!

자신의 마음을 비난하지 마시고, 그저 고요히 흘러가게 허락하여 주십시오.

부디 붙잡지 말아주십시오.

마음은 흘러가버리는 강물과 같은 것!

욕을 해도 사랑을 해도 말이 없고 그저 사라져만 갈 뿐입니다.

아, 구름처럼 떠가는 내 마음 홀로 바라보노니

아기자기한 살림살이 한창 재미가 쏟아져 내리는 꿈속입니다.

저 흙담장에 핀 장미는 어찌하여 저리도 붉은가요?

마음을 걷어내고 바라보면 살아 있는 생기로 아름답게 빛나는 저 붉은 장미!

하지만 마음은 장미를 바라보고 있으면서도 한편으로는 다른 극단적인 것에 매달려 있습니다. 거꾸로 매달려 있는 박쥐처럼 하나의 눈으로는 장미를 보고 있지만, 또 다른 눈앞에는 지옥의 시뻘건 불덩이가 이글거리며 타오르고 있는 중이지요.

아, 화택(火宅)이란 마음의 일에 불과하나니

어떤 사람이 나그네가 달구경하듯이 한가롭게 자신의 마음구경에 나선다면

일시에 생사(生死)의 불이 꺼지고 대장부의 모든 이승살림이 저절로 구족하게 되거늘

어찌하여 '뒤집힌 꿈[顚倒夢想]'에만 매달려 생생한 축복의

삶을 불타는 지옥으로 만들고 있는가

— 필자 졸시(拙詩) 중에서

생각을 끊고 반연(絆緣)을 쉬며 단정히 일없이 앉았으니 봄이 오매 풀이 절로 푸르구나.

생각을 끊고 반연을 쉰다는 것은 마음[無心=中心]에서 자득(自得)함을 가리킴이니, 이른바 '일없는 도인(道人)'이로다.

아! 그 사람됨이 본래 얽힘 없고 본래 일이 없어

배고프면 밥 먹고 고단하면 잠을 자며 녹수청산에 마음대로 오고가며,

어촌과 주막을 걸림 없이 지나가며 세월이 가나 오나 내 알 바 아니건만

봄이 오면 예대로 풀이 절로 푸르구나.

이것은 특별히 한 생각을 돌이켜 반조(返照)하는 자를 찬탄함이로다!

—『선가귀감(禪家龜鑑)』에서

자신의 생각을 반조하는 사람에게는 샘물처럼 저절로 환희가 솟아납니다. 그리고 그 환희의 순간에는 아상이 없습니다.

마조 대사께서는 말씀하셨습니다.

"범부는 망상(妄想: 거짓됨과 삿됨), 아만, 뽐냄이 합하여진 덩어리이니, 여기에서 아상이 없으면 전념(前念), 중념(中念), 후념(後念)이 서로 의지하지 않아 생각 생각이 고요함[寂滅] 뿐이니, 곧 해인삼매(海印三昧)이니라."

그런데 우리는 끊임없이 기쁨이 없는 생활을 창조해 나가고 있습니다. 기쁨의 순간을 절망과 괴로움의 순간으로 바꾸고 있는 것이죠.

아상을 내세우는 사람에게는 고통과 불행이 꼬리에 꼬리를 물고 일어납니다. 그리고 그 불행은 다시 철탑처럼 아상을 강화시킵니다.

지금 자신이 불행하다고 느끼고 있거나 고통을 느끼고 있는 사람은 틀림없이 아상을 붙들고 있는 것입니다. 사실 알고 보면 '번 아웃(Burn-out) 증후군'이니 스트레스니 트라우마니 지옥이니 하는 것들은 모두가 아상을 붙들고 있기 때문에 생겨나는 부작용들입니다.

또한 아상이란 자신으로부터 두려움을 느끼고 도망을 치려는 마음을 가리킵니다. 우리의 마음은 자신의 실체 즉 자불(自佛: 자기부처)에 대해 불안을 느끼기 때문에 끝없이 자신을 부정하면서 망각해 버리고 싶어 하는 것이죠.

철학자 데카르트는 "나는 생각한다. 고로 나는 존재한다"고 말한 것으로 유명하죠. 하지만 그는 자신의 철학적인 생각에만 파묻혀 살다가 정작 자신의 실체는 대면해 보지도 못한 채 일생을 마감하고 말았던 사실은 까맣게 몰랐을 겁니다. 생각으로 자신이라는 존재감을 내세우는 것은 바로 아상을 건립하는 첩경입니다.

하지만 명상을 통해서 자신의 생각, 사고(思考), 상상력을 관조하게 된 사람은 그것들의 노예가 아닌 사용자가 되며 초월자가 됩니다. 바로 그런 사람을 선에서는 진정한 향상인(向上人)이라 부르죠.

자신의 상상력이나 아상을 자유자재로 부리는 주인이 되는 것과 그것에 코가 꿰인 채 끌려다니기만 하는 것은 실로 어마어마한 차이가 있습니다. 생각의 노예인 자는 어리석은 지옥중생일 뿐이지만, 생각의 지배자는 차크라바르틴(Chakravartin: 轉輪聖王)이 됩니다.

아상이란 자신을 내세우기 위해서 아베신조처럼 끝없이 자신의 과거를 개조하고 싶어 하는 교활하고 간사한 마음이기도 합니다. 또 아상은 자신을 믿고 존중하고 사랑하지 못하는 어리석고 허약한 마음입니다. 그래서 아상은 항상 타인을 교묘하게 이용하거나 타인에게 의지하려고만 하죠.

존재계(存在界)는 우리에게 고뇌와 재앙을 부르는 아상의 길을 주었고, 아상으로부터 벗어나서 영원한 환희의 원천으로 돌아갈 수 있는 길도 주었습니다.

『금강경』의 마지막 32분에는 다음과 같은 사구게(四句偈)가 나옵니다.

아상이 지어내는 모든 것은
꿈과 같고 허깨비와 같으며 물거품과 같고 그림자와 같다
곧 말라버리는 이슬과 같고 번개처럼 사라지는 것이니
마땅히 그와 같이 비추어 바라보라

一切有爲法
일 체 유 위 법
如夢幻泡影
여 몽 환 포 영
如露亦如電
여 로 역 여 전
應作如是觀
응 작 여 시 관

아상이 지어내고 마음이 투영하는 일체의 것[有爲法]들은 물거품처럼 허망하게 꺼져버리고 말지만, 우리의 눈앞에 존재하는 모든 자연적인 것[無爲法]들은 생생하게 살아 있습니다. 노란 국화꽃, 푸른 대나무, 꾀꼬리의 노래 소리, 제비가 지저귀는 소리[黃花翠竹 鶯音燕語]는 모두 실재합니다.

명상이란 마음이 만들어내는 모든 허상을 걷어내고 가지가지 색깔과 오묘한 형상으로 빛나고 있는 실상(實相)을 발견하는 것을 가리킵니다. 이와 같이 아상의 모든 작용이 허망하다는 것을 비추어 바라보아 자각하는 사람은 아상으로

부터 자유로운 자가 됩니다.

『금강경』에서도 일체의 현자와 성인은 모두 무위법으로부터 출현한다고 하였습니다. (『금강경』 제7분 참조)

바깥에 있는 부처를 추구하고 예배하는 것은 아상을 건립하는 길이며, 내면에 있는 자신의 신전에 등불을 밝히는 것은 아상으로부터 자유로워지는 길입니다.

자신이 어떤 길을 가는가 하는 것은 타인에게 달려 있는 것이 아니라 전적으로 자기 자신에게 달려 있습니다.

『금강경』 제26분에는 아상을 경계하는 다음과 같은 사구게가 나옵니다.

형상으로 나를 보려 하거나	若以色見我 약 이 색 견 아
소리로 나를 구하려는 자는	以音聲求我 이 음 성 구 아
사악한 도를 행하는 자이니	是人行邪道 시 인 행 사 도
결코 여래를 볼 수 없으리라	不能見如來 불 능 견 여 래

중심에 있는 법신(法身)은 아상으로는 볼 수 없고 구할 수도 없습니다. 그것은 형상이 없으므로 볼 수 없는 것이며, 생각할 수도 없고 들을 수도 없는 차원의 것이기 때문입니다. 그러므로 형상이나 생각이나 음성으로 부처를 구하려고 시도하는 사람들은 삿된 도를 행하고 있다는 뜻입니다. 하지만

아상이 사라지고 나면 돌연 모든 것이 다 법신이 됩니다.

백장 선사께서는 이런 말씀을 하셨습니다.

> 골짜기에서 메아리를 찾는다면 여러 겁(劫: 천지가 개벽할 때부터 다시 개벽할 때까지의 기간) 동안 찾아도 그 모습을 볼 수 없으니, 메아리는 바로 입가에 있는 것이다.

마조 대사께서는 아상이 일어나는 그 자리가 바로 아상이 일어나지 않는 자리라고 하셨습니다.

> 현상이나 이치에나 모두 걸리지 않으면
> 나타나는 그 자리가 바로 나타나지 않는 그 자리라네

事理俱無碍
사 리 구 무 애
當生則不生
당 생 즉 불 생

시도 때도 없이 아상은 먼지처럼 분주히 일어나지만 '마음의 본바탕[本地=中心地]'은 항상 비어 있습니다. 무궁무진한 에너지의 근원이죠. 거기에는 탄생도 없고 죽음도 없습니다.

아상으로 눈이 먼 중생들의 현상계(現象界)에서는 다람쥐가 쳇바퀴를 굴리듯 끝없이 생과 사가 이어집니다. 원인과 결

과가 톱니바퀴처럼 맞물려 돌아갑니다.

하지만 마음의 본바탕을 깨달은 사람들은 옷을 벗어버리듯이 홀연히 망상의 현상계를 벗어나버립니다. 그들은 휘파람을 불며 생사의 언덕을 넘어서 날아갑니다.

운문(雲門: ?~949) 선사께서는 티끌처럼 수많은 부처님들이 생사의 언덕을 넘어선 자의 발밑에 있다고 하셨으며, 설두(雪竇: 834~905) 선사는 밝은 달은 하얀 갈대꽃에 비치고 갈대꽃은 밝은 달에 비친다고 하셨습니다. 조주 선사는 '나는 진리의 하느님[法王]이 되어 모든 진리에 스스로 존재한다.'고 하셨습니다.

동산 선사께서는 이렇게 노래했죠.

> 남에게서 찾는 일 절대 조심할지니
> 자기와는 점점 더 아득해질 뿐이다
> 내 이제 홀로 가나니
> 가는 곳마다 그분을 만나네
> (하략)

아상에 매달려 끝없이 부처와 신을 찾아 어딘가로 떠나야 한다는 생각을 여의고 여기에 고요히 휴식하고 있는 사람에게는 늘 본바탕이 환하게 드러납니다. 그리하여 그에게는 신과 부처가 목전(目前)의 현실이 됩니다. 그에게는 지금 이 자리가 신의 나라이며, 지금 이 순간이 부처의 순간이 됩니다.

지금 이 자리에는 『금강경』 속에서 아라한들이 맨발로 걸어나오고 있으며, 마조 대사가 선정(禪定)에 들어 있으며, 덕산 선감이 몽둥이를 들고 두리번거리고 있으며, 마하가섭의 미소가 무수한 연꽃송이로 한창 피어나고 있는 중이며, 혜능 대사께서 설할 수 없는 법을 설하고 있습니다.

죽고 사는 일은 호흡과 같고, 생멸(生滅) 또한 같은 하늘에 해와 달과 별들이 떠 있는 일이며, 고락(苦樂)은 싹이 트고 꽃이 피어나고 낙엽이 지는 일이며, 선악은 아침과 저녁이 번갈아 찾아오는 일과 같으며, 그대와 나는 같은 나무에서 피어난 꽃송이며, 지옥과 극락은 한 편의 영화를 이루는 요소일 뿐이며, 사랑과 미움은 붉은 사과껍질과 흰 과육이 한 몸을 이루는 것과 같으며, 흰 구름이 푸른 산에 걸려 있는 것과도 같습니다.

이것을 알게 된 양좌주(亮座主)는 평생 동안 해왔던 공부가 얼음 녹듯 하였습니다.

그리고 그는 서산(西山)으로 들어가 다시는 종적이 없었습니다.

신은 지금 이 순간 우리의 생명을 이루고 있는 원소(元素)

이며, 우리의 마음과 세포와 유전자와 숨결 속에서 저 붉은 장미처럼 눈부시게 빛을 발하고 있습니다.

지금 이 자리까지 오도록 저의 지향 없는 캄캄한 지옥 길에 보랏빛 등불을 밝혀주신 도반 자운(紫雲) 님과 여운(如雲) 임향 법사님, 구운(龜雲) 최영우 아우님 그리고 아라아트센터 김명성 회장과 해냄 송영석 사장 그리고 투병 중인 이외수 형과 만주 형과 변 형과 별운(瞥雲)에게 맑은 차 한 잔씩 올리옵니다.

욕망의 세계[欲界]와 현상의 세계[現象界]에는 생사의 수레바퀴가 쉴 새 없이 돌아가고 있지만, 무색계(無色界)에는 주관도 없고 객관도 없습니다.

그리하여 알고 보면 그대들은 모두 백지(白紙) 위에 앉아 있는 무색(無色)의 투명한 부처님이시자 나의 아드님이시자 하느님이십니다.

나무 관세음보살!

2015년 10월

조해인

단독 수행

초판 1쇄 2015년 10월 5일

지은이 | 조해인
펴낸이 | 송영석

편집장 | 이진숙 · 이혜진
기획편집 | 박신애 · 박은영 · 정다움 · 정다경 · 김단비
디자인 | 박윤정 · 김현철
마케팅 | 이종우 · 허성권 · 김유종 · 한승민
관리 | 송우석 · 황규성 · 전지연 · 황지현

펴낸곳 | (株)해냄출판사
등록번호 | 제10-229호
등록일자 | 1988년 5월 11일(설립일자 | 1983년 6월 24일)

04042 서울시 마포구 잔다리로 30 해냄빌딩 5 · 6층
대표전화 | 326-1600 **팩스** | 326-1624
홈페이지 | www.hainaim.com

ISBN 978-89-6574-503-7

파본은 본사나 구입하신 서점에서 교환하여 드립니다.

이 도서의 국립중앙도서관 출판예정도서목록(CIP)은 서지정보유통지원시스템 홈페이지(http://seoji.nl.go.kr)와 국가자료공동목록시스템(http://www.nl.go.kr/kolisnet)에서 이용하실 수 있습니다.(CIP제어번호: CIP2015024175)